Pfade ins Labyrinth

Pfade ins Labyrinth

John Bierce

Pfade ins Labyrinth
Band 1

Übersetzt von Ulrike Raimer-Nolte

Die Reisenden Magier

Podium

Pfade ins Labyrinth (Band 1)

Übersezt von Ulrike Raimer-Nolte

Titel der Originalausgabe: *Into the Labyrinth*

Originalsprache: Englisch

Copyright © 2018, 2022 John Bierce und SAGA Egmont

Alle Rechte vorbehalten

ISBN: 978-1-0394-6103-1

1st edition

www.podiumentertainment.com

Für meine Katze, weil …
na ja, warum nicht?

Pfade ins Labyrinth

KAPITEL 1

Hugh aus Emblin hatte nicht viele Talente, aber er war sehr, sehr gut darin, sich zu verstecken. Und darüber war er wirklich froh, denn diese Gabe brauchte er dringend.

„Wo hast du dich verkrochen, Schafscherer? Je länger wir dich suchen müssen, desto schlimmer!"

Hugh rutschte tiefer in die Lücke hinter dem Bücherregal. Rhodes und seine Freunde hatten ihn zu ihrem Lieblingsopfer auserkoren, aber normalerweise war ihre Aufmerksamkeitsspanne kurz. Wenn er sich lange genug versteckte, wurde es ihnen irgendwann langweilig. Dann würden sie eine andere Beschäftigung finden, um sich zu amüsieren.

Hugh wartete, bis ihre Stimmen verklangen, und begann sich langsam zu entspannen – leider zu früh. Eine Hand griff in die Lücke, packte seinen Arm und zerrte ihn in den Bibliotheksgang. Hugh stolperte hinterher, bis er auf dem polierten Granitboden kniete.

„Und was machst du hier bei den Büchern, Schafscherer?", frage eine Stimme.

Hugh atmete tief durch und schaute hoch. Rhodes Charax lächelte spöttisch auf ihn hinunter, flankiert von zwei grinsenden Handlangern. Rhodes vereinte alles in sich, was Hugh fehlte: Er war hochgewachsen statt schmächtig, muskulös statt dürr, gutaussehend statt unauffällig. Seine Augen waren blau statt braun, seine Haare blond statt dunkel, seine Familie von Adel statt schlichte Händler und im Übrigen war er ein weitaus besserer Magier als Hugh sich jemals erhoffen konnte. Sogar Rhodes weiße Schuluniform war sichtlich maßgeschneidert, während Hugh sich mit einem schlechtsitzenden, verwaschenen Exemplar begnügen musste, das aus dem Akademievorrat stammte.

„Jeder weiß, dass Bauerntölpel nicht lesen können, also treibst du dich nicht deshalb in der Bibliothek herum. Warum bist du hier, Schafscherer?"

„Ich bin kein Schafscherer", murmelte Hugh leise und spürte, wie er rot wurde.

„Was hast du gesagt?", fragte Rhodes.

Hugh funkelte ihn an. „Ich bin kein Schafscherer."

Rhodes trat ihn in die Rippen, sodass er der Länge nach hinfiel. „Hat dir niemand beigebracht, Höhergestellte nicht anzulügen, Bauernbengel?", herrschte Rhodes ihn an. „Aber wer weiß, vielleicht wolltest du nur sagen, dass du in Wirklichkeit zu den Schafen gehörst. Das könnte ich dir vielleicht sogar glauben."

Rhodes' Mitläufer kicherten. Mit geballten Fäusten erhob sich Hugh wieder auf die Knie.

„Du solltest am Boden bleiben, Schafscherer. Da gehörst du hin." Rhodes holte mit dem Fuß aus, um Hugh erneut zu treten, als eine Stimme ertönte: „Ich schätze, er gehört in den Klassenraum – genau wie ihr drei."

Rhodes und seine Kumpel fuhren erschrocken herum, sodass Hugh Gelegenheit bekam, sich aufzurappeln.

„Wir haben gerade eine Freistunde." Rhodes wirkte kein bisschen besorgt und hatte auch keinen Grund dazu. Sogar mitten im Klassenraum hatte er sich schon Schlimmeres geleistet, ohne in Schwierigkeiten zu geraten. Das war nicht überraschend – schließlich hatte seine Familie einen enormen politischen Einfluss, der Hunderte von Meilen über ihre Grenzen hinausreichte.

„Nun, dann solltet ihr eure Freizeit anderswo verbringen." Die unbekannte Stimme klang wenig amüsiert. Hugh war es bisher nicht gelungen, an seinen Peinigern vorbei einen Blick auf den Sprecher zu werfen. „Ihr nutzt die Bibliothek wohl kaum zu ihrem vorgesehenen Zweck."

Rhodes warf Hugh einen Blick zu, der Ärger für die Zukunft verhieß, doch immerhin marschierte er mit seinen Kumpanen davon. Noch in Hörweite brachen sie in Gelächter aus. Hugh zuckte zusammen. In den seltenen Fällen, wenn ein Lehrer oder sonstiger Magier sich einmischte, benahm Rhodes sich tagelang noch schlimmer als sonst.

Der Bibliothekar, dem die unbekannte Stimme gehörte, musterte ihn. Er war hochgewachsen und drahtig mit einem ungezähmten braunen Haarschopf, der aussah, als sei er seit Tagen mit keiner Bürste in Berührung gekommen. Hugh schätze ihn höchstens doppelt so alt wie seine eigenen 15 Jahre.

Nach einigen Momenten des Schweigens stieß der Bibliothekar einen Seufzer aus. „Wie heißt du?"

„Hugh." Er wandte den Kopf ab und hoffte, der Mann würde weitergehen. Im Moment wollte er nur einen Ort finden, wo er allein sein konnte.

„Nur Hugh?"

„Man nennt mich Hugh aus Emblin, Sir. Zur Unterscheidung von den anderen Schülern, die Hugh heißen."

Der Bibliothekar warf ihm einen neugierigen Blick zu. Hugh fühlte die üblichen Fragen auf sich zukommen. In Emblin wurden grundsätzlich keine Magier geboren und doch gab es Hugh. Auch wenn er garantiert nie einen besonders guten Zauberer abgeben würde. Zu seiner Überraschung fragte der Bibliothekar jedoch nicht nach seiner Herkunft.

„Möchtest du, dass ich deine Mitschüler melde?", erkundigte er sich stattdessen.

Hugh konnte ihn nur mit offenem Mund anstarren. Der Bibliothekar wartete geduldig, bis Hugh sich von seiner Überraschung erholt hatte.

„Das würde nichts nützen, Sir", sagte Hugh schließlich.

Der Bibliothekar hob eine Augenbraue. „Würde es nicht?"

Hugh blickte wortlos zu Boden und wartete darauf, dass er endlich gehen durfte. Nach einer Weile wurde jedoch klar, dass der Bibliothekar bereit war, den Rest des Tages auf seine Antwort zu warten.

„Das war Rhodes Charax, Sir."

Der Mann betrachtete ihn nur weiter geduldig.

„Sein Onkel ist der König von Highvale, Sir. Außerdem ist er der talentierteste Nachwuchsmagier in unserem Jahrgang. Für die

Lehrerschaft kann es nur von Nutzen sein, sich mit ihm gutzustellen. Dagegen bin ich ein Niemand. Keiner von den Ausbildern wird für mich den Kopf hinhalten."

Der Bibliothekar schien einen Moment darüber nachzudenken, dann seufzte er wieder. „Nun gut." Er wandte sich zum Gehen, aber drehte sich noch einmal zu Hugh um. „Nächstes Mal solltest du dir lieber ein Versteck im Archiv suchen statt in der Juristischen Abteilung. Erstens gibt es dort mehr verborgene Ecken und zweitens ist der Lesestoff viel interessanter." Er sah aus, als wolle er noch etwas hinzufügen, doch dann wandte er sich ab und verschwand.

Hugh stieß einen erleichterten Seufzer aus. Immerhin war er diesmal fast ungeschoren davongekommen. Und die Idee mit dem Archiv war nicht schlecht.

KAPITEL 2

Zum Glück begegnete Hugh weder Rhodes noch einem seiner Handlanger auf dem Weg zur nächsten Unterrichtsstunde. Viel besser fühlte er sich deshalb allerdings nicht, denn in der Stunde nahmen sie *Grundlagen Ungebundener Zaubersprüche* durch. Eigentlich sollte dieses Fach eines der einfachsten sein. Erstklässler wie er selbst, die noch nicht an eine bestimmte Art von Magie gebunden waren, erlernten dort simple Tricks und sogenannte Kleinsprüche. Doch für Hugh waren diese Stunden ein weiterer Grund, warum sein Leben an der Akademie einem Albtraum glich. Die Ausbildung in Skyhold, einer der angesehensten Zauberschulen auf dem ganzen Kontinent Ithos, wäre für jeden anderen ein wahrgewordener Traum gewesen.

Aber Hugh war nicht wie jeder andere.

Er schob sich unauffällig auf einen Platz ganz hinten im Klassenraum, wo man ihn hoffentlich weniger beachten würde. Abgesehen von den paar Mitschülern, die Rhodes für seine Schikanen einspannte, war niemand besonders an Hugh interessiert, also ging es ihm vor allem um die Lehrerin. Unglücklicherweise stand heute eine enthusiastische junge Frau am Pult und nahm ihn fast sofort ins Visier.

Dieses Jahr hatte es nicht genug Vollmagier gegeben, die Anfänger unterrichten wollten, deshalb hatte sich Hughs Klasse mit einer wechselnden Lehrerschaft aus Wanderzauberern begnügen müssen. Von der jungen Frau wusste er nicht einmal den Namen, aber das spielte auch keine Rolle. Jeder neue Wanderzauberer war überzeugt gewesen, die Probleme des berühmt-berüchtigten Hugh aus Emblin lösen zu können. Am Ende hatten sich alle geschlagen geben müssen.

Heute bestand die Lernübung darin, einen Stock in Brand zu setzten – so ziemlich die einfachste Magie, die es gab. Hugh hörte genauestens zu, als die Lehrerin beschrieb, wie man dazu das Mana zum Strömen bringen und kanalisieren musste. Dabei wusste Hugh schon im Voraus, was sie sagen würde. Er war in der Bibliothek gewesen, um sich vor der Unterrichtsstunde über den Zauberspruch zu informieren … in der verzweifelten Hoffnung, ihn diesmal richtig ausführen zu können. Als Rhodes ihn entdeckt hatte, war er gerade auf dem Rückweg gewesen.

Nun atmete Hugh tief durch und konzentrierte sich auf den Stock, den er in der Hand hielt. Einige seiner Mitschüler hatten auch kleinere Probleme, aber bei den meisten rauchte das Holz zumindest schon. Hugh visualisierte die Spruchformel tadellos und kanalisierte sein Mana genau wie beabsichtigt. Er war sich bewusst, das die Lehrerin und ein Großteil seiner Klassenkameraden ihn beobachteten, um zu sehen, welches Chaos er diesmal anrichten würde.

„Sobald ihr alle herausgefunden habt, wie ihr das Holz zum Brennen bringt, probieren wir als Nächstes, die Stärke der Flammen zu kontrollieren und vielleicht sogar ihre Farbe zu verändern."

Eine Explosion aus Licht ließ Hughs Stock aufflammen und erlosch abrupt wieder. Er versuchte, schnell genug die Augen zu schließen, trotzdem tanzten Punkte in seinem Sichtfeld.

Der Stock war nicht einmal angekokelt.

„Du bist echt eine Bedrohung, Schafscherer", flüsterte ihm jemand aus der Nähe zu. Mehrere andere Schüler tuschelten und murrten ebenfalls.

„Ich bin kein Schafscherer", murmelte Hugh.

„Jeder macht mal Fehler. Versuch es noch einmal, Hugh", ermunterte ihn die Lehrerin.

Hugh blinzelte die letzten tanzenden Flecken vor seinen Augen fort und schaute sich um. Inzwischen starrten ihn alle an.

„Wie vermasselt er es wohl diesmal?", flüsterte jemand anderes.

Hugh schluckte seine Wut herunter und konzentrierte sich wieder auf den Stock. Zuerst die Spruchformel visualisieren. Das hieß, man musste bestimmte geometrische Muster vor Augen haben, um einen Zauber zu wirken. Hugh hatte eine volle Stunde damit verbracht, sie sich einzuprägen. Er kannte sie in- und auswendig. Als nächsten Schritt die Mana-Ströme kanalisieren.

Man konnte sein Mana nicht einfach in die Spruchformel pressen. Es durchflutete Körper und Seele wie Wasser, und mit Druck zu arbeiten hatte ungefähr so viel Sinn, als wolle man einen Fluss schieben. Die geometrischen Muster vor dem geistigen Auge halfen dabei, den Strom des Mana vorsichtig zu lenken.

Sein Mana strömte tadellos und mit exakt der richtigen Geschwindigkeit in die Spruchformel. Es floss genau, wie es sollte. Und nichts passierte. Oder doch … jetzt geschah etwas.

Eine winzige Handvoll blasser Funken regnete von dem Stock nieder und verschwand, bevor sie den Tisch berührte.

„Komm schon, Hugh, du kannst es schaffen. Lass es uns gleich noch mal probieren", sagte die Lehrerin. Die ganze Klasse war immer noch am Tuscheln und alle beobachteten ihn belustigt. Er konnte es ihnen nicht einmal verübeln. Mit Sicherheit war er der unbegabteste Zauberschüler, der je nach Skyhold gekommen war.

Hugh atmete zitterig ein und konzentrierte sich wieder auf den Stock. Formel vorstellen. Mana kanalisieren. Formel vorstellen. Mana kanalisieren. Formel vorstellen. Mana kanali–

Der Stock ruckte aus seiner Hand und klatschte ihm gegen die Stirn. Die gesamte Klasse brach in schallendes Gelächter aus.

KAPITEL 3

Die Lehrerin bestand darauf, dass Hugh es noch sechs weitere Male versuchte, bis sie endlich aufgab. Dabei wollte sie ihn nicht demütigen – sie bemühte sich ehrlich, ihm zu helfen. Dadurch wurde sie Hugh auch nicht sympathischer, genauso wenig wie seine Klassenkameraden, die ihn bestenfalls bemitleideten, in den meisten Fällen aber mit amüsierter Herablassung behandelten.

Irgendwann hatte die Lehrerin den Unterricht fortführen müssen. Währenddessen saß Hugh an seinem Platz in der hintersten Reihe und starrte auf seinen Tisch. Er gab sich nicht einmal mehr die Mühe, weiter zuzuhören. Als die Stunde vorbei war, schlurfte er hinter den anderen her, die auf dem Weg zum Abendessen lebhaft miteinander plauderten. Er selbst schaute kaum von seinen Füßen auf. Die Lehrerin rief ihm etwas nach, doch er tat so, als hätte er sie bei dem geräuschvollen Abgang seiner Klassenkameraden nicht gehört.

Weil er so spät zum Speisesaal kam, musste er eine ganze Weile anstehen, bis er endlich sein Essen erhielt. Heute gab es wieder einmal Fisch mit Kartoffeln. Ein paar andere Schüler murrten, aber Hugh machte die schlichte Mahlzeit wenig aus. Sie erinnerte ihn an zu Hause. Kartoffeln und Fisch gehörten zu den Dingen, die es in Emblin mehr als reichlich gab … neben Schafen und Nutzholz.

Hugh hockte allein an einem Tisch und hoffte angestrengt, dass niemand versuchen würde, sich zu ihm zu setzen oder mit ihm zu reden. Zu seiner Erleichterung tat das auch keiner. Am anderen Ende des Speisesaals entdeckte er Rhodes mit seinen Kumpanen und ein paar Mädchen. Im Gegenzug bemerkte Rhodes ihn ebenfalls. Er machte eine Bemerkung, bei der alle am Tisch in Gelächter ausbrachen, aber beließ es dabei.

Den größten Teil der Mahlzeit verbrachte Hugh dumpf brütend und stocherte lustlos in seinen Kartoffeln herum. Doch kurz vor Ende des Abendessens fing er ein Gespräch auf, das sein Interesse weckte.

„ ... Drachentöter wird dabei sein!", sagte eine Schülerin am Tisch hinter ihm.

Hugh spitzte die Ohren. Meinte sie etwa ...

„Nie im Leben", sagte ein anderer Schüler. „Aedan Drachentöter hat seit Jahren keinen mehr ausgebildet."

„Ich habe gehört, wie zwei Lehrer sich darüber unterhalten haben", sagte das Mädchen. „Dieses Jahr will er sich jemanden aussuchen. Einen neuen Lehrling."

Hugh drehte sich zu ihnen, um das Gespräch besser hören zu können.

„Was meint ihr, wen er nehmen wird?", fragte ein weiterer Junge.

Daneben saß ein Schüler, der zu Rhodes Anhängerschar gehörte. Er bemerkte, dass Hugh herüberschaute, und grinste boshaft. „Vielleicht will er Hugh." Alle am Tisch platzten vor Lachen laut heraus. Hugh wurde knallrot und drehte sich wieder zu seinem Teller um.

„Mit Drachen wird er fertig, aber Hugh das Zaubern beizubringen, dürfte sogar ihn überfordern." Wieder brachen alle in Gelächter aus. Abrupt stand Hugh auf. Er schnappte sich seinen Teller und brachte ihn zur Durchreiche für die Abwäsche, dann marschierte er wütend aus der Tür. Zum Glück hatte Rhodes den Speisesaal schon verlassen.

Während Hugh zurück zu seinem Zimmer schlurfte, versank er noch tiefer in düstere Gedanken. Es waren nur noch wenige Wochen, bis die Sichtung stattfand. Einmal pro Jahr kamen Hunderte von Magiern zusammen, um sich die Schüler anzusehen und einen oder zwei davon auszuwählen. Für jeden Schüler gab es einen Lehrlingsplatz, aber nicht jeder Lehrherr war von gleichem Rang. Bei den meisten handelte es sich um recht normale Durchschnittszauberer. – Wer für Skyhold keinen besonderen Wert besaß, war verpflichtet, wenigstens Schüler aufzunehmen. Wenn allerdings ranghohe Magier einen Lehrling brauchten, waren sie bei der Sichtung als Erstes an der Reihe. Aedan Drachentöter war einer der berühmtesten Zauberer seiner Zeit, also hatte er sich wahrscheinlich schon vor Wochen entschieden, wen er auswählen würde, auch wenn das Ergebnis erst bei der Sichtungszeremonie bekannt gegeben wurde. Viele Schüler wurden auch von den Magiergilden aufgenommen, die verschiedene Arbeiten innerhalb von Skyhold verrichteten. Der Reinigungsdienst konnte immer Nachschub gebrauchen, denn er musste sich um verunglückte alchemistische Reaktionen und Ähnliches kümmern.

Hugh bezweifelte, dass es einen Zauberer gab, der ihn auswählen würde. Bestimmt würde er warten und warten, bis er ganz allein im Großen Saal stand. Vielleicht würden ihn wenigstens die Putzmagier nehmen, wenn er Glück hatte.

Er war so in seine Gedanken vertieft, dass er die offene Tür zu seinem Zimmer erst bemerkte, als er nach der Klinke griff. Drinnen sah es aus wie nach einem Erdbeben. Seine Schuluniformen waren zertrampelt, die Bettlaken zerrissen, und jemand hatte auf seine Matratze gepinkelt. Seine Bücher lagen mit zerknickten Seiten auf dem Boden, und seine Steinschleuder – eine der wenigen Erinnerungen an Emblin – war in Stücke geschnitten.

Hugh stand vor Schock wie erstarrt da. Zwar waren Rhodes und seine Mitläufer hartnäckige Quälgeister, aber sein Zimmer hatten sie bisher immer in Ruhe gelassen. Er hatte es sorgfältig verschlossen, und so ziemlich die einzige Magie, die er beherrschte, waren Abwehrzauber. Für einen Erstklässlers hatte er sein Zimmer ungewöhnlich gut geschützt. Rhodes und seine Freunde hätten eigentlich nicht wissen dürfen, wie man die Abschirmung überwand. Schutzbrecherei war ein Thema, das frühestens in der zweiten Klasse gelehrt wurde. Anscheinend hatte Rhodes einen der Ausbilder überredet, ihm extra dafür Privatunterricht zu geben.

Wenn Hugh sich nicht einmal mehr darauf verlassen konnte, in seinem eigenen Zimmer ein wenig Privatsphäre zu haben, würde er durchdrehen. Ihm war schließlich nichts anderes geblieben. Er hatte keine Freunde. Er bekam keine Post von zu Hause, denn für eine gute Emblin-Familie war es eine Schande, einen Zauberer hervorzubringen. Kaum war sein Magietalent offensichtlich geworden, hatte man ihn so schnell wie möglich nach Skyhold verfrachtet. Seine Verwandten hatten die Reisekosten gern bezahlt, um die peinliche Sache zu vertuschen. Nicht, dass sie vorher besonders stolz auf ihn gewesen wären ...

Hugh knallte die Tür zu, sank zu Boden und verbarg den Kopf zwischen den Knien, um sich auszuweinen.

KAPITEL 4

Hinterher wanderte Hugh stundenlang wie benebelt durch die Flure. Wann immer er jemanden sah oder hörte, bog er hastig ab. Er schaffte es sogar, den Festungswachen von Skyhold auszuweichen. Am Ende fand er sich unabsichtlich an einem Ort wieder, den er kannte: die Bibliothek.

Hier leuchteten die Glühkristalle rund um die Uhr, also hatte er auch in der Nacht genug Licht, um sich zurechtzufinden. Er vermied die Hauptabteilungen, wo sich vermutlich selbst um diese Zeit noch Leute aufhielten, und steuerte stattdessen auf das Archiv zu.

Der Bibliothekar hatte eindeutig recht gehabt, was die Vielzahl von Verstecken dort betraf. Alle anderen Ebenen, die für Erstklässler zugänglich waren, bestanden aus übersichtlich angelegten Tunneln. Dagegen wirkte das Archiv, als habe man es im Nachhinein eingefügt. In einem chaotischen Wirrwarr aus Räumen und Tunnelgängen türmten sich Bücher auf übervollen Regalen und ausgedienten Schulpulten. Hugh entdeckte einen Korridor, der von einem Regal verbarrikadiert war, und dadurch einem Geheimgang ähnelte. Er fand einen Raum, in dem Holzkisten voller alter Schulbücher alle möglichen Verstecke boten.

Am allerbesten war jedoch eine fast leere, vergessene Kammer hinter einer weiteren Regalreihe. Die Bücher darauf hatten eine dicke Staubschicht angesetzt, so lang waren sie nicht mehr angerührt worden. Die Kammer hatte sogar eine eigene Tür, die glücklicherweise nach innen schwenkte – sonst wäre kein Platz gewesen, sie zu öffnen. Drinnen befanden sich ein paar leere Bretterregale, ein Haufen alter Lehrbücher und ein Schreibtisch. Am erstaunlichsten war jedoch, dass es ein Fenster gab.

Das Glas war alt und angelaufen und der Rahmen verzogen, aber Hugh gelang es trotzdem, das Fenster aufzuzerren. Er stellte fest, dass er westwärts über das nachtdunkle Sandmeer blickte, das man die Endlose Erg nannte. Den letzten Teil seiner Reise nach Skyhold hatte er auf einem der großen Sandschiffe verbracht und die Wüste durchsegelt. Natürlich war sie nicht wirklich endlos, aber dennoch immens, und barg zu viele Gefahren, um sie zu Fuß zu durchqueren. Falls man nicht der sengenden Hitze bei Tage zum Opfer fiel, dann der eisigen Nacht, dem Wassermangel oder den entsetzlichen Ungeheuern. Der Wind blies heute Nacht besonders schneidend, denn es war fast schon Mittwinter.

Als Hugh in die Tiefe blickte, entdeckte er den Sandschiffhafen weit unter sich. Er ließ seinen Blick weiter wandern und stellte fest, dass er einen guten Teil von Skyhold sehen konnte. Die Stadt war seitlich in den massiven Fels eines Berges hineingegraben, der sich oben in zwei Gipfel teilte. Der ganze Berg war ein Labyrinth aus Tunneln und Türmen. Aus den Seitenwänden ragten Festungsmauern, Balkone und andere Gebäudeteile, doch der größte Teil war in den Berg selbst hineingebaut. In Skyhold lebten Zehntausende von Menschen. Die genaue Zahl kannte niemand, allerdings gab es schon allein etwa 3.000 Schüler an der Akademie – wovon fast ein Drittel aus Anfängern im ersten Jahr bestand.

Hugh verbrachte vermutlich Stunden damit, einfach nur aus dem Fenster zu starren. Im Laufe der letzten Monate hatte er das Draußen kaum gesehen. Keines der Klassenzimmer hatte Fenster, die Schülerunterkünfte ebenso wenig, und an den meisten Tagen war Hugh zu beschäftigt gewesen, um ein Fenster oder einen Balkon zu finden. Er konnte sich gar nicht mehr daran erinnern, wann er das letzte Mal einen Fuß nach draußen gesetzt hatte. Als er sich schließlich von dem Blick losriss und das Fenster schloss, hatte sich in seinem Kopf ein Plan geformt.

Im Laufe der nächsten Stunden schmuggelte Hugh unauffällig seinen ganzen Besitz in die versteckte Bibliothekskammer. Er nahm alle Kleidung und Bettwäsche mit, die noch zu retten waren. – Rhodes und seine Kumpanen hatten es offensichtlich eilig gehabt, sein Zimmer zu verwüsten, denn der Schaden war geringer als ursprünglich angenommen. Seine Matratze ungesehen in den kleinen Raum zu schleppen, war allerdings kaum möglich. Aber im Moment reichte es ihm völlig, in einem Nest aus Decken auf dem Boden zu schlafen. Seine Bücher und übrigen Habseligkeiten passten problemlos in das Regal und auf den Schreibtisch. Es gab keinen Stuhl, mit einiger Mühe gelang es ihm jedoch, einen aus dem Archiv in die enge Kammer zu schleppen. Zu allerletzt versah er sein zukünftiges Zimmer mit einer Reihe neuer Abwehrzauber.

Das alles dauerte bis in die frühen Morgenstunden, und als Hugh fertig war, schlief er augenblicklich in seinem Deckennest ein. Kein einziger Traum verfolgte ihn.

KAPITEL 5

Hugh verpasste den morgendlichen Unterricht, aber sein Bedauern darüber hielt sich in Grenzen. Heute fand ein Ausflug nach draußen statt, um für den Kurs in Mana-Theorie einige magische Abwehranlagen von Skyhold zu besichtigen. Ihn würde dabei niemand vermissen. Als der Nachmittag anbrach, fühlte er sich schließlich bereit, sich in den Klassenraum zu wagen. Er war dankbar, als es ihm gelang, den Tag ohne Zwischenfälle hinter sich zu bringen. Sogar die neue Lehrerin für Kleinsprüche hatte entschieden, ihn nach den gestrigen Fehlschlägen in Ruhe zu lassen.

Im Laufe der nächsten Tage gewöhnte sich Hugh eine neue Routine an. Seine Freizeit verbrachte er damit, das Archiv nach altem Sackleinen, Papierresten und Ähnlichem abzusuchen, und bastelte sich damit eine notdürftige, aber bequeme Matratze. Die zerstörten Schuluniformen ersetzt zu bekommen, war überraschend einfach. – Von Erstklässlern wurde erwartet, dass sie eine ganze Menge Kleidung ruinierten, während sie lernten, mit Magie umzugehen.

Das Archiv hatte sogar eigene Toiletten. Sie waren nicht so komfortabel wie in den Wohnfluren, aber besaßen ebenfalls fließendes Wasser (ein Luxus, den Hugh zu Hause in Emblin nicht gekannt hatte). Duschen gab es nicht, ein Waschbecken und ein paar Lumpen reichten ihm jedoch völlig, um sich zu säubern.

Auch wenn sein neues Quartier gut versteckt war, fühlte Hugh sich nicht ganz wohl mit seinen neuen Schutzzaubern. Bei seinem alten Zimmer hatte die Abschirmung schließlich nicht ausgereicht. Wie sich herausstellte, hatte es jedoch seine Vorzüge, in einer Bibliothek zu wohnen: Er fand ein vergilbtes Buch über Schutzmagie, das versehentlich ins Archiv geraten sein musste. Im öffentlich zugänglichen Bereich der Bibliothek sollten eigentlich nur die einfachsten Lehrbücher über Zaubersprüche sowie einführende Texte zu magischer Theorie stehen. Dieses Buch machte den Anschein, als hätte man es schon vor Jahrzehnten verlegt. Es war mindestens ein Jahrhundert alt, und obwohl die Abwehrzauber darin archaisch und altmodisch wirkten, waren sie entschieden effektiver als alles, zu dem Hugh bisher Zugang gehabt hatte.

Er wagte es nicht, auch noch Lampen ins Archiv zu schleppen, und seine Kammer hatte keine Glühkristalle. Aber simple Lichtsprüche waren die einzige Form von Magie, die er abgesehen von seinen Schutzzaubern beherrschte. Um sie zu lernen, hatte er immer noch wesentlich länger gebraucht als gewöhnlich – bei seinen ersten Versuchen war das Licht immer viel zu hell ausgefallen und hatte ihn schmerzhaft geblendet –, doch schließlich war es ihm gelungen. Darüber war er selbst genauso überrascht gewesen wie sein Lehrer.

In Emblin war Hugh kein besonders eifriger Leser gewesen, denn mehr als eine Handvoll Bücher besaß seine Familie nicht. Im Übrigen hatte er schon damals sein Bestes getan, seinen Verwandten aus dem Weg zu gehen, was ihm erst recht wenig Gelegenheit zum Lesen gab. Er war lieber in den Wäldern herumgestreift.

Hier in Skyhold jedoch hatte er sich mit Hingabe auf jede Lektüre gestürzt. Bücher waren seine einzige Möglichkeit gewesen, der deprimierenden Wirklichkeit zu entfliehen. Jetzt lebte er in einer Bibliothek und las fast von selbst entschieden mehr als gewöhnlich. Er verschlang Bücher über Botanik, Geschichte und Astronomie. Er arbeitete sich durch unzählige Bestiarien voller magischer Geschöpfe – und stellte zu seiner Belustigung fest, dass sie fast immer radikal gegensätzliche Ansichten vertraten, selbst bei den grundlegendsten Details. Über Ungeheuer ließ sich offenbar gut streiten.

Hugh verbrachte auch ziemlich viel Zeit damit, den Origami-Golems der Bibliothekare zuzuschauen. Das Personal hier bestand zum großen Teil aus Papiermagiern, und so bastelten sie sich kleine Helfer, die eine weite Bandbreite von Arbeiten erledigen konnten. Winzige Papierkraniche oder -drachen wurden mit Nachrichten beschriftet und entfalteten sich nur, nachdem sie den richtigen Empfänger gefunden hatten. Kniehohe Origami-Affen wurden regelmäßig hinab ins Archiv geschickt, um Bücher zu holen. Hugh kam ihnen mehr als einmal zur Hilfe, wenn sie an einen Band besonders schwer herankamen.

Zu seiner Überraschung schien niemand von der Lehrerschaft zu bemerken, dass er aus seinem Zimmer verschwunden war. Oder vielleicht hätte er nicht überrascht sein sollen, schließlich wusste er, wie wenig sie von ihm erwarteten.

Während seine Lehrer also entweder blind oder desinteressiert waren, machte Hugh sich ständig Sorgen, was die Bibliothekare davon halten würden. Er plante seine Wege sorgfältig und bewegte sich tagsüber mit großer Vorsicht durchs Archiv, um sicherzugehen, dass er so wenigen wie möglich begegnete. Doch niemand schien ihm viel Beachtung zu schenken. Die Bibliothek war immens groß, und schon allein der öffentlich zugängliche Teil hätte außerhalb des Berges die Ausmaße einer kleinen Festung gehabt. Hugh war sicher nicht der erste Schüler, der sich im Archiv versteckte, um nicht schikaniert zu werden – auch wenn er bezweifelte, dass es üblich war, tatsächlich hier zu wohnen.

Im Laufe der nächsten Wochen begegnete er ein paar Mal dem Mann, der ihn vor Rhodes gerettet hatte. Der Bibliothekar sprach ihn nie an, warf ihm jedoch öfter merkwürdige Blicke zu. Bei ihrer ersten Begegnung war es Hugh nicht aufgefallen, aber die Kleidung des Mannes unterschied sich deutlich von der seiner Kollegen. Er trug keinen hellgrauen Kurzmantel wie fast alle Bibliothekare, sondern einen knielangen Umhang mit roter Borte. Hugh hatte keine Ahnung, was das bedeutete. Außerdem schleppte der Mann fast immer einen Lederranzen mit sich herum, der vor Büchern und Schriftrollen überquoll.

Im Gegensatz zu dem Erwachsenen hatte Rhodes definitiv gemerkt, dass Hugh aus seiner Unterkunft verschwunden war. Ziemlich oft musste Hugh eine Menge Zeit aufbringen, um den Adelssohn abzuschütteln, der ihm in die Bibliothek folgen wollte. Er gewöhnte sich sogar an, einen anderen Speisesaal zu benutzen, der von den meisten Schülern gemieden wurde. Erstens lag er weiter von den Unterkünften weg und zweitens war er voller Zaubergesellen und Bibliothekare. Das störte Hugh beides nicht.

Da er Rhodes auf diese Weise den meisten Spaß verdarb, nutzte sein Widersacher jede Gelegenheit, die sich ihm bot, um seine Schikanen zu verstärken. Es gab kaum einen Tag, an dem Hugh nicht über einen ausgestreckten Fuß stolperte, wenn er durch die Flure ging, oder von einem Kleinzauber getroffen wurde, den Rhodes und seine Kumpanen gerade neu im Unterricht gelernt hatten.

Trotzdem war sein Leben deutlich besser als seit Langem. Hugh konnte nicht behaupten, dass er glücklich war, aber es ließ sich aushalten.

KAPITEL 6

Die Sichtung fand traditionell am Mittwintertag statt, und seit Hugh seine Archivkammer bezogen hatte, war fast genau ein Monat vergangen. Die letzten Wochen hatten seine Mitschüler von nichts anderem mehr geredet. Sogar Rhodes hatte ihm kaum noch Beachtung geschenkt, während der Tag immer näher rückte. Klatsch und Tratsch bei den Erstklässlern drehten sich nur noch darum, welchen Lehrmeister sie wählen würden, wenn sie könnten (Aedan Drachentöter war der klare Favorit) und an welche Art von Zauberei sie sich am liebsten binden würden.

Ständig schlenderten Magier durch die Flure, sprachen diesen oder jenen Schüler an, beobachteten den Unterricht oder verhielten sich auf andere Weise lästig. In dem ganzen Durcheinander gaben die meisten Lehrer den Versuch auf, ihren Klassen noch etwas beizubringen.

Allerdings war das Sichten der Schüler sehr viel weniger chaotisch, als es den Anschein hatte. Die Magier mussten sich nicht durch die vollständige Liste von Erstklässlern arbeiten, um potentielle Lehrlinge zu finden. Es reichte, dass sie sich die Kandidaten mit passenden Affinitäten anschauten.

Eine Affinität war ein angeborenes Talent, das bestimmte Sorten von Magie einfacher machte. Das Mana im Äther wurde von allen Zauberern auf gleiche Art aus der Umgebung aufgenommen und kanalisiert, aber innerhalb des Körpers wurde es auf verschiedene Arten umgewandelt. Bei einem Magier mit Feuer-Affinität wurde ungebundenes Äther-Mana am einfachsten zu Feuer-Mana, bei einer Pflanzen-Affinität zu Pflanzen-Mana und so weiter. Es gab Hunderte von verschiedenen Talenten, wobei sich ihre Anwendungen und Ausprägungen oft überschnitten. Das Ganze wurde noch komplizierter, weil Magier nicht selten gleich mehrere Affinitäten besaßen, die Mischformen ermöglichten. Beispielsweise war jemand mit einem Talent für Feuer und Erde vermutlich geeignet, einen Schüler mit Magma-Affinität auszubilden.

Man musste auch nicht unbedingt die Art von Zauberei erlernen, die mit der eigenen Affinität übereinstimmte, aber jede andere Wahl machte die Ausbildung weitaus schwieriger. Es gab sogar Magier, die darin völlig versagten. Und wenn man lang genug übte, eine bestimmte Art von Mana zu benutzen, setzte die Vollbindung ein. Das hieß, der Körper konnte sich auf andere Arten von Mana kaum noch einstellen. Es war selten, dass sich ein Magier erfolgreich mehr als zwei Mana-Varianten zu eigen machte. Die meisten beschränkten sich auf eine. Zwar gab es ein paar Ausnahmetalente, die drei oder mehr natürliche Affinitäten besaßen, aber sie waren sehr, sehr selten. Unglücklicherweise gehörte Rhodes dazu.

Darin bestand Hughs nächstes großes Problem: Er schien überhaupt keine Affinität zu haben. Wäre er ein halbwegs kompetenter Zauberschüler gewesen, hätte das sogar von Vorteil sein können ... denn dann wäre jeder Vollmagier in der Lage gewesen, ihn als Lehrling anzunehmen. Zwar wäre es entschieden anstrengender geworden, sich an eine Mana-Art zu binden, und vermutlich hätte Hugh nie mehr als eine Art beherrscht, aber immerhin wäre es möglich gewesen. Doch zusammen mit seiner kompletten Unfähigkeit, Zaubersprüche zu wirken? Hugh hatte ehrliche Zweifel, ob irgendein Lehrmeister an ihm interessiert sein würde. Vielleicht die Haushälter von Skyhold – schließlich war es für diesen Job nötig, das Mana in verschiedene Arbeitsgeräte zu kanalisieren.

Je näher der Tag der Sichtung heranrückte, desto aufgeregter wurden alle. Außer Hugh, der nur immer nervöser wurde. Und nun war der Augenblick der Wahrheit gekommen. Hugh hatte sich selten so abgrundtief schlecht gefühlt.

Er konnte sich kaum dazu bringen, der Ansprache von Direktorin Tarik auf der Bühne zuzuhören. Normalerweise hätte er an ihren Lippen gehangen, denn zu ihrer Blütezeit war sie eine der mächtigsten Steinmagierinnen des Kontinents gewesen. Angeblich hatte sie nur eine Woche gebraucht, um während der

Eroberungskriege des Havath-Imperiums ganz allein eine Festung hochzuziehen, die dem Ansturm der Feinde Einhalt gebot. Am heutigen Tag jedoch wurde Hugh nur von der deprimierenden Vorstellung verfolgt, wie alle anderen nacheinander erwählt werden würden, bis er allein und unerwünscht im Höhlengewölbe des Großen Saals saß.

Schließlich trat Tarik von dem erhöhten Podium zurück, das durch Runenmagie die Stimme der Redner verstärkte und durch die ganze Halle schallen ließ. An ihrer Stelle bestieg der erste Zauberer die Bühne, der sich einen Lehrling aussuchen durfte: Aedan Drachentöter.

In welcher Reihenfolge die Sichtung stattfand, war eine Frage des Prestiges, und auf ganz Skyhold gab es keinen berühmteren Magier als ihn. Er hatte sich seinen Namen bereits verdient, als er noch ein einfacher Wanderzauberer gewesen war. Ganz allein hatte er in seinem Heimatland Tsarnassus einen uralten Schneelindwurm erschlagen, der die Umgebung verwüstete. Seitdem hatte Aedan mindestens ein Dutzend ausgewachsener Flugdrachen besiegt, zwei weitere Lindwürmer und unzählige Kleindrachen oder Drachenverwandte. Auch wenn darin seine Spezialität bestand, hatte er nebenbei noch eine ganze Menge anderer Ungeheuer bekämpft. In aller Munde war sein Sieg über eine riesige vielköpfige Hydra im Herzen eines undurchdringlichen Dschungels, wo die Ruinen einer Stadt des Alten Ithonia lagen. Die Geschichten seiner Heldentaten hatte man sich sogar in Emblin erzählt, obwohl die Leute dort sonst jede Magie verabscheuten.

Und worin lag der Schlüssel zu Aedans Erfolg? Er besaß nicht weniger als fünf Bindungen. Unter den Schülern war umstritten, worin sie alle bestanden, aber jedenfalls war bekannt, dass er fliegen und Blitze schleudern konnte. Ansonsten gab es unzählige Gerüchte, von denen sich das seltsamste am hartnäckigsten hielt, nämlich dass er sich selbst in einen Drachen verwandeln konnte.

Es wäre eine Lüge gewesen zu behaupten, dass Hugh nie von einer Lehrstelle bei Aedan Drachentöter geträumt hatte. Sein Reservoir an Mana war für jemanden in seinem Alter ganz beträchtlich, auch wenn er sonst wenig zu bieten hatte. Realistisch betrachtet war Hugh jedoch immer klar gewesen, dass es sich dabei um bloße Fantasien handelte. Sein Mangel an Zaubertalent zusammen mit dem Fehlen jeglicher Affinität … ein Gefechtsmagier zu werden, war für ihn völlig unmöglich.

Aedan blickte mindestens eine Minute stumm und ernst über die Menge hinweg. Von jedem anderen Magier hätte man erwartet, dass er seinen neuen Lehrling sofort bekanntgab, aber dieser grauhaarige, von Kampfnarben übersäte Mann konnte vermutlich solange dort stehen und schweigen wie er wollte. Die gesamte Zuhörerschar wartete geräuschlos und angespannt darauf, was er sagen würde. Das galt sogar für die Vollmagier. Endlich öffnete er den Mund.

„Rhodes Charax von Highvale", verkündete er und verließ ohne weitere Umstände das Podium.

Hugh plumpste das Herz bis in den Magen. Er hatte nie ernsthaft erwartet, von Aedan erwählt zu werden, aber ausgerechnet Rhodes? Hugh war kurz davor, sich gleich hier und jetzt aus der Halle zu verdrücken wie ein geprügelter Hund.

Die übrigen Schüler waren ganz anderer Meinung. Rhodes unzählige Bewunderer, Freunde und Mitläufer applaudierten begeistert. Rhodes selbst strahlte vor Triumph, als er aufstand und sich bei der Bühne zu Aedan gesellte, um seine Lehrlingszeit zu beginnen.

Hugh fiel es schwer, sich überhaupt noch auf den Rest der Sichtung zu konzentrieren. Ein paar Entscheidungen weckten immerhin seine Aufmerksamkeit. Die Wassermagierin Sulassa Tidenruf, die einst einen ganzen Fluss umgelenkt hatte, um einen Waldbrand zu löschen, entschied sich für ein Zwillingspaar – einen Jungen und ein Mädchen – mit meerblauen Augen und meerblauen Haaren, deren Schattierungen wechselten wie der Ozean. Dann kam Artur Mauerbrecher, über zwei Meter groß und muskelbepackt, mit Vollbindungen an Metall und Stein. Er trug einen Kriegshammer, der garantiert mehr wog als Hugh, und erwählte einen Schüler, bei dem es sich nur um seinen Sohn handeln konnte. Der Junge machte den Eindruck, als würde er seinen Vater bald noch an Körpermasse übertreffen.

Doch davon abgesehen versank Hugh mit der Zeit immer tiefer in düsterem Selbstmitleid. Die Sichtung dauerte fast den ganzen Tag, und Hugh blieb auf seinem Platz sitzen, während mehr und mehr Schüler verschwanden. Schon bald war ein Viertel der Halle leer, dann die Hälfte, dann Dreiviertel. Nun waren nicht mehr viele Zauberer übrig, um sich Lehrlinge auszusuchen, bevor die verschiedenen Arbeitsgilden an die Reihe kommen würden. Inzwischen hoffte Hugh nur noch, dass er nicht bei den Haushältern landete.

Er war kurz davor, in Tränen auszubrechen. Wobei die anderen Schüler, die noch übrig waren, auch nicht besonders glücklich aussahen. Von einer Gilde auserwählt zu werden, war wenig ehrenvoll. Alle träumten davon, Lehrlinge eines einzelnen Meisters zu werden, statt noch weitere Jahre in anonymen Klassenräumen herumzusitzen. Nun waren bloß noch eine Handvoll Zauberer übrig, und ...

„Hugh aus Emblin."

KAPITEL 7

Abrupt richtete Hugh seinen Blick wieder auf das Podium. Er war sicher, dass er sich verhört haben musste. Auf dem Podium stand die allerletzte Person, mit der er gerechnet hatte: der Bibliothekar, der ihn vor Rhodes gerettet und ihm das Archiv empfohlen hatte. Hugh spürte ein kurzes Aufflammen von Hoffnung, dann sah er zwei andere Erwählte auf die Bühne zugehen, und sein Herz wurde wieder schwer. Mehr als zwei Lehrlinge zur gleichen Zeit nahm gewöhnlich kein Magier auf.

Doch da schaute der Bibliothekar ihn geradewegs an und wiederholte klar und deutlich: „Hugh aus Emblin."

Wie benommen erhob sich Hugh von der Sitzbank und stolperte auf die Bühne zu. Er war erwählt worden! Man hatte ihn doch nicht ganz allein in der Halle sitzen gelassen. Zwar wusste er von seinem neuen Meister nicht einmal den Namen oder die Affinitäten, aber das war ihm gleichgültig. Seit dem Tag, an dem seine Magie zum ersten Mal erwacht war, hatte er sich nicht mehr so erleichtert gefühlt.

Während er auf die Bühne zuging, begannen allerdings wieder Zweifel seinen Verstand zu überschwemmen. Bestimmt vertrat sein neuer Meister nur die Arbeitsgilde der Bibliothekare, dachte Hugh … obwohl er sah, dass die Gildenmeister noch darauf warteten, ihre Wahl verkünden zu dürfen. Oder es war einfach bloß Mitleid. Der Mann hatte gesehen, wie Hugh schikaniert wurde, also hatte er sich danach Hughs Schulergebnisse angeschaut und gelesen, was für ein hoffnungsloser Fall er war. In der Zeit, die Hugh bis zur Bühne brauchte, hatte er sich selbst vollständig davon überzeugt.

Zu seiner Schande hatte er nicht das Geringste dagegen, aus Mitleid genommen zu werden.

Sein neuer Meister warf Hugh und den anderen beiden Lehrlingen einen auffordernden Blick zu, als er von der Bühne trat. Mit einem Wink befahl er ihnen, dass sie ihm folgen sollten. Der hochgewachsene, drahtige Mann schlug ein Tempo an, bei dem Hugh kaum mithalten konnte. Während sie aus dem Großen Saal marschierten, nutzte Hugh die Gelegenheit, die beiden anderen Lehrlinge näher in Augenschein zu nehmen. Er hatte während der Sichtung ihre Namen nicht behalten. Bisher waren die drei sich nie begegnet, was allerdings kaum überraschte, schließlich gab es mehr als tausend Erstklässler auf Skyhold.

Das erste Mädchen überragte Hugh um mehrere Zoll. An ihrer dunklen Haut und den langen hellen Haaren – eher weiß als blond – sah man auf den ersten Blick, dass sie aus einer der Küstenstädte im Südwesten stammte. Außerdem hatte das Mädchen dünne, verästelte Linien auf den Händen und der einen Wange, die an Brandnarben erinnerten. Ihr Gesicht war absolut ausdruckslos und sie hielt den Blick starr nach vorne gerichtet.

Das andere Mädchen war sogar noch kleiner als Hugh. Ihre blasse Haut bildete einen scharfen Kontrast zu den langen feuerroten Haaren. Außerdem hatte Hugh noch nie jemanden mit so vielen Tätowierungen gesehen. Linien in strahlendem Blau bildeten verschlungene geometrische Formen auf ihrer Haut. Es sah fast aus, als hätte jemand ihren ganzen Körper mit Spruchformeln verziert. Die Symbole liefen über ihre Arme bis zu den Fingerspitzen, umringten ihren Hals und verzierten sogar die Stirn und die Wangen. Nur der Rest ihres Gesichts war davon frei. So etwas war Hugh noch nie begegnet, und er hatte keine Ahnung, woher das Mädchen stammen konnte. Während er sie musterte, fing sie seinen Blick auf und funkelte ihn wütend an. Hugh senkte schnell die Augen und wandte den Kopf ab.

Er brauchte einige Minuten, bis er den Mut aufbrachte, seinen neuen Meister anzusprechen. Allerdings war seine Stimme kaum hörbar. „Sir … ich, äh … tut mir leid, aber ich habe nicht mitbekommen, wie Sie heißen."

Das Mädchen mit den Flammenhaaren meldete sich spöttisch zu Wort. „Kein Wunder. Du hast beim ersten Mal sogar deinen eigenen Namen überhört."

Hugh zuckte unter der Stichelei zusammen.

Der Bibliothekar drehte sich im Gehen zu ihnen um, ohne langsamer zu werden. Hätte Hugh versucht, auch nur halb so schnell rückwärts zu laufen, wäre er sofort umgefallen. Der schlaksige Magier zeigte gestikulierend auf sich selbst. „Ich muss mich entschuldigen. Das alles ist für mich genauso neu wie für euch. Ich hatte noch nie einen Lehrling."

Diese Erklärung erfüllte Hugh nicht gerade mit Zuversicht.

„Ich bin Alustin Haber, ein Reisender Archivar", sagte Alustin immer noch rückwärts marschierend. Scheinbar ohne hinzuschauen trat er einen Schritt nach links, weil er sonst in einen unglaublich dicken Zauberer und seine zwei neuen Lehrling hineingerannt wäre. „Falls ihr auch die Namen der anderen nicht aufgeschnappt haben solltet: Der junge Mann hier heißt Hugh aus Emblin, die große junge Dame ist Sabae Kaen Dazs und eure neue Freundin mit den vielen Tätowierungen heißt Talia vom Clan Castis." Ohne eine Antwort abzuwarten, wirbelte Alustin wieder herum und schritt in normaler Richtung weiter.

Die kleine Rothaarige – Talia – blickte ihn giftig an. „Ich bin nicht eure Freundin", zischte sie.

Hugh wandte wieder den Kopf ab. Sabae starrte immer noch mit steinerner Miene geradeaus.

Die Gruppe marschierte mehrere Minuten stumm weiter. Hugh war gerade klar geworden, dass sie sich auf die Bibliothek zubewegten, als Sabae das Wort ergriff. Ihre Stimme erklang laut und klar durch die Stille.

„Meister Alustin, was ist ein Reisender Archivar?"

Ohne sich zu verlangsamen, wirbelte Alustin zurück in ihre Richtung. „Gute Frage, Sabae! Ein Reisender Archivar ist ein Magier, der von Skyhold ausgesandt wird, um Bücher aufzuspüren – gestohlene Dämonen-Grimoire aus unserer Sammlung, verborgene Schriften aus den von Fallen und Flüchen geschützten Schlupfwinkeln lang verstorbener Magier, überfällige Bücher aus der Leihbibliothek, solche Sachen." Alustin grinste, drehte sich um und marschierte weiter.

Hugh blinzelte überrascht, dann senkte er den Blick wieder zu Boden. Das klang … tatsächlich ziemlich aufregend. Deutlich mehr, als er sich erhofft hatte. Er hatte nicht erwartet, dass Alustin ein Gefechtsmagier war. Aber … was wollte ein solcher Mann mit einem Lehrling wie Hugh?

KAPITEL 8

Niemand sprach, bis sie die Bibliothek erreicht hatten und selbst dann bestand der Wortwechsel nur daraus, dass Alustin die anderen Bibliothekare begrüßte. Alle schienen ziemlich erfreut, ihn zu sehen, und warfen den neuen Lehrlingen eine Menge neugieriger Blicke zu.

Alustins Büro befand sich tief im Mitarbeiterbereich der Bibliothek. Er blieb vor einer Tür ohne Namensschild stehen, die eher aussah, als würde sie zu einer Besenkammer führen. Doch als er sie aufschloss, lag dahinter ein Büroraum von so schockierend großen Ausmaßen, dass man dort Duellübungen hätte abhalten können, wäre die Decke nicht so niedrig gewesen. Zwar stieß sich Alustin nicht den Kopf daran, aber er hätte auch nicht gefahrlos hochspringen können.

„Nun kommt schon rein, nicht so schüchtern!", sagte Alustin.

An den Wänden entlang drängten sich übervolle Bücherregale und große Kreidetafeln voller krakeliger handschriftlicher Texte, komplexer Diagramme und Spruchformeln sowie einiger beeindruckend präziser Zeichnungen. Kurz darauf erkannte Hugh, dass der Fußboden ebenfalls aus einer riesigen Kreidetafel bestand.

Ganz hinten stand ein klobiger Schreibtisch, der aussah, als hätte er einem früheren Schuldirektor oder sogar einem Monarchen gehört. Allerdings hatte er seine besten Zeiten seit mindestens hundert Jahren hinter sich, denn er war mit Kerben und Scharten übersät, und an einigen Stellen splitterte sogar das Holz ab. Hugh war sicher, dass der Tisch auf keinen Fall durch die Tür gepasst haben konnte, und erst recht nicht die schmale schmiedeeiserne Wendeltreppe hinab, die in einer Ecke zur nächsten Etage führte. Auf dem Tisch türmten sich unzählige Bücher, Schriftrollen und Papierstapel. Einen freien Platz zum Arbeiten entdeckte Hugh nirgends. Statt normaler Holzstühle, wie man sie erwarten würde, nahm den gesamten Platz hinter dem Tisch ein gigantischer lederner Lehnstuhl ein. Dagegen wirkte selbst der schlaksige Reisende Archivar zwergenhaft. Genau wie der Tisch war der Sessel reif für die Müllkippe, und das galt auch für die drei abgenutzten, aber bequemen Gästesessel davor.

Alustin marschierte auf seinen Schreibtisch zu, und die Lehrlinge wollten schon folgen, als Talia abrupt auf halbem Wege stehen blieb. Hugh und Sabae kamen verwirrt hinter ihr zum Halten.

„Was zur tausendsten Hölle wollen Sie mit jemandem, dessen Magie absolut nutzlos ist?", fragte sie und wirkte noch giftiger als zuvor.

Hugh spürte seinen Wangen rot werden. Deshalb war sie also die ganze Zeit so wütend gewesen. Sie wusste, welchen Ruf er hatte, und fühlte sich beleidigt, weil er als lästiges Anhängsel hinter ihnen her trottete. Unauffällig warf er einen Blick auf Sabae und stellte fest, dass ihre Miene noch regloser geworden war. Sie starrte zur Seite und wollte ihn anscheinend nicht einmal anschauen, so sehr schämte sie sich, dass er derselben Gruppe aufgebürdet worden war. Schließlich war er ...

„Du bist nicht nutzlos, Talia", sagte Alustin.

... Was?

„Ja, klar. Als nächstes erzählen Sie mir, dass es zu Mittsommer schneit! In meinem Clan gab es niemanden, der etwas mit mir anfangen konnte. Die ganzen Ausbilder, die sie für mich angeschleppt haben, will ich gar nicht erwähnen", sagte Talia. „Ich sollte kämpfen lernen wie meine Eltern und Brüder und eine anständige Gefechtsmagierin werden. Stattdessen bin ich ein nutzloses Durcheinander. Aber nur, dass Sie es wissen: Auch wenn ich nicht zum Kämpfen tauge, lasse ich mich nicht von Ihnen in einen Bücherwurm verwandeln, der hier drinnen im Dunklen versauert. Und auf Mitleid kann ich auch verzichten."

Hugh hatte nicht den geringsten Schimmer, was hier gerade los war. Talia ... sie hatte von sich selbst gesprochen? Aber warum war Sabae dann so ...?

Alustin schaute Talia während ihres Ausbruchs ruhig an.

„Du bist nicht nutzlos, Talia“, wiederholte Alustin. Er blickte zuerst zu Sabae, dann zu Hugh. „Das gilt für euch alle. Ihr habt nicht in der Magie versagt. Die Akademie war es, die versagt hat. Sie hat von euch erwartet, dass ihr euch schlicht dem Lehrstoff und den Methoden anpasst, die für alle anderen gelten. Aber so starr ist Magie nicht.“

„Was für ein Unsinn soll …“, sagte Talia.

Alustin redete einfach über sie hinweg. „Ich habe euch nicht aus Mitleid gewählt oder weil ich ein paar zusätzliche Helfer brauchte, um Papiere zu sortieren. Ich habe mich für euch drei entschieden, weil ich glaube, dass ihr Potenzial habt. Weil ich glaube, dass ihr großartiger Magier werden könnt.“

Talia sah fast so verblüfft aus wie Hugh sich fühlte. Sogar auf Sabaes Miene erschien endlich ein Ausdruck und sie warf Alustin einen scharfen Blick zu. Er hatte … er war ...

Alustin musste verrückt sein.

Hugh konnte nicht länger den Mund halten. „Jeder Lehrer, der versucht hat, mir etwas beizubringen, hat aufgegeben. Jeder einzelne. Ich bin kein echter Magier, das wissen doch alle. Ich bin … nur eine Art Freak.“

Alustin schaute ihn unbeeindruckt an. „Man sollte besser nie glauben, was alle wissen, Hugh.“ Er rückte einen Stapel Papiere auf seinem Tisch beiseite. „Alle haben gesagt, dass ich nie ein Gefechtsmagier werden kann, und ich habe ihnen das Gegenteil bewiesen.“

Hugh klappte den Mund wieder zu.

Jetzt sah Alustin tatsächlich ein bisschen verärgert aus. „Die Akademie hat angefangen, Schüler zu behandeln, als seien sie auswechselbar. Als gäbe es bloß eine Art, Magie zu lehren. Ständig werden die Klassen vergrößert, und von den Schülern wird erwartet, dass sie vorgegebene Zaubersprüche pauken wie aus dem Lehrbuch.“ Er lehnte sich vor. „So funktioniert Magie nicht. Es gibt zahllose Wege, die zu ihr führen. Aber wenn die Akademie auf etwas stößt, das zu weit von der Norm abweicht? Dann ist man hier völlig unfähig, damit umzugehen.“

Alustin atmete tief durch und schien sich ein wenig zu beruhigen. „Eigentlich wollte ich bis später warten und dieses Thema bei jedem von euch einzeln ansprechen, aber wie es aussieht, sollten wir es jetzt hinter uns bringen. Euch alle hat man fälschlicherweise glauben lassen, ihr wäret als Magier nutzlos. Ich habe vor, das Gegenteil zu beweisen."

KAPITEL 9

Alustin setzte sich hinter seinen Schreibtisch und zeigte auf die Gästesessel davor. „Nehmt Platz."

Ein Moment lang rührte sich niemand. Die Erste, die sich in Bewegung setzte, war interessanterweise Sabae. Hugh folgte schnell, bloß Talia zögerte einen Augenblick, bevor sie sich den dritten, freien Platz nahm. Als Hugh in das Polster sank, stellte er fest, dass sein Sessel zwar nach Ramsch aussah, aber unglaublich bequem war.

„Es steht mir nicht zu, euch die Lebensgeschichten der andern zu erzählen", sagte Alustin, „und tatsächlich kenne ich nur Bruchteile davon, obwohl ich intensiv recherchiert habe. Ich empfehle euch sehr, dass ihr miteinander darüber redet, aber ich verlange es nicht. Allerdings werde ich euch über die magischen Probleme der anderen aufklären."

Hugh spürte, wie ihm schon wieder die Röte in die Wangen schoss. Er hatte gedacht ...

„Ich tue das nicht, um euch zu beschämen oder in Verlegenheit zu bringen. Wenn Magier zusammenarbeiten wollen, müssen sie einander begreifen. Und in den kommenden Jahren werdet ihr drei die gesamte Zeit zusammenarbeiten. Verstanden?"

Sabae nickte hoheitsvoll, Hugh nickte zweifelnd, und selbst Talia gab schließlich ein zustimmendes Geräusch von sich.

Alustin holte tief Luft und sagte: „Beginnen wir mit Talia. Sie stammt aus einer Reihe mächtiger Feuermagier. Weil ihre Familie sicher war, dass sie dieses Erbe fortsetzen würde, ließen sie ihr Spruchformeln zur Flammenverstärkung tätowieren, bevor sich ihre Affinität überhaupt gezeigt hatte. Doch zu ihrem Pech hat Talia kein Feuertalent. Stattdessen hat sie eine unglaublich starke Affinität für Knochen und Träume – was beides selten und überaus nützlich ist. Die Tätowierungen hindern sie jedoch daran, ihre Gaben angemessen zu kontrollieren. Durch die Spruchformeln wird sie gezwungen, beides so zu handhaben, als sei es Feuer, was mindestens einen abgebrannten Klassenraum zur Folge hatte."

Hugh schielte zu Talia hinüber, die ihm prompt einen herausfordernden Blick zuwarf, falls er es etwa wagen sollte, etwas zu sagen. Wieder guckte er schnell weg. Ihr Problem klang unangenehm, aber wenigstens besaß sie überhaupt Affinitäten. Vielleicht gab es eine Methode, ihre Tätowierung zu entfernen?

„Auch Sabae stammt aus einer mächtigen Ahnenreihe. In diesem Fall besteht ihre Familie aus Sturmmagiern, die alle eine dreifache Begabung besitzen: Blitz, Wind und Wasser. Sabae scheint jedoch unfähig zu sein, ihre Kräfte mehr als ein paar Zentimeter entfernt von ihrem Körper zu kontrollieren. Bei vielen Affinitäten wäre das kein Problem. Nur ist Sturmmagie nun einmal nichts, was man in direkter Nähe ausprobieren möchte. Ungewöhnlich an Sabae ist, dass sie noch mit einer vierten Affinität gebo–"

Als Alustin an diesem Punkt angekommen war, sagte Sabae mit schmalen Augen: „Nein."

„Ich habe nicht vor, mehr von deiner Familiengeschichte zu erwähnen, Sabae, bloß …"

„Aber dabei geht es um meine Familiengeschichte, Meister Alustin."

Er betrachtete sie einen Moment lang abwägend, dann seufzte er. „Nun gut. Wir beide werden später darüber sprechen."

Hugh stand ein bisschen unter Schock. Zwei Affinitäten zugleich zu haben, war recht normal. Selbst wenn man keine zweite besaß, konnte man später häufig eine zusätzliche Bindung erwerben. Ohne die natürliche Affinität war es zwar deutlich anstrengender, aber doch die Mühe wert. Eine Dreifachbegabung dagegen war extrem selten. Und offenbar besaß Sabae sogar vier Affinitäten. Selbst wenn sie ein paar einzigartige Probleme damit hatte, war das eine absurd große Machtfülle. Der einzige Magier, der angeblich mehr besaß, war Aedan Drachentöter mit seinen fünf Talenten.

Was Hugh natürlich wieder an Rhodes erinnerte. Wie viele Affinitäten er wohl haben musste, um von Aedan zum Lehrling erwählt zu werden? Garantiert reichte königliches Blut allein nicht aus, um den Drachentöter so sehr zu beeindrucken.

„Und zuletzt kommen wir zu Hugh."

Er zuckte zusammen, dann wurde er knallrot. Die anderen beiden hatten Probleme, die sich lösen ließen. Aber was immer Alustin auch behaupten mochte, Hugh war einfach nur …

„Seine Ausbilder waren bisher unfähig, Hughs besondere Schwierigkeiten zu diagnostizieren. Auch mir ist es erst nach einer mehrwöchigen Recherche gelungen. Unsere erste Begegnung hat meine Neugier geweckt. Denn Hugh stammt, wie ihr vielleicht gehört habt, aus Emblin."

An diesem Punkt wurde er von Talia unterbrochen. „Aber jeder weiß doch, dass es in Emblin keine Magier gibt. Da wohnen nur ein Haufen Schafscherer."

Hugh wandte den Kopf ab. „Ich bin kein Schafscherer", murmelte er.

Alustin räusperte sich. „Habe ich nicht kürzlich erwähnt, was ich von Dingen halte, die Jedermann weiß?"

Eine Pause entstand, dann grummelte Talia irgendetwas. Alustin fand offenbar, das sei eine ausreichende Entschuldigung für die Unterbrechung, denn er fuhr mit seiner Rede fort.

„Es stimmt, dass nur sehr wenige Magier aus Emblin kommen, aber das ist kein Charakteristikum der Menschen dort. Tatsache ist, dass es sich bei Emblin um eine der kargsten Mana-Wüsten des ganzen Kontinents Ithos handelt."

Hugh richtete den Blick zurück auf Alustin. „Aber Emblin ist keine Wüste, Sir. Es besteht vor allem aus Bergen und Wäldern." Sein Meister musterte ihn ein wenig seltsam und Hugh schaute hastig wieder weg.

„Eine Mana-Wüste, Hugh. Das ist nicht das Gleiche wie ein herkömmliches Ödland."

„Was ist es denn, Meister Alustin?", fragte Sabae.

„Das Mana … Hat man euch im Unterricht nichts über den Äther und seine Strömungen beigebracht?"

Niemand antwortete. Alustin seufzte. „Das wäre eine ganze Lektion für sich. Im Moment muss als Antwort genügen, dass in Emblin extrem wenig Mana zur Verfügung steht. Selbst Vollmagier haben Schwierigkeiten, dort genug aus dem Äther zu ziehen. Deshalb besuchen sie das Land auch so selten. Ein junger, magiebegabter Mensch ohne Ausbildung wäre praktisch nicht in der Lage, überhaupt Mana zu kanalisieren. Vermutlich gibt es in Emblin genauso viele potentielle Zauberschüler wie in anderen Ländern. Sie lernen bloß nie, ihre Fähigkeiten zu gebrauchen."

Das alles hatte Hugh noch nie gehört. Die Leute zu Hause behaupteten, bei ihnen gäbe es keine Magier, weil man sie in den Jahrhunderten seit dem Fall des Ithonischen Imperiums erfolgreich vertrieben hätte.

„Wäre Hughs Talent weniger groß, hätte er nie magische Fähigkeiten entwickelt. Doch er wurde mit einer erstaunlichen Menge an Macht geboren, und obwohl er erst 15 ist, besitzt er Mana-Reserven in einem Ausmaß, wie sie sonst nur gut ausgebildete Vollmagier haben. Mit höherem Alter und besserem Training dürften sie nur noch weiter anwachsen."

Moment … er hatte was?

„Um überhaupt sichtbare Magie hervorzubringen, musste sich sein Körper ungewöhnlich stark anstrengen, wenn er Mana aus dem Äther kanalisieren wollte. Und deshalb hast du solche Probleme mit Kleinsprüchen, Hugh. Dein Körper will jeden Zauberspruch mit viel zu viel Mana überfluten."

Hugh blinzelte überrascht. „Zu viel Mana, Sir? Die ganze Zeit war das Problem nur zu viel Mana?" Seine Lippen zuckten wortlos, dann begann er zu lachen. Es klang nicht glücklich. Nicht einmal annähernd. Eigentlich klang es eher wie ein Schrei.

Nach einer Weile beruhigte sich Hugh schließlich ein bisschen. Talia und Sabae starrten ihn beide seltsam an, während Alustin nur geduldig wartete.

„Nicht nur das, nein. Sonst hätte ich einfach deine Lehrer darauf aufmerksam gemacht und es dabei belassen. Deine Magie zeigt aber noch zwei andere seltsame Eigenheiten. Erstens deinen scheinbaren Mangel an Affinitäten. Keine einzige zu besitzen, ist extrem selten.

Zwar nicht unmöglich, aber es kommt fast nie vor. Erst einmal ist das als Grundvoraussetzung weder gut noch schlecht: Einerseits kann man sich an jede Form von Mana binden, im Gegensatz zu den meisten Magiern. Andererseits ist eine Vollbindung weitaus schwieriger als normal."

Talia schnaubte. „Sich die Bindung aussuchen zu können, klingt für mich wie ein Geschenk des Himmels ... Solange man keine Angst vor ein bisschen Plackerei hat."

Alustin ignorierte ihren Einwurf.

„Dann haben wir noch Hughs ungewöhnliches Talent für Schutzzauber."

Hugh starrte ihn an. Ungewöhnliches Talent? Magische Abschirmungen waren fast die einzige Art von Zauber, die er vernünftig hinbekam, und ganz offensichtlich war er darin nur mittelmäßig, sonst hätte Rhodes seine Barriere nicht so einfach durchbrechen können. Im Übrigen ...

„Woher wissen Sie von meinen Schutzzaubern, Sir?"

Alustin warf ihm einen amüsierten Blick zu. „Natürlich habe ich euch alle drei intensiv in Augenschein genommen, bevor ich mich für euch entschied. Deine Schutzschilde sind besser als die vieler Vollmagier, Hugh. Die meisten Schüler im ersten Jahr können höchstens dafür sorgen, dass ein lautes Geräusch ertönt, wenn man ihre Abwehrzauber durchbricht. Dagegen sorgen deine Barrieren dafür, dass man sie gar nicht erst übertreten will. Zusätzlich können sie auch noch zwischen Personen unterscheiden – dich selbst bemerken sie überhaupt nicht. Die Schutzzauber anderer Schüler in deinem Alter reagieren auf jeden gleich."

„Könnte es daran liegen, dass er seinen Sprüchen mehr Mana einflößen kann?", fragte Sabae.

Alustin schüttelte den Kopf. „Sicher nicht. Bei magischen Barrieren handelt es sich um komplexe Gebilde, die schwer zu meistern sind. Einfach nur mehr Mana hineinzupressen, würde sie zusammenbrechen lassen. Nein, Hugh tut etwas viel Ungewöhnlicheres. Er belebt sie mit seinem eigenen Willen."

„Ich tue was?", fragte Hugh.

„Du tränkst die Spruchformeln aktiv mit deiner Willensstärke, was es dir ermöglicht, das Ergebnis sehr viel besser zu kontrollieren und zu steuern."

„Ich ...", begann Hugh und verstummte. Er hatte wirklich keine Ahnung, was das heißen sollte.

„Die so genannte Willensübertragung lässt sich zwar lernen, aber wenn sie ein angeborenes Talent ist, noch dazu gepaart mit dem Fehlen natürlicher Affinitäten, dann lässt das auf eine ganz bestimmte Sorte von Zauberer schließen."

Hugh konnte spüren, wie die beiden Mädchen ihn anstarrten.

„Du, Hugh, bist die Art von Magier, die man Teufelshexer nennt."

KAPITEL 10

Hugh blickte panisch um sich. „Ich habe garantiert keinen Pakt mit einem Dämonen geschlossen!", beteuerte er und spürte sein Herz in der Brust hämmern. Talia und Sabae rückten beide auf ihren Stühlen von ihm ab. Sie sahen aus, als wüssten sie nicht, welche Reaktion angemessener wäre: Kampf oder Flucht.

„Niemand hier denkt, dass du …", sagte Alustin, dann unterbrach er sich und schüttelte den Kopf, „… man hat euch also auch nicht beigebracht, was ein Hexer ist, oder?"

Hugh war auf seinem Stuhl so weit von Alustin weggerutscht wie er konnte. Mit einem furchtsamen Quieken brachte er heraus: „Ich bin kein Teufelshexer!"

Noch einmal seufzte Alustin. „Beruhige dich, Hugh. Niemand hier denkt, dass du mit einem Dämonen paktierst." Als er den Ausdruck auf den Gesichtern der anderen bemerkte, stieß er ein frustriertes Geräusch aus. „Talia, Sabae, er ist keinen Pakt eingegangen. Alles ist in Ordnung."

Sabae warf dem Magier einen misstrauischen Blick zu, schien sich jedoch ein bisschen zu beruhigen. Talia hingegen sah aus, als würde sie Hugh sofort attackieren, wenn er auch nur zuckte.

„Hexer ist nur die Bezeichnung für eine bestimmte Sorte Magier, die ihre Talente entwickeln, indem sie Verträge mit verschiedenen mächtigen Wesenheiten schließen", sagte Alustin. „Es stimmt, manche von ihnen verbünden sich mit Dämonen, um Macht zu gewinnen. Aber das kommt sehr selten vor. Hätte ich auch nur den geringsten Verdacht gehabt, dass Hugh dazu gehört, hätte ich drastische Maßnahmen ergriffen."

Das beruhigte Hugh nicht allzu sehr.

„Ein Hexervertrag kann mit allen möglichen Geschöpfen geschlossen werden. Elementarwesen, Drachen, Naturgeistern

… sogar ausreichend kraftvollen Gegenständen. Die einzige Voraussetzung ist, dass sie magisch sind sowie eine gewisse Macht und ein Bewusstsein besitzen. Oder zumindest müssen sie fähig sein, ein Bewusstsein zu entwickeln." Alustin schob seine Brille auf der Nase hoch. „Die Greifenreiter von Tarnassus könnte man im Grunde als Hexer bezeichnen, weil sie eine magische Bindung mit ihren Tieren eingegangen sind. Das Gleiche gilt für die Heiligen Schwertkämpfer von Havath, denn sie haben einen magischen Pakt mit ihren Waffen geschlossen." Alustin runzelte die Stirn, als er Havath erwähnte.

„Wie zur Hölle funktioniert ein magischer Vertrag mit einem Schwert?", fragte Talia.

„Die Antwort ist lang und komplex, also verschieben wir sie lieber auf später", sagte Alustin. „Im Moment braucht ihr nur zu wissen, dass Hexer sich die Wesenheiten aussuchen können, mit denen sie einen Pakt schließen. Bei der Wahl sollten sie sehr, sehr vorsichtig sein. Dadurch entscheidet sich nämlich, welche Vollbindung und welche Fähigkeiten sie bekommen. Außerdem kann ein Hexer, der nicht sorgfältig verhandelt, am Ende furchtbar schlechte Vertragsbedingungen bekommen. Und ihr solltet lieber nicht herumerzählen, was Hugh für ein Magier ist. Zwar ist der schlechte Ruf von Hexern selten berechtigt, aber das dürfte die meisten Leute kaum interessieren."

Im Laufe dieser Rede hatten die beiden Mädchen endlich wieder aufgehört, Hugh misstrauische Blicke zuzuwerfen.

„Natürlich wäre Hugh nicht halb so faszinierend, wenn es sich bei ihm nur um einen gewöhnlichen Hexer handeln würde."

Das klang für Hugh alles andere als erfreulich.

„Die meisten Hexer besitzen sehr geringe Mana-Reserven. Mehr ist auch nicht nötig, weil sie ihre Macht durch die Verträge bekommen. Hugh dagegen, mit seiner enormen Menge an Mana, eröffnet ein paar … interessante Möglichkeiten."

Die drei Lehrlinge saßen einen Moment lang schweigend da. Alustin musterte sie und lächelte.

„So, dann wollen wir mal über euren Unterricht reden!"

Ihr neuer Meister verlangte, dass sie sich von sämtlichen Magiestunden abmeldeten. In Zukunft würden sie nur noch die Fächer Geschichte und Mathematik besuchen, und zwar ausschließlich vormittags. Die Nachmittage gehörten ganz ihm – wie er mit einem gespielt bösartigen Lächeln verkündete.

Bevor sie gingen, überreichte Alustin jedem von ihnen ein Buch. Talia erhielt ein kleines Anleitungsheft mit dem schlichten Titel *Traumfeuer*. Für Sabae war ein etwas dickeres Exemplar bestimmt, in dem es um verschiedene Kanalisierungsmethoden für Mana ging. Es sah noch älter aus als das Buch über Schutzzauber, das Hugh im Archiv gefunden hatte. Hugh selbst bekam von Alustin einen unglaublich dicken Wälzer, für dessen Gewicht er beide Hände gleichzeitig brauchte. Der Einband bestand aus Leder – wobei es sich vermutlich nicht um so etwas Gewöhnliches wie Rindshaut handelte – und war mit komplexen Spruchformeln verziert.

„*Das Bestiarium des Galvachren?*", las Hugh. „Sir, ich habe eine Menge Bestiarien studiert. Sie sind alle zusammen nur widersprüchlicher Unsinn."

Alustin lächelte. „In den meisten steckt zwar wenigstens ein Körnchen Wahrheit, aber stimmt, vor allem sind sie Unsinn. Von Galvachren jedoch stammt das am besten recherchierte Bestiarium des Kontinents. Außerdem ist es ihm gelungen, sämtliche Abdrucke magisch miteinander zu verbinden, sodass er sie – wann immer nötig – korrigieren und auf dem neuesten Stand halten kann. Als ich meine erste Ausgabe davon erhalten habe, war ich in deinem Alter, und das Buch war damals nur halb so dick."

Hugh musterte das Buch erstaunt. Aber auch mit halbem Umfang wäre es noch das massigste Buch gewesen, das er je gesehen hatte. Es wog bestimmt zehn Kilo.

„Warum brauche ich ein Bestiarium, Sir?"

„Natürlich, um nach geeigneten Vertragspartnern zu suchen. Deshalb solltest du bei dem Teil beginnen, der sich einzelnen Individuen widmet. Sie sind nur dann verzeichnet, wenn sie genügend Macht haben, um einen eigenen Eintrag zu verdienen. Du findest sie am Ende des Buches."

Nun war es Hugh, der einen Seufzer ausstieß, als er den Wälzer hochhob.

„Ihr seid erst einmal entlassen, aber ich erwarte euch morgen hier in meinem Büro", sagte Alustin. „Noch ein letzter Punkt, bevor ihr geht. Bitte hört auf, mich mit *Meister* oder *Sir* anzureden. Alustin reicht völlig."

KAPITEL 11

Als sie das Büro verließen, marschierte Hugh auf geradem Wege zurück zu seinem Versteck und trug sein neues Buch in beiden Händen. Er bemerkte nicht einmal, dass Sabae aussah, als wolle sie mit Talia und ihm reden. Hugh folgte seinem üblichen verschlungenen Weg durchs Archiv, wich Origami-Golems aus und schob sich seitlich an dem Bücherregal vorbei, hinter dem seine verborgene Schlafkammer lag. Das Ganze war entschieden schwieriger als sonst, was an dem klobigen *Bestiarium des Galvachren* lag.

Als er in der Kammer angekommen war, blieb er vor Schock stocksteif stehen. Alles sah völlig verändert aus. Sein Schlaflager aus Decken war durch eine echte Matratze und ein Bettgestell ersetzt worden. Die klapperigen Möbelstücke waren verschwunden, und eine vollständige, robuste Einrichtung stand an ihrer Stelle. In den Regalen befanden sich nun Bücher über Hexer-Magie und Schutzzauber und sogar einige Romane, wie er feststellte. Es gab eine Pendeluhr, an den Wänden waren Glühkristalle installiert, und sogar sein Fenster war aufpoliert worden. Nun hatte es Vorhänge, und statt des verzogenen Rahmens mit verfärbtem Glas entdeckte Hugh eine brandneue Scheibe von bester Handwerksqualität.

Auf seinem neuen Bett lag ein Zettel. Darauf stand: „Niemand, der zu meinen Schülern gehört, schläft auf einem Bett aus Müll!" Darunter prangte die Unterschrift *Alustin Haber, Reisender Archivar.*

Hugh starrte die Notiz eine Weile sprachlos an, dann ließ er das Bestiarium auf den Schreibtisch plumpsen, um seine Abwehrzauber zu untersuchen. Soweit er feststellen konnte, wirkten sie völlig unberührt. Verblüfft ließ er sich auf das Bett sinken.

Er versuchte, sich einen Reim darauf zu machen, wie Alustin durch seine Schutzbarrieren gekommen war – und, erstaunlicher noch, ein ganzes Bett hindurch bugsiert hatte – seit Hugh heute Morgen aus dem Zimmer gegangen war. Bei diesem Gedanken wurde ihm plötzlich bewusst, was seitdem alles passiert war, und die ganzen Ereignisse des Tages stürmten gleichzeitig auf ihn ein.

Hugh brach in Tränen aus.

KAPITEL 12

Phragmos Mastenbeißer: *Phragmos ist ein mürrischer Riesenkrake, der sich im Norden der Ithonischen Küste aufhält. Er haust in einer großen Meeresgrotte unter einem der Kliffs, die die Nordküste der Himmelhohen Berge bilden. Nicht wenige bewaffnete Flotten und mächtige Magier wurden ausgesandt, um Phragmos die Stirn zu bieten, doch keiner von ihnen ist je zurückgekehrt. Zwar attackiert er nicht jedes vorbeifahrende Schiff, dennoch sei Seeleuten dringend geraten, sich weit von seiner Grotte fernzuhalten.*

Was für magische Kräfte würde ihm wohl ein Pakt mit einem Riesenkraken bescheren? Vielleicht die Fähigkeit, unter Wasser zu atmen? Übernatürliche Körperkraft? Eine Elementarbindung an Wasser? Und welche Art von Preis würde ein Riesenkrake im Gegenzug fordern?

Asterion: Bei Asterion handelt es sich um eine wahrlich einzigartige Kreatur. Er erinnert am ehesten an einen Minotaurus, wenn diese Spezies zehn Meter groß wäre, Augen wie feurige Sonnen hätte und ansonsten einem zur Erde gestürzten Stück Sternenhimmel ähnelte. Asterion durchstreift die Gipfel und Täler der Himmelhohen Berge und ist selten zweimal am selben Platz zu finden. Der einzige Ort, an dem er schon mehrfach gesichtet wurde, sind die Ruinen einer uralten Stadt aus der Zeit vor dem Ithonischen Imperium. Menschen schenkt er selten Beachtung und menschliche Behausungen vermeidet er. Erregt man jedoch seinen Zorn, ist Asterion ein schier unbezwinglicher Gegner. Niemand hat je gesehen, dass er Schlaf oder Nahrung benötigt.

Hugh brauchte mehrere Stunden, bis er sich endlich zu entspannen begann. In den letzten Tagen hatte er sich so viele Sorgen um die Sichtung gemacht, dass seine Ängste geradezu hysterisch geworden waren. Aber nun hatte sich alles besser entwickelt, als er sich überhaupt hatte vorstellen können. Ein noch größerer Schock war die Enthüllung gewesen, dass er als Magier keineswegs wertlos war.

Zzthkxz: Diese Spinne von der Größe eines Elefanten behaust die Tiefen des Labyrinths unter Skyhold. Sie stellt gern Rätselfragen und spielt Fangen mir ihrer Beute, doch am Ende schleppt sie jeden Unvorsichtigen als Nahrungsvorrat in ihr Netz.

Hugh war ein bisschen überrascht, dass ein solches Riesenmonster unter der Akademie leben sollte. Natürlich hatte er schon vom Labyrinth gehört – es kam in allen Geschichten über Skyhold vor, und die Erstklässler wurden regelmäßig gewarnt, es auf keinen Fall zu betreten. Das Labyrinth steckte voller Fallen und seltsamer Geschöpfe, ganz abgesehen von dem schlichten Risiko, sich in seinen Gängen zu verlaufen. Der Bau war weitaus älter als die Akademie, und viele Gelehrte waren der Meinung, seinetwegen sei Skyhold überhaupt hier errichtet worden. Denn wer sich trotz all der Gefahren in seine Tiefen wagte, kehrte oft mit machtvollen, magischen Objekten und seltenen, kostbaren Zutaten zurück.

Heliothrax: Diese Drachin von enormer Größe und Macht gehört zur Gattung der Sonnenwindwyrmer. Menschen begegnet sie recht freundlich und hat ihnen in gewissen Fällen sogar gegen andere magische Geschöpfe beigestanden. Die ersten Legenden über sie lassen sich bis auf die frühsten Zeiten des Ithonischen Imperiums zurückverfolgen.

Heliothrax klang für Hugh deutlich ansprechender als die ganzen übrigen Einträge, die er bisher gelesen hatte. Eine uralte Sonnendrachin, die Menschen verteidigte? Welche Fähigkeiten würde sie ihm wohl schenken? Flugmagie? Eine Bindung an Licht und Flammen? Heliothrax wanderte geradewegs an die Spitze seiner Auswahlliste. Unwillkürlich dachte er, dass ein Pakt mit ihr sogar noch spektakulärer wäre, als von Aedan Drachentöter zum Lehrling erwählt zu werden.

Jaskolskus, der lebende Vulkan: Dieser alte Asche-Elementargeist von immenser Macht verlässt nur selten die Caldera, in der er haust, doch wenn er gereizt wird, kann er in seinem Zorn ganze Städte von der Landkarte tilgen.

Hugh wollte durchaus einen mächtigen Vertragspartner, aber bei Jaskolskus anzufragen wirkte … nun ja, total wahnsinnig. Selbst unter den besten Bedingungen war es schwer, mit Elementargeistern zu kommunizieren, ohne dass es zu Missverständnissen kam, zumal sie nur allzu leicht wütend wurden. Und wenn es sich dabei um ein Geschöpf handelte, dass so mächtig war wie Jaskolskus … nein, eher nicht.

Karna Scythe: Die neueste Königin der Gorgonen ist erst seit etwa 150 Jahren an der Macht. Im Gegensatz zu den meisten ihrer Vorgängerinnen toleriert sie menschliche Besucher in dem Irrgarten, als dessen Wächter sich ihr Volk versteht. Mit einzelnen Personen hat sie sogar Handelsbeziehungen aufgenommen.

Die Nacht begann schon der Morgendämmerung zu weichen, als Hugh schließlich das Bestiarium auf dem Schreibtisch liegen ließ (aufgeschlagen bei Ephyrus / der Gefallene Mond, einer fliegenden Riesenqualle, die durch die Sturmwolken über den Dschungelwäldern des südöstlichen Ithos trieb), um sich schlafen zu legen.

KAPITEL 13

Am nächsten Morgen trafen sich Alustins Lehrlinge vor seinem Büro. Hugh kam als Letzter. Wenn man in einem Archiv lebte, gab es nach einer durchwachten Nacht wenig, was einen am Verschlafen hinderte.

Gerade öffnete Talia den Mund, um eine Bemerkung zu machen – und Hugh wettete, dass sie sich über seine Bummelei beschweren wollte – als die Tür aufging und Meister Alustin den Kopf herausstreckte.

„Wunderbar, ihr seid alle hier! Kommt doch herein!"

Hugh beeilte sich, durch die Tür zu schlüpfen, um einem Streit mit Talia zu entgehen. Er steuerte auf die Gästesessel vor dem Schreibtisch zu, doch da nahm Alustin ihn bei der Schulter und drehte ihn in Richtung einer Wand mit frisch abgewischter Kreidetafel.

„Also dann, die zweite Lehrstunde!", verkündete Alustin.

„Die zweite?", fragte Hugh.

„Tja, ich habe nicht vor, jedes Mal nachzuzählen", sagte Alustin trocken.

Hugh sparte sich seine Antwort lieber.

Talia und Sabae gesellten sich zu ihnen, als Alustin auf der Tafel zu kritzeln begann.

„Ihr wollt also etwas über den Äther wissen", sagte Alustin.

„Nicht wirklich", murmelte Talia.

„Der Äther ist wie das Meer", erklärte Alustin und zeichnete flüchtig das krakelige Bild eines Ozeans an die Tafel. Hugh fiel auf, dass es keinerlei Ähnlichkeit mit den künstlerischen Zeichnungen an den übrigen Wänden hatte.

„Was ist der Äther, und warum sollte es uns interessieren, ob er wie das Meer ist?", fragte Talia.

Alustin wandte sich zu ihnen um. „Aus dem Äther ziehen Magier ihre gesamte Macht. Er ist pures Mana und füllt jeden Winkel auf unserer Welt. Und wie gesagt ähnelt er einem Ozean.“

„Gibt es Fische?“, fragte Talia. Hugh war ziemlich sicher, dass sie es sarkastisch meinte.

Alustin öffnete schon den Mund, um zu antworten, als Sabae ihm zuvorkam. „Hörst du bitte auf zu unterbrechen? Vielleicht willst du nichts lernen, aber wir schon.“

Talia funkelte Sabae an, und zu Hughs Missbehagen nahm sie als nächstes auch ihn ins Visier. Schnell schaute er weg.

Bevor Talia wieder dazwischenreden konnte, erhob Alustin die Stimme. „Ich möchte sehr hoffen, dass es im Äther keine Fische gibt. Diese Vorstellung ist ein bisschen … furchteinflößend.“ Er schüttelte den Kopf. „Nun, jedenfalls gleicht der Äther insofern einem Meer, als dass er wie Wasser flutet und verebbt, Strömungen, Gezeiten und Untiefen hat und sich am liebsten den Weg des geringsten Widerstands sucht. Doch anders als Wasser kümmert er sich wenig darum, was ihm im Weg liegt, und ist unbeeinflusst von der Schwerkraft. Der Äther fließt stets frei und ungehindert, außer ...“

Alustin drehte sich wieder zur Tafel um und versah die Meerlandschaft mit weiteren Details. Dabei sagte er eine ganze Weile nichts, bis Hugh klar wurde, dass er auf einen Vorschlag seiner Lehrlinge wartete.

„Außer man zwingt ihn, sich in eine Richtung zu bewegen!“, sagte Talia. Sabae warf ihr einen vernichtenden Blick zu.

„Ich rate euch sehr dringend von dem Versuch ab, Zwang auf den Äther auszuüben. Habt ihr schon einmal versucht, das Meer zu etwas zu zwingen?“, fragte Alustin, ohne sich von seiner Zeichnung abzuwenden.

Das brachte sogar Talia einen Moment zum Verstummen.

„Man kann die Ätherströmungen nicht zwangsweise in Bewegung setzen, aber man kann ihnen Kanäle bahnen, damit sie hindurch fließen. Eure Körper tun das ganz von selbst, auf natürliche Weise. Sie nehmen Mana aus dem Äther auf und speichern es. Die Spruchformeln werden gebraucht, um diesen Vorrat anzuzapfen und zu benutzen. Während eure Körper das Mana absorbieren, wird es dem Äther um euch herum entzogen. Er wird gewissermaßen leer geschöpft, doch füllt er sich je nach seiner lokalen Dichte entweder schnell oder langsam aus der Umgebung wieder auf, so wie ein Teich die Leerstelle verschwinden lässt, die durch einen Schöpfeimer entstanden ist."

„Kann man das Mana denn nicht direkt aus dem Äther ziehen, anstatt erst die Körperreserven auffüllen zu müssen?", fragte Hugh.

Alustin hielt in seiner Zeichnung inne. „Theoretisch ist das möglich. Doch es ist so gefahrvoll und von geringem Nutzen, dass nur Wenige es versucht haben. Das pure, ungebundene Mana des Äthers lässt sich schlecht verwenden und die Bindung findet nun einmal im Körper statt. Daher ist es sinnvoller zu warten, bis der Körper sein Reservoir auf natürliche Art gefüllt hat. Die Wenigen, die es auf andere Art versuchen, wollen gewöhnlich nur damit prahlen." Er schaute einen Moment nachdenklich drein.

„Doch zurück zum eigentlichen Thema. Durch die natürlichen Ätherströme kann die Menge an Mana regional sehr verschieden sein. An manchen Orten wie Emblin", hier nickte er Hugh zu, „hat der Äther eine so geringe Dichte, dass ein paar dürftige Kleinzauber ausreichen, um ihn für Stunden völlig zu leeren. Dagegen haben andere Orte wie Skyhold so reiche und kompakte Mana-Felder, dass Tausende von Magiern täglich ihre Zauberei ausüben können, ohne auch nur einen merkbaren Unterschied zu machen. Natürlich kann man auch hier an seine Grenzen gelangen. Wenn man sich bei der Zauberei überanstrengt, füllt sich zwar der Äther schnell wieder mit Mana auf, die körpereigenen Reserven aber nicht."

Alustin wandte sich ihnen zu. Irgendwie war es ihm gelungen, seine simple Zeichnung in eine sagenhaft detaillierte Landschaft zu verwandeln. Hugh hätte nie gedacht, dass Tafelkreide überhaupt eine solche Fülle an Einzelheiten erlauben könnte.

„Was ist wohl die nächste Frage, die ihr stellen solltet?", fragte Alustin.

Die Lehrlinge schwiegen einen Moment, dann meldete Sabae sich zu Wort. „Wo stammt das Mana her?"

Alustin lächelte ihr zu. „Ganz genau."

Talia mischte sich ein. „Das weiß doch jeder: vom Leben selbst."

Alustins Lächeln verschwand und er wedelte mit dem Finger. „Was habe ich über die Dinge gesagt, die jeder weiß, Talia?"

Er wirbelte wieder zur Tafel herum und malte einen Kreis darauf. „Viele Jahrhunderte lang war das tatsächlich die anerkannte Theorie, aber darin hat immer eine gewaltige Lücke geklafft. Nämlich, dass Mana-Wüsten und Gebiete mit Mana-Überfluss anscheinend nicht mit der Menge an Lebewesen übereinstimmen. Zum Beispiel ist die Endlose Erg wüst und leer, abgesehen von ein paar Ungeheuern, und dennoch unglaublich reich an Mana. Dagegen ist Emblin zum größten Teil mit Kiefernwäldern bedeckt und hat trotzdem so gut wie kein Mana. Die Gelehrten haben für dieses scheinbare Paradox tausende von Erklärungen erfunden, von denen eine noch komplizierter als die nächste war. Vor etwa einem halben Jahrhundert ist das ganze Kartenhaus dann zusammengebrochen. Wir brauchen nicht in die Details zu gehen, aber heutzutage lautet die Theorie anders. Woraus sich der Äther in Wirklichkeit speist, ist …"

Zwischenzeitlich hatte Alustin den schlichten Kreidekreis mit Einzelheiten versehen und in eine detaillierte Landkarte der Welt Anastis verwandelt, mit dem Kontinent Ithos im Mittelpunkt. Er hatte Emblin und die Endlose Erg darauf markiert, während er über sie sprach.

„… der Tod des gesamten Universums."

KAPITEL 14

Die Lehrlinge starrten Alustin nach dieser Behauptung nur stumm an. Hughs erster klarer Gedanke war, dass Alustin es offenbar sehr genoss, dramatische Pausen zu machen.

„Ehrlich jetzt? Der was des *was*?", fragte Talia. Sie sah genauso überrumpelt aus wie Hugh sich fühlte. Sabae hatte natürlich keine weitere Reaktion gezeigt, als dass ihre Augen ein wenig schmaler geworden waren.

„Im Laufe der endlosen Äonen", fuhr Alustin fort und freute sich offenbar über ihre Reaktionen, „nutzt sich das Universum allmählich ab. An einem Tag in fernster Zukunft – lange nachdem der letzte Mensch zu Staub geworden und der letzte Stern erloschen ist – wird es ganz zum Stillstand kommen. Dieser langsame Zerfall ist der Ursprung des Äthers. Dabei handelt es sich um ein Abfallprodukt des sterbenden Universums."

Hugh brauchte eine Weile, um das zu verdauen. Er öffnete den Mund, um eine weitere Frage zu stellen, doch da war Alustin bereits beim nächsten Punkt auf seiner Liste angekommen. „Also dann, auf zur Bibliothek! Als meine Lehrlinge seid ihr alle befugt, die oberste Ebene zu betreten, die euch bisher nicht erlaubt war. Aber versucht nicht, euch von dort in die Tiefe zu bewegen. Das ist nicht nur verboten, sondern gefährlich. Magische Bibliotheken sind gewöhnlich bis zu einem gewissen Grad lebendig." Bevor einer der Lehrlinge reagieren konnte, schritt er bereits auf die Tür zu.

Als sie ihm aus dem Büro folgten, wirbelt er wieder einmal herum, um sich ihnen rückwärtsgehend zuzuwenden. „Nun, Sabae, was hältst du von dem Buch über Methoden der Mana-Kanalisierung?"

Sabae seufzte. „Für mich sind alle davon wertlos. Man müsste Mana mit einer solchen Dichte benutzen, dass es unglaublich schwierig wäre, die Zaubersprüche überhaupt zu kontrollieren, sogar ohne meine… speziellen Schwierigkeiten." Unbewusst rieb sie sich die verzweigten Narben auf ihren Händen. „Wenn ich versuchen würde, auf diese Weise einen Zauber zu wirken, wäre das Ergebnis noch verheerender als sonst."

Alustin grinste. „Genau deshalb sind diese speziellen Methoden seit Jahrhunderten kaum noch angewendet worden. In der Zeit kurz nach dem Fall des Ithonischen Imperiums war es eine Weile modern, übermächtige und unkontrollierte Zaubersprüche zu benutzen. Damit sollte ursprüngliche Wildheit demonstriert werden oder ähnlicher Unsinn. Ich möchte, dass du sofort beginnst, sie einzuüben."

Diesmal zeigte Sabae tatsächlich Gefühle. Sie machte protestierende Geräusche, aber Alustin hatte sich bereits Hugh zugewandt, während er eine Treppe herunterging – noch immer rückwärts – und einen Teil der Bibliothek betrat, in dem Erstklässler nicht erlaubt waren. Hier standen fortgeschrittene Lehrwerke über Zauberkunde und sogar einige Bücher, die selbst Magie besaßen.

„Und, hat der Hexer in unserer Runde bereits Kandidaten für seinen Pakt gefunden?"

Tatsächlich hatte Hugh eine längere Liste möglicher Vertragspartner mitgebracht. An erster Stelle stand Heliothrax.

„Ich muss dich enttäuschen, Hexer versuchen seit Jahrhunderten, sich mit Heliothrax zu verbinden, aber sie hat kein Interesse. Einigen ist es gelungen, einen Pakt mit Asterion zu schließen, doch dafür muss man ihn zuerst einmal finden, was schon an sich eine enorme Herausforderung ist. Darsammeth würde vermutlich funktionieren, nur ist er leider einer der beliebtesten Kandidaten. Wer mit Hexern vertraut ist, wäre darauf vorbereitet, einen Vertragspartner von ihm aus dem Feld zu schlagen. Ephyrus … eine mutige Wahl, allerdings haben wir bereits eine Sturm-Magierin", sagte er mit einem Handwedeln in Richtung von Sabae. Am Ende ließ Alustin nur Asterion als möglichen Partner gelten. „Du denkst jedenfalls in die richtige Richtung. Mach weiter so."

Hugh wollte gerade fragen, was denn die richtige Richtung sein sollte, da war Alustin schon wieder mit seiner Aufmerksamkeit woanders. „Talia, wie hat dir dein Lesestoff gefallen?"

Sie funkelte Alustin an. „Das war ein Märchen für Kinder. Über einen Magier, der ihnen beim Einschlafen hilft, indem er Albträume zu Asche verbrennt … mit einer Flamme, die nur in ihren Träumen existiert."

„Ich gebe zu, das Buch ist nicht unbedingt typischer Lehrstoff, aber es ist ein Anfang, nicht wahr?"

Talias Blick wurde noch finsterer. „Ein Anfang für was? Soll ich lernen, Kinder in den Schlummer zu wiegen?"

Darüber musste Alustin lachen. „Nein, du sollst eine Gefechtsmagierin werden. Für alles andere wären deine Talente verschwendet."

„Und wie soll ein Kindermärchen mir helfen …"

Natürlich war Alustin da schon wieder herumgewirbelt und wich einem Origami-Kranich aus, der durch die Luft geflattert kam. Inzwischen war Hugh absolut überzeugt, dass der Lebenszweck ihres Meisters darin bestand, dramatisch zu sein. Er verkündete: „Vor euch seht ihr, meine lieben Lehrlinge, den Großen Index."

Soweit Hugh erkennen konnte, handelte es sich bloß um ein Buch in Lexikongröße, das am Ende einer Regalreihe aufgeschlagen auf einem Podest lag. Die Seiten waren alle leer. Daneben standen ein Schreibfederhalter und ein Tintenfass.

Talia zeigte die Regale entlang. „Das da drüben, ein paar Reihen weiter, sieht für mich auch aus wie der großartige Große Index, Al."

Alustin zuckte zusammen. „Auch wenn ich es vorziehe, nicht mit *Meister* angesprochen zu werden, möchte ich mich doch dagegen verwehren, dass jemand mich Al nennt. Im Übrigen habe ich vielleicht ein bisschen übertrieben. Das Buch ist, um genau zu sein, nur ein Zugangsport zum großen Index. Denn der Index selbst ist ein magisches Konstrukt mit einer Art Bewusstsein, das fähig ist, jedes Buch in der Bibliothek aufzuspüren. Zumindest die Bände, die registriert sind. Es gibt gewiss nicht wenige, die im Laufe der Zeit durch die Lücken gefallen sind. Man kann mit dem Index nach Titeln, Themen und sogar Stichworten im Buchinhalt suchen. Also, lasst es uns einmal probieren, ja?"

„Anzeichen des Irrsinns bei Archivaren?", schlug Talia als Suchthema vor.

„In Ordnung, dann also Traumfeuer. Sehr guter Vorschlag, Talia", sagte Alustin.

Er tauchte die Feder ins Tintenfass und schrieb *Traumfeuer* oben auf die Seite. Einige Augenblicke lang passierte gar nichts, dann begannen in ordentlicher, leicht lesbarer Schrift verschiedene Titel und Standorte von Büchern aufzutauchen. Alustin wartete, bis die Liste endete, zwinkerte seinen Lehrlingen zu und riss die Seite aus dem Index.

Hugh war sicher, dass andere Bibliothekare das Geräusch gehört haben mussten. Bestimmt würden sie Ärger bekommen. Aber Alustin schrieb seelenruhig auf zwei weitere Seiten die Worte *Traum-Bindungen* und *Traum-Manifestationen*.

Dann schleifte er sie durch die Bibliothek, um die Titel auf der Liste zu finden. Während er seine Lehrlinge durch die Gänge führte, begann er ihnen von Traummagie zu erzählen.

„Das Buch über Traumfeuer, das ich für dich gefunden habe, war in der Tat eher eine amüsante Geschichte als eine nützliche Anleitung, Talia. Es handelt sich um ein höchst seltsames Phänomen, zumal Traum-Bindungen an sich schon von ungewöhnlicher Art sind. Vor allem sind sie entschieden vielseitiger als die meisten Bindungen. Hauptsächlich kann man sie benutzen, um die Träume von Schlafenden zu verändern und zu manipulieren. Wie in dem Märchenbuch wird Traumfeuer normalerweise als magisches Hilfsmittel zu diesem Zweck eingesetzt." Alustin blätterte kurz durch ein Buch der Liste, dann stellte er es ins Regal zurück. „Sich in die Träume anderer einzumischen, wird dir leider nicht möglich sein, außer mithilfe der Traumfeuer-Methode. Deine Tätowierungen halten dich davon ab, das Mana auf andere Art zu kanalisieren. Also wirst du fremde Träume nur dann beeinflussen können, wenn du sie von Feuer handeln lässt. Mit anderen Worten, ich werde dir vermutlich wirklich beibringen, Kinder von Albträumen zu befreien, indem du die Bilder wegbrennst."

„Eine Traum-Bindung hat jedoch noch einen zweiten Nutzen", fuhr Alustin fort und reichte Talia ein Buch, „nämlich das Erschaffen von Illusionen. Zwar ist es auf diese Weise schwerer, als wenn du eine Elementarbindung an Licht hättest, aber es ist durchaus möglich. Sabae, warum sehe ich nicht, dass du deine Techniken zur Mana-Kanalisierung übst?“

Sabae zuckte zusammen. Genau wie Hugh war sie von Alustins Erklärung ganz gefesselt gewesen. Sie murmelte eine Entschuldigung, dann bekamen ihre Augen einen abwesenden Blick, als sie sich darauf konzentrierte, ihr Mana wie vorgegeben zu kanalisieren.

„Traum-Illusionen wirken oft … weniger greifbar als die von Lichtmagiern, aber dafür sind sie entschieden mächtiger. Zum Teil können sie sogar ganz greifbare Wirklichkeit werden.“ Er reichte Talia ein weiteres Buch und eine Schriftrolle. „Was uns zum dritten Anwendungsgebiet von Traum-Mana führt, nämlich Fragmente von Träumen in der realen Welt zu manifestieren. Dabei handelt es sich um eine Technik, die zwar kraftvoll, aber auch gefährlich ist. Sie kann nur von den talentiertesten Magiern angewendet werden und verlangt eine extreme Konzentration. Normalerweise würdest du mindestens ein Jahrzehnt intensiver Übung brauchen, um auch nur den Versuch zu wagen.“

„Und warum wollen Sie dann, dass ich es jetzt schon versuche?“, fragte Talia.

„Natürlich wegen deiner Tätowierungen“, sagte Alustin und legte noch ein weiteres Buch obendrauf.

„Sollten sie es nicht eher schwerer machen, Träume … na ja … wahr werden zu lassen?“, fragte Talia.

„Das Fachwort heißt *manifestieren*. Und stimmt, da hast du recht. Bis auf eine einzige Ausnahme.“ Er lächelte breit. „Feuer.“

Talia starrte ihn einen Moment mit großen Augen an, dann grinste sie auch. „Endlich verstehen wir einander, Al.“

Der Magier seufzte. „Alustin, bitte. Ich sollte erwähnen, dass manifestiertes Traumfeuer sich deutlich anders verhalten wird als normales Feuer, und dass ich keine Ahnung habe, wie die Tätowierungen das Ergebnis beeinflussen werden. Überaus stark jedenfalls. Also keine Experimente, wenn ich bitten darf, und keine unbeaufsichtigten Versuche mit Manifestationen.“ Er fügte dem hohen Bücherstapel in Talias Armen noch einige weitere Bände hinzu.

„Das müsste erst einmal reichen. Im Übrigen solltest du nicht vergessen, dass sich deine Talente nicht auf Traummagie beschränken." Alustin warf einen Blick auf die drei Papierseiten, die er aus dem Index gerissen hatte, dann schmiss er sie über die Schulter. Bevor sie den Boden erreichen konnten, falteten sie sich zu Origami-Golems zusammen – einer Libelle, einer Krähe und einer geflügelten Schlange –, und sausten geradewegs zu dem Indexport zurück, von dem sie stammten. Alustin sah, wie Hugh ihnen nachschaute. „Die Seiten fügen sich automatisch wieder ins Buch ein, wenn man mit ihnen fertig ist. Das gehört zur Magie des Index."

Er führte seine drei Lehrlinge zu einem weiteren Port, wo er eine ganze Reihe von Suchbegriffen auf die leeren Seiten schrieb. Hugh erhaschte unter anderem: Grundlagen der Spruchformel-Theorie, Formelarchitektur, Hexer-Pakte, Formelloses Zaubern, Geschichtetes Mana.

„Für Hugh", erklärte Alustin, „brauchen wir zwei Sorten von Büchern. Erstens", fuhr er fort und reichte Hugh einen dicken Band, „verschiedene theoretische Anleitungen für Hexer-Verträge. Notwendig, aber ein bisschen langweilig. Wie die tatsächliche Praxis aussieht, werde ich dir in näherer Zukunft natürlich noch nicht beibringen. Spannender für dich dürfte sein, dass ich dir eine Reihe von Büchern über die Grundlagen der Spruchformel-Konstruktion herausgesucht habe."

Das klang für Hugh nicht besonders spannend.

„Leider habe ich nämlich meine Zweifel, dass du einfach versuchen kannst, weniger Mana zu benutzen, Hugh. Du hast die früheste, entscheidende Phase deiner Entwicklung damit verbracht, gezwungenermaßen jedes bisschen Magie damit zu überfrachten, auch wenn es nur unbewusst geschah. Das heißt, wir müssen dir stattdessen andere Spruchformeln zur Verfügung stellen, die mit der übergroßen Menge an Mana fertig werden."

Das klang tatsächlich ein bisschen spannender.

„Ich könnte dir einfach eine Liste von Spruchformeln geben, um sie auswendig zu lernen, aber dadurch würde deine Magie am Ende starr und wenig anpassungsfähig werden. Du wärest dann die Art von Zauberer, die Skyhold heutzutage hauptsächlich hervorbringt, um ehrlich zu sein.“

„Ich wäre froh, wenn ich einfach nur normal sein könnte, Sir.“ Trotz seiner Fantasien, in denen er Hexerpakte mit legendären Drachen schloss, hätte Hugh sich gefreut, wenn er einmal nicht aus der Menge hervorgestochen wäre.

„Alustin, bitte. Nicht Sir“, sagte der Archivar und drückte Hugh einen gewichtigen Wälzer in die Hände. „Im Übrigen ist es wohl kein Grund zur Freude, einfach nur Durchschnitt zu sein. Stattdessen werden wir daran arbeiten, dass du Spruchformeln spontan improvisieren kannst, sodass dir am Ende ein Zauber für jede Gelegenheit zur Verfügung steht.“

Als Alustin schließlich aufhörte, Bücher für Hugh auszusuchen, hatte er das Gefühl, dass er vom Gewicht des Stapels gleich vornüberfallen würde. Er warf einen Blick auf Talia, die mit sichtbarer Mühe so tat, als würde ihr das Gewicht ihres eigenen, genauso riesigen Bücherbergs nichts ausmachen.

Alustin warf noch ein paar Indexseiten weg, die sich zusammenfalteten und davonflogen. „Dich habe ich auch nicht vergessen, Sabae. Für dich werden wir eher praktische Lehrbücher zusammensuchen, die sich mit zwei Themen beschäftigen: Formelloses Zaubern und Geschichtetes Mana.“

Diese Begriffe sagten Hugh nicht das Geringste, aber auf Sabaes Gesicht erschien ein schockierter Ausdruck. „Formelloses Zaubern soll unglaublich gefährlich sein! Schülern ist es streng verboten, auch nur den Versuch zu unternehmen, bis sie zumindest im vierten Jahr sind.“

Alustin schnaubte amüsiert. „Außer natürlich, dein Meister entscheidet anders. Weißt du denn auch, warum Formelloses Zaubern verboten ist?“

Sabae öffnete den Mund, aber zögerte.

„Was bedeutet denn dieser Formellos-Quatsch?“, fragte Talia.

„Bei dieser Disziplin geht es darum“, erklärte Agustin, „Zaubersprüche ohne Formel zu aktivieren. Das ist schneller, wirkungsvoller, und hat die unangenehme Nebenwirkung, dass die Magie oft auf horrende Art danebengeht. Besonders, sobald sich der Zauber mehr als einige Schrittlängen von demjenigen entfernt, der ihn heraufbeschworen hat. Klingt das vertraut?"

Sabae warf ihm einen unbeeindruckten Blick zu. „Mit anderen Worten, da ich Probleme mit Magie auf Distanz habe, soll ich als Lösung nun eine Methode lernen, die Magie auf Distanz noch schwieriger macht?"

Alustin lächelte. „Ganz und gar nicht. Du wirst überhaupt nicht mehr aus größerer Entfernung zaubern."

Sabae sah aus, als würde sie gleich explodieren, doch Alustin hob beschwichtigend eine Hand. „Aufgrund deiner …", er räusperte sich, „… persönlichen Geschichte, die ich nicht enthüllen darf, gibt es leider wenig andere Hoffnung. Du wirst niemals lernen, Magie in einem größeren Umkreis zu benutzen. Deshalb werden wir stattdessen daran arbeiten, aus dir eine hervorragende Nahkampfmagierin zu machen."

Sabae hob die Hände und zeigte ihre dünnen verzweigten Narben. „Das habe ich schon probiert, Sir. Blitze sind nicht gerade für Nahkampf geeignet."

Alustin betrachtete sie lächelnd. „Du hast es noch nie unter meiner Anleitung versucht."

Einen Moment lang sah Sabae hoffnungsvoll aus, dann verdunkelte sich ihre Miene wieder. „Selbst wenn Sie mir beibringen könnten, wie das funktioniert, sind Kampfzauber aus der Nähe einfach nicht sinnvoll, Sir. In der Zeit, die ich bräuchte, um nah genug an meine Gegner heranzukommen, könnten sie ohne Eile ihre Fernzauber auf mich niederhageln lassen. Das ist der Grund, warum es Nahkampfmagier schlicht nicht gibt."

„Alustin, bitte. Nicht Sir", sagte der Archivar seufzend. „Und was deine Theorie über Gefechtsmagie angeht, denke ich, Artur Mauerbrecher wäre überrascht, das zu hören."

Sabae wollte etwas entgegnen, aber dann klappte sie den Mund wieder zu und blickte nachdenklich drein.

„Artur Mauerbrecher", sagte Alustin, „hat eine Elementarbindung an Eisen und Stein. Er kann beides gemeinsam beschwören, um sich während eines Kampfes in eine nahezu unzerstörbare Rüstung zu hüllen. Außerdem benutzt er seine Bindungen, um den absurd großen Kriegshammer, den er überall mit sich herumschleppt, mit massiven Mengen von Energie aufzuladen. Obwohl er durchaus zu Fernzauberei in der Lage wäre, wendet er sie sehr selten an, denn seine Rüstung und der Hammer würden dadurch viel weniger effektiv werden. Für beides benutzt er die zweite Methode, die ich dir zu lesen aufgegeben habe: Geschichtetes Mana."

Er reichte Sabae einige weitere Bücher und entdeckte dabei noch eines auf dem Regal, das ihn anscheinend selbst interessierte, denn er steckte es in die Tasche. „Bei dieser Technik lässt man sein Mana in extrem engen Wirbeln um den ganzen Körper fließen. Das verringert die Fähigkeit, Zaubersprüche über größere Distanz anzuwenden, aber darüber musst du dir schließlich keine Gedanken machen. Mit der Zeit wirst du durch diese Methode fähig sein, dir eine eigene magische Rüstung zu erschaffen, genau wie Artur. Vermutlich wird es dir auch helfen, einige hochenergetische Fortbewegungszauber zu wirken, sodass du schneller an deine Gegner herankommst."

Alustin musterte ein weiteres Buch und wollte es zuerst Sabae geben, doch dann änderte er seine Meinung und stellte es zurück ins Regal. „Und ganz nebenbei, die Übungen zur Kanalisierung von hochverdichtetem Mana, die ich dir zu lesen gegeben habe … damit kannst du den Effekt beider Techniken massiv erhöhen. Das gilt sowohl für das Geschichtete Mana als auch für Formelloses Zaubern."

Alustin warf die letzten paar Indexseiten zur Seite. Prompt falteten sie sich zu einem Schwarm winziger Gänse zusammen und flogen davon. „Oh, und Mauerbrechers drittes Erfolgsgeheimnis? Jede Menge Kraft- und Kampftraining. Das werde ich, ganz nebenbei erwähnt, für euch alle auf den Lehrplan setzen."

Hugh war ziemlich sicher, dass die Menge an Büchern, die jeder von ihnen schleppen musste, bereits als Krafttraining galt.

—

KAPITEL 15

Alustin führte sie zu einem nahestehenden Studiertisch und befahl ihnen schlicht, mit dem Lesen anzufangen. Er würde in ein paar Stunden wieder zurück sein.

Hugh konnte seinen Stapel Bücher gar nicht schnell genug absetzen. Er verbrachte eine Weile damit, sich die schmerzenden Armmuskeln zu reiben, bevor er das erste aufschlug.

Am liebsten hätte er sich gleich auf eines der Bücher über Hexerpakte gestürzt, aber stattdessen entschied er sich vernünftig für eines über die Grundlagen der Spruchformel-Konstruktion.

Sie lasen gute drei Stunden lang stumm vor sich hin, dann knallte Sabae plötzlich ihr Buch zu. „So soll es also die nächsten Jahre weitergehen?“, sagte sie und warf ihnen beiden einen kühlen Blick zu. „Wir schweigen uns an und tun so, als würden die anderen nicht existieren?“

„Könnte mir gefallen“, sagte Talia herausfordernd.

Hugh schob als Lesezeichen ein Buch in das Buch, das er gerade las, dann schaute er kurz zu den beiden, bevor er den Blick wieder auf den Tisch heftete.

„Wir stecken zusammen fest, also sollten wir das Beste aus der Situation machen“, sagte Sabae.

Talia funkelte sie noch eine Weile an, dann seufzte sie. „Na prima. Was schlägst du vor?“ Sie klang nicht gerade besonders neugierig.

Sabae zögerte einen Moment. „Nun … wir könnten uns gegenseitig mehr von unserem Leben erzählen?“

Talia schnaubte. „Du hast schon ziemlich deutlich raushängen lassen, dass wir deine Geschichte nicht hören sollen.“ Ihr Blick wanderte zu Hugh. „Willst du uns dein Leben erzählen, Schafscherer?“

Hughs Wangen brannten. „Ich bin kein Schafscherer", sagte er und klappte sein Buch wieder auf.

Für eine Weile sprach niemand mehr. Hugh stellte jedoch fest, dass keiner von ihnen umblätterte.

Schließlich meldete Sabae sich wieder zu Wort. „Meine vierte Affinität ist Heilungsmagie."

Hugh und Talia schauten überrascht hoch.

„Was?", fragte Talia.

„Meine vierte Affinität. Heilungsmagie", wiederholte Sabae.

Zuerst reagierte niemand, dann platzte Talia heraus: „Warum willst du nicht, dass die Leute davon wissen? Das ist doch verdammt nützlich."

Hugh hatte auch keinen Schimmer, warum Sabae darüber nicht reden wollte. Soweit er wusste, war Emblin der einzige Ort, an dem man Heilern misstraute, und dort hatten die Leute schließlich ein Problem mit jeder Art von Magie.

Sabae zögerte, bevor sie erklärte: „Meine Familie beschützt seit Jahrhunderten die Hafenstadt Ras Andis. Jede Generation hat neue, mächtige Sturmmagier hervorgebracht, deren Aufgabe es war, die Stadt zu verteidigen, sei es gegen Feinde oder Unwetter. Meine Mutter, Andia Kaen Dazs, ist selbst nach den Standards unserer Familie eine extrem starke Zauberin. Als sie noch sehr jung war, wurde bereits eine Heirat für sie arrangiert. Unsere Familie wollte sie mit dem Erben einer Dynastie von mächtigen Wasser- und Meeresmagiern vermählen. Von ihr wurde erwartet, dass sie sich fügen würde, aber ...", sagte sie mit einem schiefen Lächeln. „meine Mutter ist vermutlich die sturste Person auf dem Kontinent."

„Anstatt den Meeresmagier zu heiraten", fuhr Sabae fort, „ist sie mit meinem Vater durchgebrannt, einem Heiler von einfacher Herkunft. Meine Familie hat sich jahrelang geweigert, die Beziehung anzuerkennen. Nach meiner Geburt haben sie meine Mutter vom Familienanwesen verbannt. Trotzdem hatten wir ein paar gute Jahre. Mein Vater war ein freundlicher Mann und wir waren glücklich. Er hatte in der Stadt eine kleine Armenklinik, über der wir wohnten. Dort bezahlten die Leute, was sie konnten und wann immer sie konnten. Wir hatten viele Freunde. Meine Mutter versuchte gar nicht erst, mit den Sturmmagiern der Kaen Dazs um Aufträge zu konkurrieren, sondern arbeitete stattdessen als eine einfache Wasserzauberin und kümmerte sich um die Brunnen im Viertel, die von der Stadtverwaltung ignoriert wurden. Der Nachbarschaftsrat konnte ihr nicht viel dafür zahlen, dass sie für sauberes Trinkwasser sorgte, sparte jedoch zusammen, was möglich war. Zwar waren wir nie reich, aber wir litten auch keine Not."

Sabae machte wieder eine Pause. „Dann kam der Blaue Tod nach Ras Andis. Ein Frachtschiff segelte mit kranker Mannschaft in die Stadt und wurde nicht rechtzeitig unter Quarantäne gestellt. Innerhalb weniger Wochen verbreitete sich die Seuche durch die ganze Stadt – besonders die ärmeren Viertel."

„Was ist der Blaue Tod?", fragte Talia.

Eine Weile schwieg Sabae. „Erbrechen. Hohes Fieber. Gliederschmerzen. Dann fällt die Körpertemperatur rapide. Die Leute sterben, als wären sie in einen Schneesturm geraten, selbst im Hochsommer an einem der südlichsten Orte von Ithos."

Abwesend nestelte sie an einem ihrer Bücher herum. „Mein Vater starb, während er sich um die Armen kümmerte. Er hätte die Seuche vermutlich von sich fernhalten können, wenn er nicht so viel magische Energie verbraucht hätte, um andere zu heilen. Viele in meiner Familie starben ebenfalls und da suchten sie endlich wieder Kontakt zu meiner Mutter. Eine Weile widersetzte sie sich den Einladungen, denn sie glaubte, dass sie nur willkommen war, weil mein Vater nun nicht mehr lebte. Aber sein Tod hatte etwas in ihr zerbrechen lassen. Und die Familie nahm uns mit offenen Armen auf. Damals war ich acht."

„Die folgenden Jahre lebte ich nicht schlecht. Mutters Familie behandelte mich freundlich und rücksichtsvoll, obwohl ich ein uneheliches Kind war, das sie kaum kannten. Sie taten so, als sei ich schon immer dort gewesen. Der Reichtum meiner Familie war ungewohnt und gab mir oft das Gefühl, fehl am Platze zu sein, doch alle waren geduldig und freundlich. Ich glaube, im Laufe der Jahre haben sie wirklich bedauert, wie harsch sie meine Mutter zurückgestoßen haben, und wollten sie schon lange zurückholen. Sie konnten sich nur nicht dazu überwinden, den ersten Schritt zu machen, bis die Seuche über uns hereinbrach und es zur Tragödie kam.“

„Meiner Mutter wurde das Leben auf dem Familienanwesen jedoch bald zu eng. Sie begann, auf Schiffen anzuheuern, um Handelsflotten sicher durch stürmische Gewässer zu führen. Danach kam sie nur noch selten nach Hause, höchstens für ein paar Wochen am Stück.“

„Einige Jahre später wurden meine Affinitäten erkennbar. Zuerst war meine Familie ganz entzückt. Sie hatten erwartet, dass ich vielleicht ein oder zwei der Talente haben könnte, die in der Dynastie üblich waren, zusätzlich zu einer möglichen Heilergabe. Kinder erben ja selten sämtliche Affinitäten ihrer Eltern. Stattdessen besaß ich tatsächlich alle drei und Heilungsmagie noch obendrein. Doch kurz darauf wurde mein Fluch offenbar. Die Familie gab wirklich ihr Möglichstes, mir beizubringen, wie ich meine Magie mehr als nur ein paar Zentimeter von meinem Körper entfernt kontrollieren könnte. Doch am Ende scheiterten alle Versuche. Sogar meine Mutter erwies sich bei einem ihrer seltenen Besuche als unfähig, mir zu helfen.“

„Man gab mir nie die Schuld und behandelte mich nicht schlechter als zuvor, aber ich konnte spüren, was die Verwandten über meine Eltern dachten. Sie alle waren der Meinung, mein Vater habe die Erblinie der Kaen Dazs verunreinigt. Am Schlimmsten war, dass sie nicht einmal Unrecht hatten. Vielen Heilern wie meinem Vater fehlt die Fähigkeit, Magie über größere Distanz zu wirken. Im Gegenzug haben sie eine extreme Feinkontrolle in der Nähe. Deshalb empfinden sie es selten als Mangel, aber mich als Sturmmagierin machte es wertlos.“

„Meine Familie schickte mich nach Skyhold in der Hoffnung, hier würde sich eine Lösung finden lassen. Die Akademie bot sehr bereitwillig ihre Hilfe an, denn bisher konnte keine Schule die Kaen Dazs zu ihren Mäzenen zählen. Auch auf die Gefahr hin, arrogant zu klingen: Das Wohlwollen unserer Dynastie ist von beträchtlichem Wert. Ich bin die erste Kaen Dazs, die ihre magische Schulung außerhalb der Familie erhält, und vermutlich werde ich auch die letzte sein. Das heißt, wenn man mich bei meinen

Mängeln denn eine Kaen Dazs nennen möchte. Doch seit meiner Ankunft haben sich meine Ausbilder, nachdem sie keine einfache Lösung fanden, zunehmend von mir distanziert. Sie wollen nicht, dass meine Unfähigkeit mit ihnen in Zusammenhang gebracht wird. Einige Schüler haben versucht, sich mit mir anzufreunden, allerdings nur wegen meiner Familie, deren Reichtum weithin bekannt ist. Außerdem hat eine Reihe von Ausbildern versucht, mir Heilungsmagie beizubringen, doch dieses Talent war es überhaupt, das mich für Sturmzauber nutzlos gemacht hat. Ich werde nicht noch mehr Schande über meine Familie bringen, indem ich es zu beherrschen lerne."

Einen Moment lang herrschte Stille, bis Talia sich zu Wort meldete. „Ich wette, in ein paar Jahren wird es sich richtig gut anfühlen, den Kaen Dazs dein Können unter die Nase zu reiben." Sie grinste Sabae an. Sabae blinzelte überrascht, dann breitete sich ein zögerndes Lächeln auf ihrem Gesicht aus. Hugh musste auch ein wenig grinsen, aber senkte schnell den Kopf, als die beiden ihn anschauten.

„Bevor ich Alustin traf, habe ich mir nie erlaubt zu hoffen", sagte Sabae. „Wenn er uns wirklich lehren kann, was er verspricht ..."

„Oder er ist einfach nur verrückt", bemerkte Talia und grinste.

Hugh erlaubte sich, einen Scherz zu wagen. „Warum nicht beides gleichzeitig?"

Talia schnaubte amüsiert und Sabae lachte leise. Hugh stellte fest, dass er ein kleines bisschen lächelte.

Einen Moment trat Schweigen ein. Dann sagte Talia. „Na gut, dann bin ich wohl damit dran, euch meine Geschichte zu erzählen."

KAPITEL 16

„Der Clan Castis", sagte Talia, „ist nicht gerade der größte Stamm im Nordland der Himmelhohen Berge. Eigentlich gehören wir eher zu den kleinsten. Wir sind auch nicht die reichsten, ältesten oder die mit der besten strategischen Position. Trotzdem werden wir allgemein gefürchtet. Wir haben schon tausend Schlachten geschlagen und tausend gewonnen." Sie grinste. „Na ja, die meisten davon."

Hugh vermutete, dass sie nicht sehr übertrieb. Die nördlichen Bergstämme waren berüchtigt für ihre Kampfeslust und ihr territoriales Verhalten. Sie überfielen sich ständig gegenseitig, ebenso wie ihre Nachbarländer, die meistens irgendwann beschlossen, dass eine jährliche Tributzahlung weniger kostspielig war als der Versuch, die Clans auszurotten. Nicht, dass man es nicht wiederholt versucht hätte, aber selbst dem Ithonischen Imperium war es nie gelungen, die Clans völlig zu unterwerfen.

„Das erste Geheimnis unseres Erfolgs ist unser Talent für Feuer. Über die Hälfte des Stammes besteht aus Feuermagiern. Die meisten sind recht schwach, aber dafür gibt es in jeder Generation auch ein paar mit extrem großer Macht. Und gemeinsam haben selbst die Schwächsten eine Schlagkraft, vor der man sich in Acht nehmen sollte. Unsere Magie ist also ziemlich einseitig, aber wer braucht schon andere Talente, wenn er Feuer hat?"

„In jeder Generation wird jemand mit besonders starker Feuermagie gewählt, um den Clan im Kampf anzuführen. Kriegsführer wird nicht unbedingt, wer die meiste Zauberkraft besitzt – die Ältesten verlangen von den Kandidaten auch andere Qualitäten wie Klugheit, Mut und Ähnliches. Außerdem haben Kriegsführer eben nur während des Kampfes den Oberbefehl. Aber bei uns gibt es jede Menge Kämpfe." Sie lächelte, als sie das sagte.

„Mein Vater wurde zum Kriegsführer gewählt wie zuvor schon seine Mutter und sein Großvater. Er war der zweitstärkste Feuermagier seiner Generation. Meine Mutter war seine schärfste Konkurrentin. Ihre Magie war sogar noch mächtiger, doch am Ende verlor sie aus zwei Gründen gegen ihn: Sie war einen Kopf kleiner als die meisten und sie besaß ein unbezähmbares Temperament." Talia lächelte in sich hinein. „Danach hatte sie jahrelang nur Hass für meinen Vater übrig. Erst nachdem er sich wieder und wieder im Kampf bewiesen hatte, erlaubte sie ihm, um ihre Hand anzuhalten."

„Ich bin die jüngste von sieben Geschwistern. Jeder meiner Brüder ist ein mächtiger Feuermagier. Mehrere von ihnen sind sogar noch stärker als unsere Eltern. Seit sie begonnen haben, an unseren Kriegszügen teilzunehmen, hat sich unser Territorium deutlich vergrößert. Ganz sicher wird einer von ihnen der nächste Kriegsführer werden. Und dann wurde ich geboren."

„Meine Eltern hatten sich schon lange eine Tochter gewünscht. Sie hätten mich gern rundum verwöhnt, aber ich hatte nie viel Geduld für Haarbänder und Spielzeug. Seit ich laufen konnte, streifte ich durch die Berge und raufte mich mit anderen Kindern." Darüber war sie sichtlich stolz. „Da meine Eltern erwarteten, dass meine Feuermagie so machtvoll ausfallen würde wie bei meinen Brüdern, gingen sie schon sehr früh zu den Ältesten und baten sie, mir meine Tätowierungen zu geben."

Sie zog ihre Ärmel hoch und enthüllte mehr davon. Es handelte sich eindeutig um Spruchformeln, allerdings von unglaublicher Komplexität. „Diese Tätowierungen sind der zweite Grund für unseren Erfolg als Clan. Wir haben unzählige Generationen damit verbracht, zu experimentieren und zu lernen, haben eine Unmenge an Mustern, Tinten und anderen Varianten getestet. Wir haben überall Rat gesucht, bei Schwarzkünstlern, anderen Feuermagiern und entlegenen Clans, die ebenfalls mit Zaubertätowierungen arbeiten. Vor einigen Generationen ist sogar ein Vorfahr meiner Mutter bis zu einem anderen Kontinent gereist, um von einem Eingeborenenstamm zu lernen, der mit Hilfe von Tätowierungen eine meisterhafte Kontrolle über die Winde erlangt hat."

„Durch die Spruchformeln auf unseren Körpern wird unsere Bindung an Feuer unvergleichlich stärker. Die Tätowierungen sind sogar deutlich wirksamer als unsere speziellen Zaubertechniken und -übungen, die von Generation zu Generation weitergegeben werden. Außerdem wird man dadurch fast völlig immun gegen Hitze und Flammen. Das alles macht uns zu den mächtigsten Feuerkämpfern der Welt. Sogar nichtmagische Clanmitglieder werden mit Spruchformeln tätowiert und dadurch noch feuerfester als die Magier selbst."

„Aber wieso …?", begann Sabae.

Talia ließ die Hände sinken und schüttelte den Kopf. „Wenn unsere Magier zu viele Schutzzauber gegen Feuer auf ihren Körpern tragen, verringert sich ihre Angriffskraft."

In sich gekehrt fügte sie hinzu: „Leider haben die Tätowierungen eine Nebenwirkung. Sie erschweren alle anderen Elementarbindungen. Nicht, dass es davon im Clan Castis viele geben würde, aber durch Heirat kommt es manchmal zu Vermischungen mit Nachbarstämmen. Normalerweise ist das kein Problem. Durch die Tätowierungen kann man seine anderen Affinitäten nicht benutzen, aber Feuer geht immer."

„Meine Eltern hatten jedoch beschlossen, mich tätowieren zu lassen, bevor meine Gaben sich überhaupt zeigten. Je früher man die Affinität in die richtigen Bahnen lenkt, desto tiefer kann die Bindung ans Feuer später gehen. Den größten Effekt hat es, wenn man damit so jung beginnt, dass noch gar kein magisches Talent sichtbar ist. Aber das ist gleichzeitig ein Risiko, das selten eingegangen wird. Wenn das Kind sich als nichtmagisch herausstellt, war der ganze Aufwand umsonst, und noch dazu kann seine Feuerfestigkeit nicht nachträglich erhöht werden. In meinem Fall jedoch gab es schon sechs Brüder und ein Elternpaar mit den mächtigsten Feuertalenten des Clans. Niemand dachte, es könnte ein Problem werden. Zusätzlich verlangten meine Eltern von den Ältesten, dass sie kompliziertere und stärkere Tätowierungen für mich entwerfen sollten, als unser Clan bis dahin benutzt hatte. Was sie erschufen, hätte nicht einmal gewirkt, wenn sie so lange gewartet hätten, bis sich meine Gabe manifestiert."

Auf Talias Stirn erschien eine steile Falte. „Und dann *haben* sich meine Gaben gezeigt. Eine Affinität für Knochen und Traum. Beides war nutzlos und mein Vater außer sich vor Wut. Er glaubte, meine Mutter müsse ihn mit einem Mann aus einer anderen Sippe betrogen haben. Bei ihrem Streit brannten sie hektarweise Bergwald nieder. Am Ende bestätigten die Seher, dass ich wirklich seine Tochter war, aber …", sie grinste flüchtig, „meine Mutter ließ ihn wochenlang bei den Ziegen und Hunden schlafen, bevor er wieder ins Haus durfte. Noch nie ist der Clan Castis so oft auf Raubzüge geführt worden."

„Meine Eltern und auch die Ältesten suchten nah und fern nach einer Lösung, und jeder meiner Brüder bereiste ein anderes Land, um dort die Weisen zu befragen. Sie alle kehrten erfolglos zurück, einer nach dem anderen, bis nur noch mein ältester Bruder fort blieb. Schließlich, nach vielen Monaten, am Mittwintertag, kehrte er mit der Botschaft zurück, dass Skyhold mich aufnehmen würde. Man wollte dort nichts versprechen, aber bot zumindest einen Hoffnungsschimmer. Der Clan hatte noch nie ein Kind zu einer der großen Akademien geschickt. Wir wollten keiner fremden Nation etwas schulden. Aber Skyhold ist die einzige Schule für Magie ohne feste Bindung an ein Land oder eine Regierung."

Talia verzog das Gesicht. „Als ich hier ankam, musste ich feststellen, dass mich die Lehrer genau wie die Schüler als nutzlose Barbarin abtaten. Viele hielten mich sogar für unfähig, zu schreiben oder zu lesen, obwohl ich ihnen das Gegenteil bewies." Talia warf den anderen einen herausfordernden Blick zu. „Schließlich gibt es im Winter, wenn der Schnee uns in den Hütten und Langhäusern einschließt, kaum etwas anderes zu tun. Da kann man nur lesen und Geschichten erzählen."

„Wie es aussah, hatte die Lehrerschaft hier geglaubt, dass mein Bruder übertrieb und meine Probleme sich leicht lösen ließen, wenn man kein dummer Barbar war. Als sich herausstellte, dass sie falsch lagen, wandten sie sich hastig ab, um nicht ihren eigenen Fehlern ins Auge blicken zu müssen. Alustin ist der Erste seit Monaten, der mehr zu bieten hat als hochmütige Abweisung. Um ehrlich zu sein, hatte ich vorher geplant, einfach von Skyhold wegzulaufen, sobald die Sichtung beendet ist."

KAPITEL 17

Alle schwiegen einen Moment, dann drehten die Mädchen sich gleichzeitig zu Hugh um. Ihm wurde klar, dass sie erwarteten, er würde nun seine Geschichte erzählen. Er spürte, wie er rot anlief.

Sabae schien Mitleid mit ihm zu haben. „Lass dir Zeit, Hugh. Wir beißen nicht." Sie hob die Augenbrauen in Talias Richtung, die jedoch nichts davon bemerkte.

Talia starrte ihn die ganze Zeit durchdringend an, bis sie herausplatzte: „Ich … schulde dir eine Entschuldigung, Hugh. Oder eigentlich euch beiden. Ich habe mich wie eine bissige Stute benommen. Dabei habt ihr nichts getan, um das zu verdienen." Natürlich sprach sie mit kämpferischem Blick, damit bloß niemand wagte, ihre Entschuldigung abzulehnen.

„Mach dir darüber keine Gedanken", sagte Sabae. „Nachdem wir deine Geschichte kennen, ist dein Zorn völlig verständlich."

Hugh fügte mit leiser Stimme ein schlichtes Danke hinzu und blickte Talia in die Augen, auch wenn er gleich wieder wegschaute.

Talia entspannte sich, während Hugh unter den erwartungsvollen Blicken immer verkrampfter wurde. Anscheinend wollten die beiden wirklich hören, was er zu sagen hatte.

Ihre Erzählungen hatten wie aus einem Sagenbuch geklungen, wie von Helden aus alten Legenden. Hugh dagegen ... er war ein Niemand. Wer konnte schon ernsthaft Interesse an … Energisch unterbrach er diese Gedankenkette und atmete ein paar Mal tief durch. Dann noch ein paar Mal. Und ein letztes Mal besonders lang.

„Ich … in meiner Familie gibt es keine Magie. Keine großartige Ahnenreihe, keine berühmten Namen. Wir sind nur einfache Leute vom Land. Ich komme aus Cedarvale, einem kleinen Dorf hoch oben in den Bergwäldern von Emblin. Meinem Vater gehörte die Sägemühle, meine Mutter war die Tochter eines Holzhändlers.

Nicht vermögend, außer vielleicht im Vergleich zu den anderen Leuten in Cedarvale." Er schaute mit einem nervösen Grinsen auf. „Dort wohnen nur ungefähr 400 Menschen, also liegt die Messlatte nicht besonders hoch."

Er verstummte für einen Moment, starrte auf den Tisch und versuchte seine Gedanken zu ordnen. Aus dem Augenwinkel sah er, wie Talia den Mund öffnete, um etwas zu bemerken, doch Sabae hielt sie mit einem Kopfschütteln zurück.

„Als ich zehn war, brannte unser Haus nieder. Mein Vater trug mich in Sicherheit, dann rannte er zurück, um meine Mutter und meine kürzlich geborene Schwester zu retten. Das Dach brach über ihnen ein."

Einen langen Moment blieb er still.

„Mein Onkel und seine Frau nahmen mich auf. Sie besaßen eine Schafherde und acht Kinder. Nachdem mein Onkel die Sägemühle verkauft hatte, konnte er es sich problemlos leisten, für mich zu sorgen, aber ich bekam ständig zu hören, was für eine Last ich sei."

Seine Stimme bekam einen bitteren Klang. „Für mich war nie Geld übrig. Ich musste die abgelegte Kleidung meiner Vettern tragen und bekam am Esstisch immer nur den Rest, der übrig blieb. Außerdem musste ich die Schafe hüten, was mich eigentlich nicht störte. Aber niemand brachte mir bei, was ich wissen musste, oder half mir auf irgendeine Weise. Es war schwer, weil ich klein für mein Alter war. Sie nutzten jede Gelegenheit, mir klarzumachen, dass ich als Schäfer nichts taugte. Wann immer meine Vettern und ich stritten, gaben mein Onkel und seine Frau ihnen recht. Da wir ein ganzes Stück vom restlichen Dorf entfernt wohnten, gab es auch keine anderen Kinder zum Spielen. So verbrachte ich die meiste Zeit damit, allein im Wald herumzustreifen."

„Meine Verwandten waren nicht wirklich grausam oder vernachlässigten mich mit Absicht. Sie hatten nur viel zu tun und wenig Zeit, sich Gedanken um mich zu machen. Bestimmt waren sie froh, dass ich kaum zu Hause war und störte. Als mein magisches Talent sichtbar wurde, verloren sie keine Sekunde, sondern verschifften mich geradewegs nach Skyhold. In Emblin misstraut man Zauberern und ist stolz, dass das Land keine eigenen hervorbringt. Meine Verwandten machten mir sehr deutlich, dass ich nicht länger willkommen war. Sie haben mir kein einziges Mal geschrieben."

„Seit ich hier in der Schule bin, war es für mich … na ja …" Er holte tief Luft. „Niemand will sich mit einem lausigen Landbengel anfreunden, der noch nicht mal die einfachsten Zauber richtig hinbekommt. Das Einzige, wofür ich in der Klasse taugte, war als Witzfigur. Ein paar Lehrer haben versucht, mir zu helfen, aber bevor Alustin auftauchte, haben alle schnell aufgegeben. Sie fanden, ich sei Zeitverschwendung."

Hugh fühlte sich ganz außer Atem. Es war buchstäblich Jahre her, dass er so viel am Stück geredet hatte. Er hatte kein einziges Mal aufgeschaut, seit er mit seiner Geschichte begonnen hatte, weil er von den Mädchen nur Geringschätzung erwartete. Er war ein Hinterwäldler, ein Bauerntölpel.

Als die Stille sich ausdehnte, spürte er das übliche Brennen auf seinen Wangen, doch wagte immer noch nicht hochzuschauen. Schließlich räusperte sich Talia. „Hugh."

Unwillkürlich blickte er auf. Sabae betrachtete ihn mitfühlend, doch Talia sah stinkwütend aus. Sein Gesicht wurde noch röter und am liebsten wäre er mitsamt seinem Stuhl im Boden versunken.

„Deine Familie ist es nicht wert, aus einer Pfütze zu trinken. Wer sein eigenes Fleisch und Blut so behandelt, ist eine ehrlose Giftnatter! Man sollte sie zusammen mit ihren eigenen Schafen scheren. Wahrscheinlich erkennt man den Unterschied kaum."

Hugh klappte die Kinnlade herunter. Er warf einen Blick auf Sabae, die immerhin leicht überrascht wirkte. Dann verhärtete sich ihr Gesichtsausdruck und sie nickte ihm zu. Eine Weile konnte Hugh nur verblüfft zwischen den beiden hin und her blicken.

Dann musste er lauthals lachen. Eigentlich war Talias Schimpftirade gar nicht so lustig gewesen, aber beim Erzählen war er immer nervöser geworden, und nun konnte er nichts dagegen tun. Die einzige Reaktion, die er von den beiden erwartet hatte, war Verachtung gewesen. Stattdessen wurden sie an seiner Stelle wütend.

Die Mädchen starrten ihn an, als er immer weiter lachte. Er wollte damit aufhören, um sein Verhalten zu erklären, doch kicherte nur noch hysterischer. Eine kleine Weile später bröckelte Sabaes verschlossene Fassade und sie stimmte mit ein.

Talia funkelte sie aufgebracht an. Darüber lachten Hugh und Sabae nur noch mehr. Sie sah so eingeschnappt aus, als würde sie die beiden jeden Moment anbrüllen, doch als sie den Mund öffnete, kam ebenfalls ein kicherndes Glucksen heraus.

Als Alustin kurz darauf auftauchte, fand er seine Lehrlinge mitten in einem gemeinsamen Lachkrampf vor. Talia rollte buchstäblich auf dem Boden herum. Zum ersten Mal, seit sie Alustin kannten, sah er wirklich verblüfft aus.

Sein Blick steigerte das Gelächter nur noch mehr.

KAPITEL 18

Danach bekam Hughs Leben eine gewisse Routine. Jeder Tag begann sehr, sehr früh mit einem hastigen Essen im Speisesaal. Danach standen körperliche Übungen auf dem Programm. Alustin hatte keine Witze gemacht, als er das harte Training beschrieb. Zuerst kamen Kraftübungen dran, dann ließ er sie Laufrunden in einem der größeren Storträume drehen. Es wurde nicht besser dadurch, dass der Archivar neben ihnen her rannte und ihnen Vorträge hielt – über die Natur des Äthers, die häufigsten Vollbindungen, ihre eigenen Affinitäten, die Nützlichkeit von Kleinsprüchen (und ihre unverdiente Geringschätzung durch die meisten Magier) sowie zahllose andere Themen. Er erwartete, dass sie zuhörten und Fragen beantworteten, auch wenn sie komplett außer Atem waren.

Nach einer schnellen Katzenwäsche ging es dann mit Schulunterricht in Geschichte und Mathematik weiter. Normalerweise war Hugh im Rechnen immer ganz gut, wenn auch nicht überragend gewesen. Vollständig erschöpft zu sein, und das jeden Tag, half seiner Konzentration jedoch wenig. Mehr als einmal schlief er in beiden Fächern ein. Wenn ihm so etwas früher passiert war, hatte sich niemand darum geschert, außer die Lehrer bemerkten es. Doch Sabae und Talia weckten ihn immer rechtzeitig – wobei Sabae rücksichtsvoller zu Werke ging als Talia. Umgekehrt tat er ihnen den gleichen Gefallen, wenn nötig.

Anschließend war es Zeit für das Mittagessen. Meistens waren sie zu müde, um viel zu reden. Trotzdem bedeutete es Hugh eine Menge, dass die Mädchen freiwillig Zeit mit ihm verbrachten. Er war nicht sicher, ob sie ihn als Freund betrachteten, doch zumindest schien seine Anwesenheit sie nicht zu stören.

Der nächste Programmpunkt war das Zaubertraining. Hugh wurde gedrillt, die Grundlagen der Spruchformel-Konstruktion zu beherrschen, bis sie ihn in seine Träume verfolgten und er nachts geometrische Formen sah. Richtige Zaubersprüche lernte er aber immer noch nicht. Trotz allem, was Alustin sagte und versprach, hatte Hugh nicht das Gefühl, sich wesentlich verbessert zu haben.

Außer natürlich, was Schutzzauber betraf. Alustin überhäufte ihn mit einem Buch nach dem anderen – allesamt über den Aufbau magischer Barrieren in Theorie und Praxis – und gab ihm dazu unzählige Lektionen. Er warf ihn buchstäblich mit Wissen zu. Kaum hatte Hugh begonnen, Abwehrzauber gegen körperliche Angriffe zu erlernen, beschmiss Alustin ihn mit Lehrbüchern, Schreibstiften und Ähnlichem, statt es Hugh normal zu reichen.

Er verlangt auch, dass Hugh die Schutzschilde immer schneller, fast ohne Vorbereitung errichtete. Hugh konnte meistens gerade einmal einen simplen Abwehrkreis zeichnen, bevor schon irgendwelche Sachen auf ihn zuflogen. Er gewöhnte sich an, einen Vorrat an Malkreide in seinen Taschen mit sich herumzutragen, um jederzeit für einen Angriff bereit zu sein.

Außerdem arbeitete er sich weiter durch das dicke Bestiarium. Nur eine frustrierend kleine Menge der Wesenheiten, die er aussuchte, fanden die Zustimmung seines Meisters. Bisher beschränkte sich seine Liste auf ganze drei Kandidaten: Asterion, den Sternen-Minotaurus, Uolos, eine eisige Riesenschlange aus dem hohen Norden, und Dagan Spireborn, der Geist eines Kriegers, der vor Jahrhunderten getötet worden war, als er einen schmalen Bergpass gegen Monster verteidigt hatte. Dort hielt er Wache bis zum heutigen Tag.

Alustin ließ selten durchblicken, was er für die nähere Zukunft geplant hatte, aber immerhin war ihm durchgerutscht, dass er seine drei Lehrlinge nächsten Sommer aus Skyhold mitnehmen wollte, um Hugh einen Vertragspartner zu verschaffen. Gleichzeitig wollte er damit die neuen Fähigkeiten seiner Lehrlinge testen.

Sabae und Talia hatten ihre eigenen Übungsprogramme zugeteilt bekommen. Außerdem lernten sie eine Unmenge Kleinsprüche, von denen Alustin anscheinend regelrecht besessen war. Sabae verbrachte täglich mehrere Stunden damit, an ihrem Mana zu feilen, es extrem zu verdichten oder um ihren Körper zu schichten.

Sobald sie die Techniken gut genug beherrschte, ließ Alustin sie üben, beides gleichzeitig zu schaffen. Hugh gewöhnte sich daran, dass ständig Windwirbel um das gertenschlanke Mädchen herum kreiselten und ab und zu ein donnernder Knall ertönte, wenn das Mana ihrer Kontrolle entglitt. Sie hatte bisher noch nicht mit Formloser Magie angefangen, aber Alustin ließ sie bereits die Theorie lernen, und sie musste Mentaltechniken üben, um sich darauf vorzubereiten.

Außerdem verbrachte sie täglich eine Stunde mit zusätzlichem Nahkampftraining, getrennt von Talia und Hugh. Meistens nahm Artur Mauerbrecher sie unter seine Fittiche, der anscheinend froh war, eine verlässliche Übungspartnerin für seinen Sohn zu haben. Auch Sabae traf sich regelmäßig mit verschiedensten Gefechtstrainern: Wachleuten, durchreisenden Abenteurern auf der Suche nach Schätzen im Labyrinth und anderen kampferfahrenen Freiwilligen. Sie konzentrierte sich vor allem auf unbewaffnete Verteidigung, wurde jedoch auch mit einer Vielzahl von Waffen und den zugehörigen Kampfstilen vertraut gemacht, um sich mit ihnen auszukennen, falls sie sich einmal dagegen wehren musste.

Schon mehrmals hatte Alustin versucht, sie zu überzeugen, dass sie ihr Heilertalent zu einer Vollbindung weiterentwickeln sollte, doch hatte damit keinen Erfolg gehabt. Sabae war nicht im Geringsten interessiert. Obwohl sie nun erfolgreich kämpfen lernte, schien sie ihrer Heilergabe immer noch die Schuld daran zu geben, dass sie von den Traditionen und Übungsmethoden ihrer Familie abwich.

Talias Training bestand darin, stundenlang reglos herumzusitzen und zu versuchen, Traumfeuer erscheinen zu lassen. Hugh war vorher nicht klar gewesen, wie selten Bindungen an Träume waren und wie schwer sie sich steuern ließen. Das galt selbst für Magier ohne Talias spezielle Probleme. Offenbar konnte man die Traumzauberer auf Skyhold an den Fingern einer Hand abzählen. Wer ein Talent dazu besaß, dem wurde oft geraten, es nicht weiterzuverfolgen, falls noch andere Affinitäten zur Wahl standen. Von denen, die sich dennoch an Traummagie binden wollten, starben viele während der Ausbildung. Manifestierte Träume waren genauso chaotisch und wandelbar wie die Bilder im Bewusstsein von Schlafenden. Ein manifestiertes Schwert konnte sich plötzlich in eine Schlange verwandeln und die Hand beißen, die sie hielt. Nur mit ungewöhnlicher Willensstärke konnte man bestimmen, welche Formen die manifestierten Träume annehmen und behalten sollten.

Bisher war es Talia nur in wenigen Fällen gelungen. Einmal hatte sich die Kerzenflamme aus Traumfeuer, die sie erfolgreich hatte real werden lassen, in eine Wolke bissiger Käfer verwandelt. Nachdem sie alle drei Lehrlinge mit juckenden Quaddeln überzogen hatten, waren sie spurlos verschwunden. (Alustin hatte natürlich keinen einzigen Biss abbekommen.) Ein anderes Mal waren die Flammen eingefroren, als Eiszapfen auf dem Boden gefallen und zu Nichts zerschellt. Die wenigen Male, bei denen das Traumfeuer stabil geblieben war, hatte es ein seltsam unwirkliches Aussehen gehabt. Es züngelte in wechselnden lila-grünen Farbtönen empor, und das von ihm abgestrahlte Licht ließ Gegenstände erscheinen, als würden sie sich verformen und verzerren.

Bei den Illusionszaubern machte Talia etwas schnellere Fortschritte, aber nicht auf eine besonders nützliche Art und Weise. Die Trugbilder bestanden ausschließlich aus Feuerflammen, auch wenn diese die Gestalt von Pferden, Bäumen, Burgen, Drachen und anderen Traumfragmenten annehmen konnten. Talia würde nie eine besonders gute Illusionistin abgeben.

Bisher hatte Alustin leider auch noch keine Methode gefunden, wie sie ihre Elementarbindung an Knochen einsetzen konnte. Er behauptete, dass er ein paar vielversprechende Ideen in Büchern entdeckt habe, aber mehr nicht. Die Vielfältigkeit der Traummagie machte es einfacher, die Spruchformeln auf Talias Haut zu nutzen als die von Natur aus starre Knochenzauberei.

Am Ende des Tages ging Hugh gewöhnlich in den kleinen Speisesaal, um ohne die anderen zu essen. Meistens las er nach der Rückkehr in sein Archivversteck noch ein Weilchen in seinen Lehrbüchern oder blätterte im Bestiarium herum. Aber genauso häufig fiel er einfach nur ins Bett und schlief augenblicklich ein.

KAPITEL 19

__Kleteletet, die Wolkenschlange:__ Dieses 40 Fuß lange Schlangenwesen besteht ausschließlich aus giftigen Dämpfen, die feste Gestalt angenommen haben. Es erscheint nur in mondlosen Nächten im Dschungel des südöstlichen Ithos. Seinen Opfern steht ein stundenlanger Todeskampf im Magen der Schlange bevor, und es gibt kein Entrinnen. Nur ihre Schreie schaffen es problemlos nach draußen.

Kleteletet würde er garantiert nicht auf seine Liste setzen.

An jedem Fünfertag hatten sämtliche Schüler der Akademie frei. Nach dem anstrengenden Training, das Alustin mit ihnen durchexerzierte, konnte Hugh die Pause immer gut gebrauchen. Er ging davon aus, dass es den Mädchen genauso ging. Üblicherweise blieb er in seinem Geheimquartier und las, denn schließlich suchte er immer noch nach einer passenden Kreatur, mit der er einen Pakt aushandeln konnte.

__Tetragnath:__ Hierbei handelt es sich um eine Gruppenintelligenz, die aus Millionen von Spinnen besteht. Ihre Netze hüllen große Teile des Aito-Waldes in Tsarnassus vollständig ein. Wenn man in ihre Tiefe vordringt, findet man angeblich verschiedene extrem seltenen Pflanzenarten, die von Alchemisten hoch geschätzt werden. Nur wenigen Menschen gelingt es jedoch, den Wald lebend wieder zu verlassen. Gewiss könnte man die Bäume niederbrennen, um Tetragnath auszuräuchern, aber dadurch würde man auch die kostbaren Pflanzen vernichten. Der Spinnenschwarm zeigt wenig Interesse daran, sein Territorium auszudehnen, deshalb lässt man ihn eher gewähren als andere ähnlich bedrohliche Geschöpfe.

Im Bestiarium des Galvachren befand sich eine erstaunliche Anzahl an Monsterspinnen. Offenbar entwickelten magische Spinnentiere recht oft genug Intelligenz und Zaubermacht, um aufgelistet zu werden. Oder Hugh geriet nur zufällig immer wieder an Einträge, in denen Spinnen vorkamen. Das war schwer zu sagen, da sich das Buch ständig veränderte. Anscheinend fügte Galvachren fast täglich neue Abschnitte hinzu oder stellte die Reihenfolge um. Bisher hatte Hugh nicht das Gefühl, dass es einen sinnvollen roten Faden für die Einträge gab.

Chelys Mot, der Erdbebenstampfer: *Der Panzer dieser Riesenschildkröte hat einen Durchmesser von fast 100 Fuß. Chelys Mot besitzt Macht über Erde und Stein und ist sogar fähig, lokal begrenzte Erdbeben zu erzeugen. Er hat ein explosives Temperament und wird nicht gern gestört, aber wenn man sich höflich verhält, lässt er mit sich verhandeln. Die meiste Zeit bewegt er sich im nördlichen Randgebiet der Endlosen Erg.*

Hugh stieß einen Pfiff aus. Chelys Mot klang nach einem hervorragenden Kandidaten. Zaubermächtig, halbwegs freundlich und nicht zu weit entfernt. Er notierte den Namen auf seiner Liste, um ihn Alustin vorzuschlagen.

Intet Slew, der Blutköchler: *Eine Mischung aus Drache und Dämonenwesen, das zur Angewohnheit hat …*

Hugh wurde ein bisschen blass. Okay, definitiv nicht Intet Slew. Nie im Leben.

Lasnabourne, Flamme der See: *Dieser uralte Phönix nistet auf einer der vulkanischen Dschungelinseln im Südwesten des Ithonischen Kontinents. Er ist Menschen gegenüber nicht unfreundlich und lässt sich oftmals sogar auf Gespräche ein, um Neuigkeiten vom Festland zu erfahren. Als Nahrung dienen ihm vor allem Wale und Haie, die er aus dem Meer fischt. Faszinierend ist, dass seine Flammen im Gegensatz zu anderen Phönixverwandten* *von Wasser offenbar nicht abgeschwächt werden. Zuweilen kann man ihn tief unter der Meeresoberfläche sehen, wo er immer noch hell lodert, während er nach Beute taucht.*

Hugh setzte Lasnabourne auf seine Liste. Bestimmt würde es auch Talia interessieren, von Unterwasserflammen zu hören.

Seit der Sichtung waren ungefähr drei Wochen vergangen, und Hugh fühlte sich glücklicher als seit Jahren. Anscheinend war auch Aedan Drachentöter ein Meister mit hohem Anspruch, denn Rhodes hatte keine Zeit mehr gefunden, ihn zu belästigen. Die Privatsphäre, die sein Geheimquartier im Archiv bot, war zutiefst beruhigend – besonders, nachdem er seine ständig wachsenden Fähigkeiten in Schutzmagie darauf angewendet hatte. Und selbst wenn Talia und Sabae ihn nicht unbedingt als Freund betrachteten, benahmen sie sich immerhin freundlich genug.

Keayda, der Kaufmann der Wahrheit: *Die Privatbibliothek dieses alten Naga-Leich ist eine der größten in der Welt, und wer immer ihn mit Wissen, Büchern oder Schriftrollen versorgt, die ihm bis dahin fehlten, den belohnt er mit einer Antwort von gleichem Wert. Keayda hat den Ruf, besonders an geschichtlichen Texten interessiert zu sein. Doch wer ihn verärgert oder gar versucht, ihn zu bestehlen, dessen Haut gerbt er zu Pergament für seine Aufzeichnungen.*

Das war … uh. Welche Art von Affinität würde er wohl von einem Naga-Leich bekommen? Nagas waren Geschöpfe mit menschlichen Oberkörpern und langen Schlangenschwänzen anstelle von Beinen. Sie konnten so viele verschiedene Affinitäten haben wie jeder Mensch, allerdings war bei ihnen Giftmagie besonders stark verbreitet. Wenn Keayda zugleich ein Leich war – eine Sorte von intelligenten Untoten – würde er Hugh vielleicht eine Bindung an Knochen bescheren? Die Sache mit dem Pergament klang ein bisschen abschreckend, aber schließlich hatte Hugh nicht die Absicht, Keayda zu bestehlen. Er dachte noch einen Moment darüber nach, dann schrieb er den Namen auf seine Liste.

Andas Thune: Obwohl es sich bei ihm um einen recht jungen Drachen handelt, hat er sich von seinen älteren und größeren Artgenossen bereits ein überraschend ausgedehntes Territorium erkämpft. Er gehört zu den Gewitterdrachen und besitzt ein ungewöhnlich starkes Talent für Illusionsmagie, das ...

Hugh knurrte der Magen. Langsam war Zeit fürs Mittagessen, also riss er sich von seinem Schreibtisch los und zog die Schuhe über. Bevor er die Kammer verließ, öffnete er noch kurz das Fenster, um einen Blick hinauszuwerfen. Sogar jetzt zu Anfang des Frühlings war es tagsüber erdrückend heiß. Im Inneren der Akademie herrschten jedoch das ganze Jahr über gleichbleibend, angenehme Temperaturen, was teilweise ein Resultat mächtiger Magie war, aber vor allem daran lag, dass sich die meisten Räume unterirdisch im Berg befanden.

Hugh schaute zu, wie ein Sandschiff im Hafen von Skyhold einlief. Ein Schwarm Minderer Wüstendrachen, nicht größer als Wildgänse, kreiste spielerisch um die Masten und Segel. Wenn Hugh sich umblickte, konnte er zu beiden Seiten das geschäftige Treiben auf den Brückenwegen, Balkonen und offenen Höfen von Skyhold sehen. Lächelnd wandte er sich vom Fenster ab und ging zum Essen.

KAPITEL 20

Seine gute Laune hielt sich die ganze Strecke durch die Bibliothek und den halben Weg zum Speisesaal.

Dann hörte er eine Stimme, bei der sich sein Lächeln schlagartig verflüchtigte.

„Schafscherer!", johlte Rhodes.

Hugh zuckte zusammen. Das war genau, was er jetzt brauchen konnte. Warum hatte er nicht besser auf seine Umgebung geachtet? Er drehte sich langsam zu Rhodes um, der mitten in der Tunnelkreuzung stand, durch die Hugh gerade gekommen war.

Rhodes hatte ein breites Grinsen auf dem Gesicht. „Ich habe dich richtig vermisst, Bauernbengel! Mein Lehrmeister hat mich jede Minute beschäftigt. Bestimmt hast du in der Zwischenzeit vergessen, welcher Platz dir zusteht."

Rhodes war in Gesellschaft des blauhaarigen, blauäugigen Zwillingspaars, das bei der Sichtung von Sulassa Tidenruf ausgewählt worden war. Der Junge und das Mädchen musterten Hugh belustigt. Er verzog finster das Gesicht, starrte zu Boden und machte sich bereit, wegzulaufen.

„Hast du gar nichts zu sagen, Schafscherer? Zu schade. Ich hatte gehofft, du würdest mir ein bisschen von deinem neuen Meister erzählen. Du weißt schon, dem Bücherwurm."

„Ich bin kein Schafscherer", murmelte Hugh.

Die Zwillinge lachten und Hugh ballte die Fäuste.

„Was bringt er dir denn bei? Wie man Lehrbücher in Regale stellt? Nein, dazu müsste er dir erst einmal erklären, wie man liest. Hat er wirklich so dringend Hilfe nötig, dass ihm sogar ein analphabetischer Bauerntölpel als Lehrling reichte?" Rhodes lachte und die Zwillinge stimmten mit ein. „Vielleicht bringt er dir ein bisschen Papierzauberei bei? Das ist eine so nutzlose Affinität, dass du damit vielleicht nicht überfordert bist."

Hughs Hände ballten sich noch fester zusammen. Allerdings wusste er tatsächlich nicht, welche Bindungen Alustin eigentlich hatte – wann immer einer der Lehrlinge danach fragte, wechselte er das Thema so geschickt, dass es ihnen erst hinterher auffiel.

In einem Kampf mit Rhodes hatte Hugh nicht die geringste Chance. So war es schon gewesen, als Rhodes nur ein paar einfache Kleinzauber gekannt hatte. Nun bereitete ihn sein neuer Meister bestimmt schon auf die Vollbindung vor, also stand ihm deutlich stärkere Magie zur Verfügung. Dagegen hatte Hugh sich im Grunde nur bei Abwehrzaubern verbessert. Mit ein bisschen Zeit hätte er einen Schutzschild errichten können, aber ohne jede Vorbereitung …

„Steh nicht einfach rum wie eines deiner Schafe, Bauerntölpel. Erzähl uns von deiner Affinität", sagte Rhodes.

Die Zwillinge hatten sich zu beiden Seiten von Hugh aufgestellt. Er konnte jetzt schon voraussagen, dass jeden Moment das Geschubse und Geprügel losgehen würde. Sein Puls beschleunigte sich und sein Herzschlag dröhnte ihm bis in die Ohren.

„Schau nicht drein wie ein Trottel, Schafscherer", sagte Rhodes. Er streckte die Hand aus, um nach Hugh zu greifen, und dann … geschah nichts, außer, dass er kreideweiß anlief, sich mit beiden Händen in den Schritt fasste und zu Boden plumpste. Direkt hinter ihm stand Talia und zog gerade ihren Fuß zurück. Sabae hatte sich neben ihr aufgebaut.

„Hugh ist kein Schafscherer", sagte Talia.

Vor Überraschung klappte Hugh die Kinnlade herunter.

„Du Miststück!", knurrte Rhodes, rappelte sich mühsam vom Boden auf und hielt sich den Unterleib. „Weißt du nicht, wer ich bin?"

„Du bist der verzogene Bengel, der sich mit unserem Freund anlegen will", sagte Talia. „Und weißt du, wer ich bin?"

Der Junge vom Zwillingspaar meldete sich zu Wort. „Klar, die kleine Barbarin, die ihre Magie nicht unter Kontrolle hat", sagte er.

„Und du bist die Sturmzauberin, die so nutzlos ist, dass ihre eigene Familie sie nicht mehr wollte", fügte das Mädchen hinzu.

Sabaes sonst so undurchdringliche Miene verdunkelte sich. Sie wollte etwas entgegnen, doch Talia kam ihr zuvor.

„Ich weiß sehr gut, wer du bist, Charax", sagte sie zu Rhodes. „Denn ich bin Talia vom Clan Castis."

Bei diesem Namen wurde Rhodes rot vor Wut und Talia schnaubte amüsiert.

„Ich kenne die alte Geschichte, wie Highvale uns die Raubüberfälle austreiben wollte und eine Armee zu unserer Bestrafung ausgeschickt hat. Das war vor gut 100 Jahren, nicht wahr? 5.000 Krieger und 200 Gefechtsmagier, und wir haben sie in einem Tal eingekesselt und abgefackelt. Dafür haben wir nicht mal alle unsere Leute gebraucht. Niemand von Highvales Kriegern hat überlebt und unser Clan hat keinen einzigen verloren." Talia lächelte noch breiter. „Und der Anführer war der Kronprinz von Highvale höchstpersönlich. Dein Vorfahr, schätze ich?"

Rhodes stieß einen wortlosen Wutschrei aus. Seine Schmerzen waren vergessen und er streckte in einer klassischen Gefechtszauberpose die Hand aus. Elektrische Funken begannen um seine Finger zu zucken wie Miniaturblitze. Hugh wich zurück und war kurz davor, sich schützend auf den Boden zu werfen.

Und dann gab Sabae dem Neffen des Königs einen Stoß, der ihn quer durch den Raum fliegen ließ. Ihre Faust traf seine Brust, begleitet von einer Windböe, die den Zwillingsjungen gleich mit umwarf. Beide rutschten gut 20 Fuß über den glatten Steinfußboden und Rhodes' Blitzmagie erlosch flackernd zu harmlosen Funken. Auch Hugh und das Zwillingsmädchen wurden von dem Windstoß erfasst und verloren den Boden unter den Füßen.

Talia eilte zu Hugh und zog ihn hoch. Während Sabae fassungslos auf ihre Faust starrte, hastete Talia mit Hugh im Schlepptau an ihr vorbei und rief: „Komm schon, Sabae. Man bleibt nicht bei einem Drachen stehen, den man in den Schwanz gekniffen hat!" Sabae kam blinzelnd zu sich, dann folgte sie Hugh und Talia.

Als Hugh einen Blick zurückwarf, sah er Rhodes mörderischen Blick. Vorher war Hugh für ihn nur eine harmlose Belustigung gewesen, aber jetzt? In den Augen von Rhodes stand echter Hass.

****

Die drei rannten mehrere Minuten lang durch die Tunnelflure, bis sie stehen blieben und verschnauften. Alustins Training zeigte bereits Wirkung – früher hätte Hugh wahrscheinlich nicht einmal die Hälfte der Strecke geschafft.

Als Talia wieder zu Atem gekommen war, fing sie an zu lachen. „Wie die drei geguckt haben! Und du erst, Sabae! Das war unglaublich."

Hugh nickte. Sein Herz schlug immer noch schneller, und zwar nicht nur von dem Sprint.

Sabae musterte sie beide, dann musste sie auch lachen. „Ich schätze, Alustins Zaubertraining zeigt tatsächlich seine Wirkung, oder?"

„Aber ich dachte, deine Magie wirkt nicht auf Entfernung?", fragte Talia.

„Tut sie auch nicht. Ich habe den Windstoß um meine Faust herum aufgebaut und losgelassen, als ich zugeschlagen habe. Danach ist er ... ganz von selbst in die richtige Richtung geströmt. Bisher ist der Wind immer chaotisch auseinander gewirbelt", erklärte Sabae. „Aber dieses Mal ist er einfach der Schlagrichtung gefolgt."

Die beiden Mädchen kicherten noch eine Weile vor sich hin, doch dann runzelte Sabae die Stirn. Sie wandte sich Hugh zu, dem vom Zusammentreffen mit Rhodes immer noch ganz schlecht war.

„So etwas ist dir nicht zum ersten Mal passiert, oder?", fragte Sabae.

Hugh starrte auf seine Füße. Seine Wangen brannten und sein Magen begann sich noch mehr zu verknoten. Nun hatten die beiden gesehen, was für eine Memme er war, und wollten bestimmt nichts mehr mit ihm zu tun haben.

„Nein, ist es nicht", sagte er leise.

Einen Moment herrschte Stille, dann sagte Talia: „Dieser verhätschelte kleine Bastard. Warum hast du uns nichts davon erzählt, Hugh? Wir hätten dir den Rücken freigehalten."

Hugh brauchte einen Augenblick, bis er den Mut zu einer Antwort fand, und seine Stimme klang noch leiser als vorher. „Ihr solltet nicht wissen, was für ein Feigling ich bin."

Er wollte nicht hochschauen, doch plötzlich stand Sabae direkt vor ihm und umfasste seine Schultern. „Rhodes Charax ist über einen Kopf größer als du, wurde vermutlich im Kampf ausgebildet, seit er krabbeln konnte, hat gleich mehrere Affinitäten und keines deiner Magieprobleme, wird von Aedan Drachentöter höchstpersönlich trainiert und hatte zwei Kumpanen als Rückendeckung. Wenn ich ihn richtig einschätze, war er die anderen Male auch nie allein. Dich auf einen Kampf einzulassen, wäre kein Beweis von Mut gewesen, sondern von Dummheit."

Hugh schaute ihr ungläubig in die Augen. Sie schien jedes Wort ernst zu meinen. Als sie ihn weiter direkt anstarrte, ohne auch nur zu blinzeln, wandte er das Gesicht lieber Talia zu. Sie sah mal wieder sehr wütend aus.

„Wenn überhaupt, ist Rhodes der Feigling", sagte sie. „Er hat eine Riesenmenge Vorteile und trotzdem hat er sich nur mit dir angelegt, weil er Verstärkung dabeihatte."

Sabae nickte zustimmend. Als sie sah, wie unwohl Hugh sich fühlte, ließ sie seine Schultern los. „Wir wollten gerade zum Essen, als wir dir über den Weg gelaufen sind. Hast du Lust, uns zu begleiten?"

Hugh nickte nur, denn er traute seiner Stimme nicht. Also wandten sie sich in Richtung des Speisesaals – und zwar zur großen Schülerkantine, die Hugh seit Wochen gemieden hatte. Die Mädchen unterhielten sich im Gehen über Sabaes magischen Fausthieb und Hugh trottete hinterher. Während Talia dafür war, die Kampftechnik *Sturmschlag* zu nennen, stimmte Sabae für *Windhieb*.

Nach einigen Minuten überwand sich Hugh und meldete sich zu Wort. „Talia, hast du … als du mich einen Freund genannt hast, war das wirklich ernst gemeint?"

Beide Mädchen drehten sich zu ihm um.

„Natürlich bist du unser Freund, Hugh", sagte Sabae. „Woher nimmst du die Idee, es könnte anders sein?"

Talias Miene hatte wieder den gewohnt finsteren Ausdruck angenommen. „Das liegt daran, dass er ein Idiot ist. Wie dumm muss man sein, um nicht zu merken, dass man mit jemandem befreundet ist? Wenn ich ... "

Während Talia ihn anblaffte, spürte Hugh ein kleines Lächeln über seine Lippen huschen. Nicht so breit und unbeschwert wie vorher, aber trotzdem fühlte es sich viel, viel besser an.

KAPITEL 21

Die drei hatten sich gerade ihr Essen geholt, als jemand Sabaes Namen rief. Hugh sah sich um und entdeckte einen riesenhaften, muskelbepackten Jungen von ungefähr 15 Jahren, der ihnen zuwinkte. Er hatte wilde schwarze Locken und seine Haut war noch dunkler als Sabaes. Hugh brauchte einen Moment, um ihn einzuordnen, dann erkannte er den Sohn und auserwählten Lehrling von Artur Mauerbrecher. Sabae winkte zurück und steuerte auf den Tisch des Jungen zu. Zuerst zögerte Hugh unsicher, doch als Talia ihr folgte, tat er es ebenfalls.

„Hugh, Talia, darf ich euch Godrick, den Sohn von Artur Mauerbrecher, vorstellen? Godrick, das hier sind Hugh aus Emblin und Talia vom Clan Castis." Sabae nahm neben ihm Platz, während Hugh und Talia sich ihnen gegenübersetzen.

„Des freut mi sehr", sagte Godrick mit dröhnender Stimme und einer starken Mundart, die Hugh nicht zuordnen konnte. Er griff über den Tisch, um Talia die Hand zu schütteln. Da Hugh nicht unhöflich sein wollte, folgte er ihrem Beispiel und bedauerte es sofort. Genauso gut hätte er eine Bärenpranke packen können. Von dem Händedruck taten ihm alle Finger weh. Er war allerdings ziemlich sicher, dass Godrick nicht absichtlich so hart zugepackt hatte. Man erkannte auf den ersten Blick, dass er keiner Fliege etwas zuleide tun würde. Er gehörte zu den Leuten, die schon von Weitem eine gutartige Freundlichkeit ausstrahlten.

Hugh fand so viel Überschwang anstrengend.

„Hab von der Sabae scho a Kleinigkeit über euch zwei gehört, aber ned eure Affinidät. Des soll i euch ma selber fragen, hat se gesagt", plauderte Godrick. „Bei mia sind's fast die gleichen wie bei meim Vadder. I hab a Steinmagie, aber dazu Stahl, ned Eisen.

„Was ist denn der Unterschied?", fragte Talia.

„Der Vadder zaubert mit aller Art Eisen, ob's nu a Legierung sei oder das reine Metall. Weil i a Stahlmagier bin, hab i nur Macht über Stahl, bei anderem Metall wird's ned so recht", sagte Godrick.

„Das heißt, eine Bindung an Stahl ist schwächer als eine Bindung an Eisen?", fragte Talia.

Godrick wirkte keineswegs beleidigt. „Naa, im Gegenteil. Meine is stärker. So is des halt bei Affinidäten, die ähnlich san, gell? Meine is enger begrenzt ... aber wenn man ned so a Vielfalt hat, gibt's dafür a größeren Fokus. Mit a normalem Eisen kann i kaum was anfangen und mit dem vom Vadder überhaupt ned. Dafür kann seine Magie halt nix gegen mei Stahl ausrichten. Dabei is seine Zauberei mir a Meile voraus. Was soll's, i brauch Magie sowieso fast nur, damit mei Hammer besser zuschlägt."

Er lehnte sich vor. „I hab do noch a kleines Geheimnis, aber mir san ja unter Freunden, ned? Also verrat i's euch."

Unter Freunden? Hugh kannte ihn doch kaum.

„Wir kennen dich doch kaum", sagte Talia. Offenbar hatte sie das Gleiche gedacht wie Hugh.

Godrick wedelte abwinkend mit der Hand. „Sabaes Freunde san auch meine, gell? Und wenn i hören will, was *ihr* an Geheimnissen han, muss i euch mol erst was bieten."

Hugh war nicht sicher, was er dazu sagen sollte, also wandte er seine übliche Strategie an und hielt den Mund.

Godrick lehnte sich noch näher an Hugh und Talia heran und senkte die Stimme zu einem Flüstern. „I hab no a dritte Affinidät. Nur schwach, aber dafür mol richtig grandios." Er grinste breit. „Geruchsmagie."

Hugh blinzelte verwirrt. Geruchsmagie? Was sollte denn daran ...?

Talia stieß einen Pfiff aus. „Du kannst Stinkzauber? Da werde ich dir garantiert nicht in die Lenden treten."

Hugh warf ihr einen verwirrten Blick zu.

Sie bemerkte es und erklärte: „Es gibt nur eine Handvoll Clans, mit denen wir lieber keinen Kampf beginnen. Einer davon, Clan Derem, hat sich auf Geruchsmagie spezialisiert. In ihren Dörfern duftet es so wundervoll wie nirgendwo sonst auf der Welt, aber wenn man mit ihnen in Streit gerät? Nun, ein Stinkzauberer kann in Sekunden einen ganzen Angreifertrupp dazu bringen, sich die Galle aus dem Leib zu kotzen und noch wochenlang schlimmer zu riechen als ein Haufen Stinktiere."

Godrick schnaubte. „So gut werd i wohl nie, aber i wette, dass i jemand ma richtig den Tag verderben kann. Und gegen Ungeheuer mit a feiner Nase? Die ham bei mir ganz schlechte Karten." Er grinste noch breiter. „Tja, und i kann des hier."

Hugh spürte eine Mana-Welle, die ihn kurz aus Godricks Richtung überrollte, und plötzlich duftete seine ziemlich langweilige Suppe absolut himmlisch. Erst jetzt merkte er wieder, wie hungrig er war. Mit Begeisterung begann er zu löffeln, und obwohl der Geschmack nicht ganz dem Geruch entsprach, hatte er sich definitiv verbessert.

Vielleicht war Godricks Gesellschaft gar nicht so übel.

„I hab auch a viel bessren Geruchssinn als normal. Des is scho a nette Zugabe. Kann Spurenlesen mit da Nase, zumindest a bissel", sagte Godrick, bevor er ebenfalls bei seiner Suppe zulangte.

Talia musterte ihn abschätzend, dann gab sie Godrick einen kurzen Einblick in ihre eigenen Affinitäten, die Tätowierungen und ihr spezielles Training. Als sie die Manifestation von Traumfeuer erwähnte, wurden seine Augen ganz groß.

„Des is scho höllisch schwierig, ned? Hab gehört, a Menge Traumzauberer wagt ned mal den ersten Versuch, bevor se alt genug san, a Gesell zu werden."

Talia grinste. „Also, ich habe es schon geschafft."

Diesmal war Godrick an der Reihe, einen Pfiff auszustoßen.

Hugh hörte ein schwaches Geräusch und schaute zu Sabae. Sie spitzte die Lippen, als wolle sie auch probieren zu pfeifen, scheiterte jedoch kläglich. Als sie bemerkte, dass Hugh sie ansah, setzte sie schnell ihre gewohnt reservierte Miene auf, wurde aber ein bisschen rot.

„Und wos is mit dir, Hugh?", fragte Godrick.

Hugh zuckte zusammen.

„Seine Situation ist ein wenig … heikel", sprang Sabae für ihn ein.

Godrick schaute neugierig zwischen ihnen beiden hin und her. „Kann da Bursch ned für sich selbst reden?" Er klang nicht spöttisch oder beleidigt, eher wissbegierig.

„Viel Glück damit", meinte Talia. „Hugh ist der schüchternste Junge, der mir je über den Weg gelaufen ist. Wir sind seine Freunde und bekommen trotzdem kaum zwei Wörter aus ihm raus."

Hugh, der sich bei dieser Beschreibung überraschend widerborstig fühlte, sagte trocken: „Zwei Sätze."

Alle starrten ihn einen Moment lang an, dann brach Godrick in Gelächter aus, das genauso gewaltig war wie alles an ihm. Bald stimmte Sabae mit ein, während Talia nur düstere Blicke auf Hugh abschoss. Hugh schaute auf seinen Teller und lächelte in sich hinein.

„Mach di keine Sorgen, wenn du grad ned schwätzig bist, Hugh. Du schuldest mir gar nix. Kannst alles, was i erzählt hab, als a Geschenk ansehn." Godrick lächelte ihn offen an, dann wandte er sich Sabae zu und begann mit ihr über das gemeinsame Kampftraining bei seinem Vater zu plaudern.

Einige Minuten lang aß Hugh schweigend seine Suppe. Als sich schließlich eine Pause im Gespräch ergab, ergriff er das Wort. „Ich habe keine Affinitäten."

Godrick blinzelte verblüfft. Zum ersten Mal sah er aus, als wüsste er nicht, was er sagen sollte.

„Jedenfalls noch nicht", setzte Hugh hinzu und schaute wieder auf seinen Teller.

Endlich brachte Godrick heraus: „So was Unklares hab i da selten gehört." Als deutlich wurde, dass Hugh nicht vorhatte, noch mehr zu sagen, begann er zu grinsen. „I mag a Rätsel."

Talia knuffte Hugh den Ellbogen in die Seite. Er blickte sie an, ein bisschen erschrocken und beleidigt über diese Attacke.

„Schau mal, wer beim Essen ansteht", sagte sie.

Hugh blickte hoch und entdeckte Rhodes, der in der Schlange stand und ihn anfunkelte. Er hatte die Zwillinge dabei, aber ihre Blicke waren harmlos gegen seine. In Rhodes' Augen brannte echter Hass.

Godrick stieß erneut einen Pfiff aus. „Da is ma jemand narrisch wütend, gell? Was habt ihr drei mit dem angestellt?"

Nach einem weiteren Versuch, den Pfiff nachzuahmen, gab Sabae auf. „Talia hat ihn in die … nun ja, Klunker getreten“, sagte sie.

Fast gleichzeitig sagte Talia: „Sabae hat ihm einen Sturmschlag verpasst, der so hart war, dass er mitsamt seinen Kumpanen durch den Korridor gesegelt ist.“

Sabae warf ihr einen herausfordernden Blick zu. „Windhieb.“

„Sturmschlag.“

„Windhi ...“

„Wie wär's mit Sturmhieb“, unterbrach Hugh sie.

Godrick starrte die drei erstaunt an, dann platze er heraus und lachte so laut, dass sich Schüler von überall im Speisesaal umdrehten. Rhodes wurde knallrot.

„I kenn die Zwillinge Winter ned gut, aber der Rhodes is hochmütig wie keina. Und glücklich war er ned grad, als i mi geweigert hab, bei seiner Labyrinthgruppe mitzumachen. Aber i wollt keinem nachlaufen, der sich für so wichtig hält, als könnt niemand sei Einladung ausschlagen.“

Hugh schaute Godrick nur verwirrt an.

„I red von der Abschlussprüfung. Dafür braucht ma a Gruppe“, sagte Godrick, als er Hughs Blick bemerkte.

Hugh zuckte nur ahnungslos mit den Schultern.

„Erstklässler wie wir müssen am Mittsommertag als Prüfung ins Labyrinth unter Skyhold steigen“, sagte Sabae. „Wir dürfen nur die erste Ebene erforschen, was als relativ harmlos gilt. Die meisten kehren zurück. Aber für den Fall, dass doch etwas Gefährliches passiert, muss man Vierergruppen bilden.“

Das beruhigte Hugh nicht gerade. Wie jedermann wusste, war das Labyrinth ein höllisch gefährlicher Ort. Abgesehen von den vielen Ungeheuern und Fallen veränderten die Gänge regelmäßig ihre Lage.

Godrick schaute nachdenklich drein. „Wisst ihr, wie's der Zufall will, sind wir gerade vier ...“

Talia warf ihm einen vernichtenden Blick zu. „Das hast du doch geplant. Du wolltest uns die ganze Zeit fragen, seit wir in den Speisesaal gekommen sind, stimmt's?“

„Da bekenn i mi schuldig“, grinste Godrick.

„Für mich klingt das nicht schlecht", sagte Sabae.

Diesmal musterte Talia ihn abschätzend, dann schnaubte sie. „Zumindest siehst du aus, als wenn du im Kampf klarkommst. Oder wenigstens kannst du uns rumtragen, wenn uns die Füße wehtun. Mir soll's recht sein."

Die drei richteten erwartungsvolle Blicke auf Hugh. Die ganze Aufmerksamkeit ließ ihn schützend die Schultern hochziehen, aber er murmelte: „Ich schätze, das geht in Ordnung."

Godrick reagierte, als hätte Hugh ihn gerade mit Lobesworten überschüttet, strahlte ihn mit seinem breitesten Lächeln an und klopfte ihm auf die Schulter. „I wusst doch, i würd di rumkriegen. Jetzt brauch ma nur noch a Erlaubnis vom Vadder und eurem Meister. Aber die werden's wohl nix dagegen ham."

Hugh rieb sich reumütig die Schulter. Dort prangte jetzt mit Sicherheit ein großer blauer Fleck.

KAPITEL 22

Danach änderte sich Hughs gewohnter Tagesablauf drastisch. Godrick nahm nun an den meisten morgendlichen Übungsstunden teil, genau wie sein Vater. Artur Mauerbrecher war aus der Nähe noch überwältigender als Hugh vorher schon gedacht hatte. Das lag sowohl an seiner puren Körpergröße als auch an seiner Persönlichkeit. Gegen ihn wirkte Godrick geradezu still und zurückhaltend. Die ersten weißen Strähnen zierten Arturs Bart- und Haupthaare, und auf seinen Muskelbergen prangten mehr Narben, als Hugh zählen konnte. Trotz der ganzen Kampfspuren wirkte er noch gutmütiger als sein Sohn, falls das überhaupt möglich war.

Danach verlief der Tag ungefähr wie gewohnt bis zum Mittagessen. Alustins Lehrlinge (ohne Godrick, der zu einer anderen Zeit aß) plauderten sehr viel lebhafter miteinander als früher. Selbst Hugh meldete sich öfter zu Wort, da ihm die anderen immer vertrauter wurden.

Später am Nachmittag, beim Unterricht in Zauberei, zeigten Talia und Sabae erstaunliche Fortschritte.

Inzwischen konnte Talia ihr Traumfeuer auf Abruf manifestieren und sogar faustgroße Stücke davon mit recht guter Treffsicherheit auf Ziele schleudern. Ein bisschen unheimlich es war jedes Mal, wenn die Ziele vom Traumfeuer nicht in Flammen gesetzt, sondern auf andere Art zerstört wurden. Manche gefroren zu Eis und zersplitterten, dann wieder alterten sie rapide und zerfielen zu Staub. Bei einer unvergesslichen Übungsstunde wurde das Ziel in Hunderte kleiner Quadrate zerschnitten, jedes genau einen halben Daumen breit. Immerhin benahm sich das Traumfeuer in ungefähr drei von vier Fällen ähnlich wie gewöhnliche Flammen. Eine Anwendung für Talias Bindung an Knochen hatte Alustin leider immer noch nicht gefunden.

Auch Sabae hatte enorme Fortschritte gemacht, zumindest was die Windmagie betraf. Inzwischen wurden ihre Faustschläge grundsätzlich von Sturmhieben begleitet. Außerdem hatte sie angefangen, sich mit dieser Fähigkeit eine rudimentäre Windrüstung zu bauen. Das hieß, sie konnte Armschützer aus rotierenden Miniaturstürmen hervorbringen, die um ihre Handgelenke kreisten und an blasse Tornados erinnerten. Bisher ließ sich damit nicht allzu viel abwehren, und mehr als einige Sekunden am Stück überdauerten die Armschützer selten, weil Sabaes Vorrat an Mana nicht groß genug war. Doch die Hiebe eines Gegners verloren dadurch schon einen bedeutenden Teil ihrer Kraft. Ihre Affinitäten für Wasser und Blitze benutzte sie bisher überhaupt nicht, weil Alustin ihr davon abriet. Und was ihre Heilerkräfte anging, weigerte Sabae sich weiterhin, sie anzuwenden.

Hughs Liste möglicher Vertragspartner war deutlich gewachsen. Neu hinzugekommen und von Alustin abgesegnet waren Chelys Mot, die Erdbebenschildkröte, Lasnabourne, der Phönix, sowie ein hochintelligenter Dschungelbaum, der andere Pflanzen befehligen konnte und von derselben Inselgruppe stammte wie Lasnabourne.

Im Gegensatz zu den übrigen Lehrlingen hatte Hugh jedoch noch nicht einen einzigen Zauber gewirkt, abgesehen von seinen Schutzbarrieren und dem simplen Lichtspruch, den er vorher schon beherrscht hatte. Immerhin wusste er nun, warum der Lichtzauber funktionierte. Anders als die meisten Kleinsprüche war dieser dazu gedacht, sehr verschiedene Mengen von Mana zu tolerieren, um die Helligkeit je nach Wunsch verändern zu können. Deshalb hatte in diesem Fall die enorme Mana-Flut nicht geschadet, die Hugh automatisch jeder Art von Magie einflößte.

Ansonsten lernte Hugh nur täglich mehr über die Konstruktion von Spruchformeln. Er wusste nun, wozu die verschiedenen Grundformen gut waren und wie sie aufeinander wirkten. Je nachdem, welche Sackgassen, Kreuzungen, Ecken und Winkel man einbaute, wurde das Fließen des Manas in seiner Geschwindigkeit und Turbulenz beeinflusst. Aber Alustin brachte ihm immer noch nicht bei, tatsächlich einen Zauber zu wirken.

Am Ende eines Tages voller Magietraining war Hugh oft unglaublich frustriert. Aber auf das Abendessen freute er sich jedes Mal. Inzwischen saß er immer mit Talia und Sabae zusammen und meistens kam auch Godrick dazu. Das machte tatsächlich Spaß, und Hugh stellte fest, dass er immer öfter an ihren Gesprächen teilnahm … auch wenn ihn weiterhin niemand als Plaudertasche bezeichnen würde.

Rhodes hielt sich anscheinend zurück, aber Hugh fiel auf, dass nur sehr wenige Schüler bereit waren, in der Nähe ihres Vierertisches zu sitzen. Vermutlich hat Rhodes alle wissen lassen, dass sie auf seiner Liste unerwünschter Personen standen.

Damit konnte Hugh leben. Was ihm allmählich wirklich zu schaffen machte, war die Tatsache, dass er bei angewandter Magie überhaupt nicht vorankam.

***

Schließlich, ungefähr drei Wochen nach dem Zusammenstoß mit Rhodes und dem ersten Mittagessen mit Godrick, verlor er in Alustins Büro die Beherrschung. Sabae war gerade bei ihrem Kampftraining, und Talia befand sich in der Bibliothek, wo sie einige neue Bücher aufspüren sollte, unter anderem eine seltene Rarität: die Biografie eines Traummagiers aus dem Ithonischen Imperium.

„Warum haben Sie mir immer noch keine Zaubersprüche beigebracht?", fragte Hugh.

Alustin hob eine Augenbraue. „Ich dachte, das hätte ich die ganze Zeit."

„Haben Sie nicht!", entgegnete Hugh. „Ich kenne keinen einzigen neuen Spruch außer meiner Schutzzauber."

Alustin schien einen Moment darüber nachzudenken, dann nickte er entschieden. „Ich habe dir auf jeden Fall neue Sprüche beigebracht, du hast bloß nicht richtig zugehört."

Hugh gab einige stotternde Geräusche von sich, bis Alustin ihn unterbrach.

„Was habe ich dir am Anfang gesagt, welche Fähigkeiten ich dir beibringen würde, Hugh?"

„Wie ich Zaubersprüche für mich anpassen und spontan neue erschaffen kann?", sagte Hugh.

„Ganz genau. Ich glaube nicht, dass ich je behauptet hatte, ich würde dir vorgefertigte Zaubersprüche beibringen. Stattdessen lernst du, wie Spruchformeln konstruiert sind ... genau zu dem Zweck, sie selbst zu entwerfen." Alustin schnappte sich Zettel und Schreibfeder und reichte beides an Hugh weiter. „Du wirst jetzt einen Levitationsspruch erfinden, um dieses Buch in die Luft zu heben."

Hugh warf einen ungläubigen Blick auf Alustin, dann auf das dicke Buch. „Wie soll ich das machen?"

„Zuerst zeichnest du die Basislinien deiner Spruchformel."

Hugh zögerte einen Moment, dann begann er. Die Basislinien waren der wichtigste Teil jeder Formel. Damit wurde das Mana eines Magiers in das gesamte Zeichenmuster hineingezogen und kanalisiert. Hugh entschied sich für eine achteckige Basis mit hoher Aufnahmekapazität.

„Als Nächstes zeichnest du die Definitionslinien." Damit wurde das Mana in die benötigte Form gebracht. In diesem Fall zeichnete Hugh einige steile Diagonalen, die den Zauberspruch informierten, dass er ein Objekt mit kinetischer Energie aufladen sollte.

„Und zuletzt kommen die Ziellinien."

Hugh setzte einige kurze Striche auf die Definitionslinie, um dem Zauberspruch mitzuteilen, in welche Richtung die kinetische Energie ihre Wirkung entfalten sollte.

Alustin lehnte sich auf seinem Stuhl zurück. „Nun wende den Spruch an."

Hugh prägte sich das Diagramm, das er entworfen hatte, sorgfältig ins Gedächtnis ein. Dann konzentrierte er sich auf das dicke Buch. In Gedanken zeichnete er das Achteck nach, gefolgt von den steilen Diagonalen und schließlich den Ziellinien. Um den Spruch tatsächlich wie gewünscht in Gang zu setzen, musste man seinen Willen darauf richten. Offenbar war ein kleiner Anteil von Willensübertragung immer nötig, auch wenn weniger Zauberer es sich leisten konnten, ihre Magie so damit zu tränken, wie Hugh es bei seinen Schutzbarrieren tat. Ganz zuletzt ließ er sein Mana vorsichtig in die Formel fließen.

Das Buch schoss mit irrer Geschwindigkeit vom Tisch in die Höhe und klatschte gegen die Decke. Bei dem lauten Geräusch hörte Hugh erschrocken auf, Mana in die Formel fließen zu lassen, und sofort platschte das Buch zurück auf den Tisch, wobei ein paar Seiten zerknickt wurden.

Hugh spürte wie er rot wurde. „Das funktioniert immer noch nicht richtig! Das ganze Üben war Zeitverschwendung!"

Alustin hob das Buch auf und glättete die Seiten. „Es ist levitiert, oder nicht?"

„Schon, aber dann hätte es in der Luft anhalten sollen, und das hat es nicht getan!", sagte Hugh.

Alustin nahm noch einen Zettel und entwarf mit ein paar schnellen Strichen eine weitere Spruchformel. Sie besaß die gleichen Definitionslinien und sehr ähnliche Ziellinien, aber eine ganz andere Basis.

„Hier haben wir die Levitationsformel, die normalerweise als Grundform gelehrt wird", sagte Alustin. „Ein einfaches Diagramm aus Basis, Definition und Ziel. Was passiert, wenn du versuchst, so etwas zu benutzen?"

Hugh warf ihm einen mürrischen Blick zu. „Entweder explodiert der Zauber oder schickt einen blendenden Lichtblitz oder raucht wie verrückt."

„Und was ist der Unterschied zwischen den beiden Formeln?" Alustin hielt sie nebeneinander in die Höhe.

„Die Basis der normalen Levitationsformel ist dafür gedacht, nur wenig Mana aufzunehmen … viel weniger, als durch mich fließt", sagte Hugh.

„Genau darum reagieren die Zauber so dramatisch. Sie können die übergroße Mana-Menge nicht aufnehmen und werden zerstört", sagte Alustin. „Das ist bei deiner neuen Levitationsformel jedoch nicht passiert, denn du hast ihr eine ausreichende Kapazität gegeben, um mit deiner Mana-Menge fertigzuwerden."

„Und wieso ist es trotzdem schiefgegangen?", fragte Hugh.

„Ist es nicht. Versuche es noch einmal."

Hugh warf seinem Meister einen skeptischen Blick zu, aber begann von vorne. Wie beim ersten Mal schoss das Buch auf die Decke zu, sodass Hugh erschrocken den Zauber verpuffen ließ.

„Noch einmal, aber versuch deine Konzentration zu halten, auch wenn es gegen die Decke prallt."

Also unternahm Hugh einen dritten Versuch. Sorgfältig rief er sich die Spruchformel ins Gedächtnis, atmete tief durch und ließ sein Mana hineinströmen. Das Buch sauste aufwärts, doch diesmal gelang es Hugh, den Zauber nicht vor Schreck loszulassen. Nachdem das Buch gegen die Decke geprallt war, blieb es einfach dort hängen … wie festgeklebt.

„Anders als bei den Zaubersprüchen, die man dir als Standard beigebracht hat, ist das Ergebnis diesmal nicht chaotisch und zufallsgesteuert. Die Spruchformel wurde von deinem Mana nicht zerstört", erklärte Alustin. „Der übliche Levitationsspruch für Erstklässler lässt kleine Objekte ein paar Fuß hoch schweben. Mehr kann er nicht, weil die Basislinie nur wenig Mana hineinlässt. Deine Formel dagegen schwemmt genug Mana in den Spruch, um das Buch … 20 oder 30 Fuß hoch zu befördern, würde ich wetten."

In diesem Moment sauste das Buch, das bist dahin reglos an die Decke gedrückt worden war, plötzlich zur Seite weg und knallte oben gegen die Bürotür. Überrascht verlor Hugh wieder die nötige Konzentration.

„Leider waren deine Ziellinien nicht die besten. In der Standardformel für Levitation sind sie so gezeichnet, dass sie das Objekt in der Waagerechten stabilisieren. Dagegen hat dein Diagramm dazu geführt, dass ein Teil der Energie schräg und waagerecht abgeleitet wurde. Vermutlich wäre das Buch auch dann zur Seite geschossen worden, wenn es genug freien Platz gehabt hätte, um tatsächlich das obere Ende deines Levitationszaubers zu erreichen."

Hugh starrte das Buch einen Moment lang ungläubig an.

„Wenn du die Levitationshöhe verringern willst, gibt es eine Reihe von Möglichkeiten", fuhr Alustin fort. „Eine so genannte Beschränkungslinie kann den Ziellinien hinzugefügt werden, um dem Zauber an einer bestimmten Stelle ein Ende zu setzen. Oder du kannst unten an der Basis eine Überdrucklinie zeichnen, sodass alles überschüssige Mana abgeleitet wird, bevor es in den Zauberspruch fließen kann. Eine weitere Möglichkeit sind zusätzliche Definitionslinien – sagen wir zum Beispiel für Lichtmagie, sodass das Objekt leuchtet –, um mehr Mana zu verbrauchen und das Buch nicht ganz so hoch zu schleudern."

Alustin verstummte kurz und schaute Hugh direkt in die Augen.

„Das alles wirst du lernen und noch mehr. Und jede zusätzliche Diagrammform, die du kennst, wird deinen Zaubersprüchen größere Vielfalt verleihen. Aber eigentlich hättest du schon seit ein paar Wochen deine eigenen Formeln entwerfen können. Ich hatte erwartet, dass du selbst darauf kommst, Hugh. Du kannst von deinen Lehrern – selbst von mir – nicht erwarten, dass sie dir alles unter die Nase reiben. Was du vor allem lernen musst, ist deine eigenen Antworten zu finden. Abgesehen davon …" Alustin lächelte breit. „Herzlichen Glückwunsch zu deinem ersten frei erschaffenen Zauberspruch. Damit hast du bereits etwas erreicht, das die meisten Magier in ihrer gesamten Karriere nicht einmal versuchen."

Hugh blinzelte, dann lächelte er zurück.

Leider tauchte genau in diesem Moment Talia im Büro auf und stolperte prompt über den Wälzer, den er hatte schweben lassen, sodass ihr eigener Bücherstapel zu Boden polterte.

„Welcher Idiot hat direkt im Eingang ein Buch liegen lassen? Soll sich vielleicht jemand den Hals brechen?" Talia klang, als würde sie zu einer längeren Schimpftirade ansetzen. Hughs Lächeln wurde verlegen, und er stand auf, um Talia beim Einsammeln zu helfen.

KAPITEL 23

Hugh verbrachte die nächsten Tage damit, ständig Gegenstände schweben zu lassen. Dabei fand er recht schnell ein paar Fakten heraus.

Erstens, dass seine Freunde sich zwar für ihn freuten, aber weit weniger erfreut waren, wenn ihre Sachen durch den Raum sausten.

Zweitens, dass der Entwurf von Spruchformeln eine viel schwierigere Aufgabe war, als er bis dahin gedacht hatte. Er bemühte sich, die Ziellinien so zu verändern, dass sie das jeweilige Objekt nicht zur Seite wegschießen ließen. Das Ergebnis war, dass der Zauberspruch stattdessen versuchte, das Objekt platt zusammenzuknüllen. Offenbar reichte es nicht aus, einfach nur die Ziellinien der normalen Levitationsformel zu übernehmen, denn die Linien änderten sich je nachdem, wie die Basis aussah. Also musste er zuerst herausfinden, wie sie sich korrekt anpassen ließen.

Als er danach den nächsten Versuch unternahm, wurde das Objekt nicht mehr geplättet, sondern es wirbelte rasend schnell auf der Stelle herum. Die Veränderung der Ziellinien verlangte anscheinend, dass man sie nun auch ein winziges Stück niedriger an die Definitionslinien zeichnen musste, was wiederum dazu führte ...

Sehr bald begriff Hugh, warum so wenige Magier versuchten, Spruchformeln selbst zu entwerfen. Er begann sich ernsthaft die Frage zu stellen, wie verrückt man sein musste, um Zaubersprüche aus dem Stegreif herstellen zu wollen.

Mit ein bisschen Recherche fand er heraus, dass Magier normalerweise höchstens ein Dutzend Sprüche auswendig lernten ... was erklärte, warum die meisten von ihnen Zauberbücher mit sich herumschleppten, in denen Spruchformeln und ihre Beschreibungen gesammelt waren. Um einen Zauber zu wirken, den man nicht im Kopf hatte, musste man erst das Buch durchblättern und die passende Formel finden. Nicht sehr hilfreich im Kampf, aber andererseits musste man auch nicht unbedingt Gefechtsmagier sein, nur weil man Zauberei beherrschte.

Sprüche spontan erfinden zu können, würde Hugh also einen klaren Vorteil verschaffen, weil er damit flexibler sein konnte. Dennoch schreckte er vor der Aufgabe zurück, denn sie war so herausfordernd, dass selbst professionelle Spruchhersteller sich gewöhnlich nicht daran wagten. Stattdessen entwarfen sie ihre neuen Formeln in Laboren, die mit Schutzzaubern versehen waren, falls etwas schiefging. Sie führten sorgfältige Testreihen durch und feilten an den Ergebnissen, bevor sie die fertigen Sprüche verkauften.

Offenbar erwartete Alustin entschieden mehr von Hugh, als ihm bis jetzt klar gewesen war.

Hugh verschaffte sich auch einen kurzen Einblick in Runenzauberei. Zwischen den beiden Magieformen gab es viele Ähnlichkeiten, aber weniger kompliziert sah diese Methode auch nicht aus. Die Schriftzeichen, die für Runenzauber gebraucht wurden, waren im Grunde spezialisierte Spruchformeln. Mit ihnen wurde die Magie direkt auf ein Objekt übertragen, statt sie erst durch den Körper eines Zauberers zu filtern. Deshalb mussten die Linien von Runen ganz anders gezeichnet werden. Davon abgesehen wurde der Herstellungsprozess davon beeinflusst, wie gut die Mana-Leitfähigkeit eines Materials war und ...

Runenzauberei sah faszinierend aus, aber im Augenblick reichte es Hugh völlig, nur *eine* Art der Magie zu studieren, die seine Fähigkeiten absurd weit überstieg.

Die Experimente mit Levitation hatten ihm jedenfalls eindrucksvoll gezeigt, wie viel er noch zu lernen hatte, und so verdoppelte er seine Anstrengungen. Dabei machte er sich zunehmend Sorgen, weil er noch kein Vollmagier mit festen Bindungen war. Er befand sich ja immer noch im Stadium der Kleinzauberei und war nicht sicher, ob das bei der Herstellung von Spruchformeln einen Unterschied machte.

Alustin tat seine Bedenken mit einem freundlichen Lachen ab. „Ich hatte mich schon gefragt, wann du dich danach erkundigen würdest. Die Antwort lautet Nein – selbst bei hochenergetischen

Sprüchen mischt sich meist recht viel ungebundenes Mana hinein. Umgekehrt haben selbst Kleinsprüche einen Anteil natürlicher Bindung. Deine Levitationssprüche benutzen Mana, das mit Gravitation und Kinetik aufgeladen ist, und wenn man als Anfänger ein Feuer machen will, greift man auf Mana mit einem Feuer-Anteil zurück."

„Aber wieso soll man sich als Magier denn spezialisieren? Was ist der Zweck von Vollbindungen?", fragte Hugh.

„Schlicht ausgedrückt", sagte Alustin, „kann man mit schwach gebundenem Mana auch nur schwache Spruchformeln aufladen. Wenn man keinen Bindungsprozess durchlaufen hat, kann man vielleicht Reisig für ein Lagerfeuer entzünden, aber sicher keine Feuerbälle werfen."

„Also die Theorie, die ich jetzt lerne, um Zaubersprüche zu erschaffen ..."

„Wirst du ganz sicher praktisch anwenden können, sobald du deinen Pakt mit einer magischen Wesenheit geschlossen und deine Vollbindungen erhalten hast. Wo wir gerade davon sprechen, hast du noch weitere Kandidaten, die ich mir anschauen soll?"

KAPITEL 24

Hugh zeichnete sorgfältig die letzte Beschränkungslinie der Spruchformel, die vor seinem inneren Auge schwebte. Dann ließ er überaus vorsichtig Mana hineinfließen und … er wagte kaum zu atmen, als eine mit Kreidestrichen übersäte Steinkugel, groß wie sein eigener Kopf, sich gute drei Fuß in die Luft erhob.

„Hah!", sagte er triumphierend.

Talia verdrehte die Augen. „Du hast also noch einen Stein schweben lassen. Das haben wir inzwischen schon tausend Mal gesehen."

Hugh grinste. „Jetzt ziel mit deinem Traumfeuer darauf."

Talia warf ihm einen skeptischen Blick zu. Sie befanden sich alle gemeinsam in einem der Übungsräume für Schüler. Eigentlich machte Talia gerade eine Pause, damit sich ihre Mana-Reserven wieder auffüllen konnten, während Godrick und Sabae am anderen Ende des Raums mit einem Trainingsduell beschäftigt waren.

„Warum sollte ich?", fragte Talia.

„Versuche es einfach", forderte Hugh sie grinsend heraus.

Wieder verdrehte Talia die Augen, aber stand immerhin auf. Geradezu nachlässig warf sie einen faustgroßen Ball aus Traumfeuer nach der Steinkugel.

Die Kugel wich aus und sauste nach oben, sodass die Flammen vorbeischossen. Das Traumfeuer prallte gegen eine der Felswände, die durch Runenzauber geschützt waren, damit sie durch Magieunfälle keinen Schaden erlitten … zumindest galt das für Magie auf Schülerniveau.

Talias Augen wurden schmal und sie funkelte Hugh an.

„Du hast dir also einen Spruch ausgedacht, der die Höhe der Kugel auf Befehl steuert? Um das zu üben, musst du mir nicht auf die Nerven gehen."

Hugh grinste. „Falsch geraten. Probier es noch mal."

Talia schleuderte einen weiteren Feuerball, und diesmal wich die Kugel zur linken Seite aus, sodass sie knapp nicht getroffen wurde. Mit grimmigem Blick ließ Talia zwei faustgroße Feuerbälle gleichzeitig folgen – einen geradewegs in Richtung der Kugel, den anderen ein Stück darüber.

Die Kugel wich aus, indem sie nach unten plumpste.

Talia knurrte und ließ einen regelrechten Feuersturm aus Wurfgeschossen los.

Es gelang der Kugel, jedem einzelnen auszuweichen. Dabei entfernte sie sich nie mehr als einen Fußbreit von ihrer ursprünglichen Position.

Inzwischen hatten Godrick und Sabae mit ihrem Gefecht aufgehört, um zuzuschauen. Talia zeigte tatsächlich Anzeichen von Erschöpfung. Schweiß stand ihr auf der Stirn und die Geschwindigkeit des Bombardements ließ merkbar nach. Schließlich gab sie auf und wirbelte zu Hugh herum.

„Was hast du mit dem Ding angestellt? Es hüpft durch die Gegend wie ein Flachländer, der in einen Schmelzwasserbach gefallen ist."

Hugh grinste noch breiter, dann warf er einen Kieselstein, der kaum größer als eine Eichel war. Er traf die Kugel, ohne dass sie versucht hätte, auszuweichen. „Ich habe einen Schutzzauber entworfen. Wann immer die Kugel merkt, dass Traum-Mana auf sie zukommt, pulst ein Richtungssignal durch sie hindurch. Daran habe ich einen Levitationszauber gekoppelt, der auf das Signal reagiert und die Kugel entsprechend zum Ausweichen bringt. Hinterher lässt der Zauberspruch sie wieder an ihren Startpunkt zurückkehren."

Talia starrte ihn noch ein Weilchen länger an, dann drehte sie sich ruckartig der Kugel zu und schoss einen einzigen Traumfeuerblitz ab. Hugh schaute selbstzufrieden zu, denn er war sicher, dass sie auf keinen Fall treffen würde.

Der Blitz sauste direkt auf sein Ziel zu. Sofort wich die Kugel aus, und dann … blieb das Traumfeuer reglos mitten in der Luft stehen. Es hing genau an dem Punkt, wo die Kugel gestartet war.

Da sie ihr Ausweichmanöver beendet hatte, kehrte sie dorthin zurück – und landete genau in dem wartenden Feuerblitz.

Hugh blieb der Mund offen stehen, als er zuschauen musste, wie ein Stück von der Steinkugel sich in wuchernde Lianen verwandelte. Sie welkten, zerbröckelten und hinterließen ein faustgroßes Loch. Grinsend schoss Talia einige weitere Feuerblitze auf die Kugel ab.

Jeder einzelne davon traf. Der Schutzzauber, den Hugh auf die Kugel gezeichnet hatte, war schon vom ersten Blitz beschädigt worden und sandte keine Richtungssignale mehr aus. Etwas verlegen hörte Hugh auf, Mana in den Zauberspruch fließen zu lassen, und die zerstörten Überbleibsel der Kugel fielen zu Boden.

„Netter Versuch, Hugh", sagte Talia grinsend.

Hugh seufzte und kehrte zu seiner Übungsaufgabe zurück. Alustin hatte ihm aufgetragen, verschiedene Kleinsprüche zu einer einzigen Spruchformel zu kombinieren. Bisher schaffte er nie mehr als drei: Er konnte ein Objekt dazu bringen, zu schweben, zu leuchten und gleichzeitig ein Geräusch zu erzeugen. An allen anderen Kombinationen war er kläglich gescheitert.

Seine erste erfolgreiche Objekt-Levitation war Wochen her. Inzwischen konnte er außerdem sämtliche Kleinzauber nachahmen, die den Schülern im Grundlagenunterricht beigebracht wurden. Auch die Sprüche spontan ein wenig zu verändern, gelang ihm meistens. Was, wegen der sehr eingeschränkten Wirkung von Kleinzaubern, leider trotzdem bedeutete, dass er Monate hinter den anderen Schülern zurücklag. Und solange er keinen Hexerpakt mit einem halbwegs mächtigen Geschöpf geschlossen hatte, konnte er auch nicht wirklich aufholen. Alle anderen Erstklässler waren zu diesem Zeitpunkt längst dabei, sich der Zauberei mit Vollbindung zu nähern.

Hugh wurde immer nervöser, je näher der Tag der Labyrinthprüfung rückte. Zugegeben, das ging den anderen in ihrem Viererteam genauso, aber wenigstens hatten sie echte Magie zu bieten.

Obwohl er also ziemlich unter Druck stand, fühlte Hugh sich immer noch glücklicher als in der ganzen Zeit, seit seine Eltern gestorben waren.

Er hatte zuletzt auch Godrick anvertraut, was es mit seiner speziellen Magie und seinem Hexertalent auf sich hatte. Zu seiner Überraschung hatte Godrick das ganze nur fantastisch aufregend gefunden. Er hatte sogar angefangen, Hugh bei der Suche nach Kandidaten für seinen Pakt zu helfen. Ansonsten hatte Hugh nicht viel von seiner Vergangenheit erzählt, doch Godrick schien bereit, seine Zurückhaltung zu respektieren. Allerdings wusste Hugh auch nicht, wie viel die anderen schon von ihren jeweiligen Geschichten ausgeplaudert hatten.

Jedenfalls stellte er fest, dass er immer weniger Zeit in seinem Geheimquartier verbrachte – von dem er weiterhin niemandem erzählt hatte – und stattdessen fast ständig mit Talia, Sabae und Godrick zusammen war. Inzwischen trainierten sie jeden Tag gemeinsam für die Prüfung und ein Großteil ihres Lesestoffs handelte vom Labyrinth. Es gab theoretische Abhandlungen über seine grundlegende Natur, Erfahrungsberichte aus seinem Inneren und Listen der häufigsten Gefahren.

Im Übrigen hatte Rhodes schon seit Wochen nicht versucht, Hugh zu belästigen, was eine neue, angenehme Erfahrung war. Natürlich war Hugh in letzter Zeit selten allein und nicht mehr so angreifbar.

KAPITEL 25

An einem Quarten-Tag (also dem vierten der Woche) nach dem Abendessen geschah es dann. Hughs Geheimquartier wurde entdeckt. Er hatte sich nach dem Essen von den anderen getrennt und war in die Bibliothek zurückgekehrt. Die Mädchen hingegen waren Godricks Einladung gefolgt, zusammen den Abend auf einem der Balkons zu verbringen und den Sandschiffen beim Anlegen zuzuschauen.

Hugh hatte den gewohnten verschlungenen Weg zu seiner Kammer genommen, war Origami-Golems und Bibliothekaren ausgewichen, aber hatte nicht besonders auf seine Umgebung geachtet, was sich später rächen sollte. Er hatte sich hinter das Bücherregal geschoben, das seine Tür verbarg – den Inhalt hatte er längst gegen langweilige Wälzer über Steuergesetzgebung und abgelaufene Wirtschaftsabkommen ausgetauscht, damit zufällig Vorbeikommende wirklich keinen Blick darauf warfen – und war durch seine magisch verbarrikadierte Tür geschlüpft.

Er hatte sich an den Schreibtisch gesetzt, um an seinem neuesten Projekt zu arbeiten, als der Alarm seiner Schutzzauber losging und die Glühkristalle wild blinken ließ. Ein lauter Knall verkündete, dass einige Abwehrelemente seiner Barriere aktiviert worden waren, und eine Stimme begann zu fluchen.

Als Hugh erkannte, dass jemand ihm zu seiner Kammer gefolgt war, geriet er in Panik. Seine Schutzzauber waren so eingestellt, dass sie die Tür verteidigten, wenn eine andere Person sie öffnen wollte. Bestimmt war es Rhodes. Er hatte nur darauf gewartet, dass Hugh allein und unaufmerksam war, um zuzuschlagen.

Hugh wich zum Fenster zurück und dachte ernsthaft darüber nach, hinauszuklettern. Erst als er es halb offen hatte, fiel ihm ein, dass draußen eine senkrechte Felswand wartete. Panisch schaute er sich in der Kammer nach einer anderen Fluchtmöglichkeit um und dann endlich erkannte er die fluchende Stimme.

Hugh seufzte. Er zitterte immer noch am ganzen Leib, aber ging zur Tür und öffnete. „Talia!"

Seine Freundin funkelte ihn an. Sie lag flach auf dem Bücherregal, das zuvor seine Tür verborgen hatte und von den Abwehrzaubern umgeworfen worden war. Über einem Auge klaffte ein blutender Schnitt und mit Sicherheit würde sie eine Menge blauer Flecken davontragen.

Hugh hielt ihr seine Hand entgegen, um ihr aufzuhelfen, aber Talia schlug sie beiseite.

„So begrüßt du also deine Freunde, ja?", fragte sie wütend.

„Ich … ich konnte doch nicht wissen, dass du zu Besuch kommst", sagte Hugh.

„Natürlich nicht. Weil du uns nicht genug traust, um zu erzählen, wo du lebst", fauchte Talia und ihr Gesicht lief vor Zorn rot an.

Inzwischen war sie von selbst auf die Füße gekommen und sah aus, als würde sie ihm am liebsten die Nase einschlagen. Hugh spürte, wie sich sein Magen verknotete. Natürlich traute er seinen Freunden, das war nicht der Punkt. Irgendwie war er bloß nie dazu gekommen, ihnen von seiner Geheimkammer zu erzählen. Vielleicht war er ein bisschen paranoid, doch dabei ging es schließlich nicht um sie. Er wusste, dass die drei niemals …

„Und jetzt stehst du nur da wie ein dummer Tropf. Willst du dich nicht mal entschuldigen, weil du mich fast umgebracht hast?"

Hugh wollte etwas sagen, doch kein Ton kam heraus.

Mit einem Knurren schubste Talia ihn so hart, dass er rücklings zu Boden fiel. „Ich dachte, wir wären Freunde", sagte sie.

Als er sich wieder aufgerappelt hatte, war sie schon verschwunden.

***

Hugh brauchte mehrere Stunden, um das Regal wieder aufzurichten und sämtliche Bücher zurückzustellen.

114

Danach versuchte er eine Weile, sich auf sein Projekt zu konzentrieren, doch es gelang ihm nicht. Nachdem er mit genauso wenig Erfolg im Bestiarium herumgeblättert hatte, gab er einfach auf und ging ins Bett. Er hatte nur immer und immer wieder den Eintrag über *Kraggot Claw Mane* gelesen, ein chimärisches Mischwesen, das wahnsinnig geworden und unter der Hauptstadt des Havath-Imperiums eingekerkert worden war.

Er machte sich nicht einmal die Mühe, seine Kleidung auszuziehen, als er sich hinlegte, und schlief in dieser Nacht kaum. Ihn verfolgten Albträume, in denen er einen Hexerpakt mit einem schattenhaften Monster schloss, das als Preis für magische Macht seine Freunde verlangte.

***

Am Quinten-Tag wurde es noch schlimmer. Einige Male konnte er sich fast überwinden, seine verborgene Kammer zu verlassen, aber kam nie weiter als ein Dutzend Schritte, bevor sein Herz zu rasen begann und er das Gefühl hatte, sich übergeben zu müssen. Er ging nicht einmal zum Speisesaal, um etwas zu essen – Appetit hatte er sowieso keinen. Fast den ganzen Tag verbrachte er dösend im Bett und verließ es nur, um zur Toilette des Archivs zu gehen und dort etwas Wasser aus dem Hahn zu trinken. Obwohl kaum jemand diesen Teil der Bibliothek benutzte, sah er sich ganz besonders vor, keinem Menschen über den Weg zu laufen.

Das Einzige, was Hugh an diesem Tag zustande brachte, war die Erneuerung seiner Schutzzauber. Diesmal dachte er daran, Ausnahmeklauseln für seine Freunde einzubauen.

Falls Talia immer noch mit ihm befreundet sein wollte.

Zum ersten Mal in seinem Leben hatte er einen Freundeskreis gefunden und sofort alles vermasselt. Bestimmt wollte Talia ihn nicht mehr sehen, und natürlich würden die anderen sich auf ihre Seite stellen, und …

Ein Teil von ihm wusste, dass seine Angstattacken völlig übertrieben waren. Wenn Talia ein Problem hatte, ging sie es direkt an. Sie machte sich nichts aus Intrigen, Gerüchten und Tratsch.

Höchstwahrscheinlich würde sie den anderen einfach nur erzählen, dass sie in einen Streit oder eine Prügelei geraten war.

Leider war Hugh nur allzu bereit, das Schlimmste zu glauben, egal wie lächerlich es auch sein mochte.

In dieser Nacht schlief Hugh ohne Träume.

***

Am Morgen des Septim-Tags hockte Hugh unter seinem Fenster auf dem Boden, hatte die Knie bis ans Kinn gezogen und starrte auf die Tür. Er hatte die Glühkristalle dunkelgedimmt und die Vorhänge zugezogen, sodass in seiner Kammer praktisch Nacht herrschte. Ihm war klar, dass er aufstehen und zum morgendlichen Training gehen sollte, aber schon der Gedanke, sein Zimmer zu verlassen, war eindeutig zu viel. Das Streitgespräch mit Talia kreiste unablässig durch seinen Kopf, und er verfluchte sich dafür, wie ungeschickt er mit anderen Menschen war. Die Unterrichtszeit verstrich, dann auch die Pause fürs Mittagessen.

Gerade war Hugh wieder in einen leichten Schlaf gedämmert, ohne sich von seinem Platz unter dem Fenster fortbewegt zu haben, als jemand an die Tür klopfte. Erschrocken riss er die Augen auf und sein Herz begann im Sekundentakt zu hämmern. Er rührte sich nicht. Eine Weile passierte nichts weiter, und er wollte schon anfangen, sich einzureden, dass er es nur geträumt hatte.

„Ich weiß, dass du da drinnen steckst, Hugh."

Es war Talia.

Hugh öffnete den Mund zu einer Antwort, doch kein Ton kam heraus.

„Hugh ..."

Er hörte einen leisen, dumpfen Aufprall an der Tür, als habe jemand frustriert die Stirn gegen das Holz geschlagen.

„Bestimmt hast du deine Schutzzauber noch weiter ausgefeilt, und sie werden mich quer durch die Bibliothek schleudern, aber ich komme trotzdem rein."

Hughs Puls raste noch schneller.

Die Tür öffnete sich. Talia stand auf der anderen Seite und hielt den Arm vors Gesicht, um sich gegen eine Explosion aus Magie zu schützen, die es nicht gab. Ihre Stirn war bandagiert und beide Arme von blauen Flecken übersät. Langsam ließ sie die Hand sinken, und Hugh schaute schnell zu Boden, um ihrem Blick nicht begegnen zu müssen.

Eine Weile stand Talia in der Türöffnung, während sich ihre Augen an das schwache Licht gewöhnten, das am Bücherregal vorbei in die Kammer sickerte. Dann trat sie einige Schritte ins Zimmer.

„Diesmal habe ich die Barriere so gebaut, dass sie für euch drei eine Ausnahme macht", flüsterte Hugh.

Er hörte Talia seufzen, dann ließ sie die Glühkristalle in seinem Raum aufleuchten. Hugh kauerte sich noch ein bisschen mehr zusammen.

Talia schloss die Tür und ging zögernd auf Hugh zu. Schweigend stand sie einen Moment vor ihm, dann ließ sie sich in den Schneidersitz sinken.

Mehrere Minuten lang sagte niemand etwas. Endlich räusperte sich Talia.

„Tut mir leid, Hugh."

Er gab keine Antwort.

„Mir ist es ziemlich auf die Nerven gegangen, dass du uns nicht verraten wolltest, wo du wohnst, aber ich hätte mit dir reden sollen, statt dir nachzuschleichen. In deine Privatsphäre zu platzen, war nicht in Ordnung. Ich habe versucht, deine Tür aufzubekommen, obwohl ich wusste, wie wichtig es dir ist, dich zurückziehen zu können … und wie gut deine Abwehrzauber sind. Danach wollte ich nicht zugeben, wie idiotisch ich mich aufgeführt hatte, also bin ich lieber auf dich wütend gewesen."

Sie schwieg einen Moment.

„Kurz danach hatte ich mich schon wieder beruhigt und kam mir wie ein Esel vor, aber weil es mir peinlich war, bin ich lieber nicht zurückgekommen. Ich habe mir eingeredet, dass du bestimmt unglaublich wütend sein würdest. Also habe ich gestern den ganzen Tag allein geübt und bin den anderen aus dem Weg gegangen.

Heute Morgen ist es mir echt schwergefallen, mich zum Training zu schleppen, und als du nicht da warst … da habe ich mich furchtbar schlecht gefühlt. Die anderen haben nach dir gefragt, weil sie seit dem Abendessen am Quarten-Tag nichts mehr von dir gehört hatten."

Wieder machte Talia eine Pause.

„Ich habe mich wie ein Feigling benommen und erzählt, du würdest dich nicht gut fühlen. Das haben mir alle abgenommen, außer vielleicht Alustin, aber er hat nichts dazu gesagt." Sie seufzte. „Heute konnte ich mich überhaupt nicht konzentrieren. Nach dem Training habe ich mich unauffällig abgesetzt und bin hierher gekommen, um mit dir zu reden. Ich habe bestimmt eine Stunde vor deiner Tür gestanden, bevor ich den Mut aufgebracht habe zu klopfen."

Nach diesem Geständnis saß sie mehrere Minuten nur schweigend da.

„Sag doch bitte etwas, Hugh."

Er wollte antworten, aber konnte sich nicht einmal dazu bringen, den Kopf von den Knien zu heben.

„Du … du willst wahrscheinlich, dass ich wieder gehe. Tut mir leid … wirklich. Ich hätte nicht kommen sollen." Talia stand auf. Als sie sich der Tür zuwandte, konnte Hugh sich endlich zwingen, den Kopf zu heben und zu sprechen.

„Warte."

Talia hielt an und drehte sich langsam um. Eine Weile schaute Hugh sie nur an, während ihm Tränen über die Wangen liefen, dann starrte er wieder zu Boden.

„Geh nicht."

Talia stand ein Moment lang ganz still und schaute ihn an, dann kam sie langsam zu ihm zurück und ließ sich an der Wand hinabrutschen, um sich neben ihm zu hocken. Sie legte die Arme um ihn und er weinte sich wortlos bei ihr aus.

***

Die beiden saßen bestimmt eine Stunde ohne etwas zu sagen nebeneinander, bevor es Hugh gelang, seine Gedanken in eine Art Ordnung zu bringen.

„Ich dachte, du willst nicht mehr mit mir befreundet sein", sagte er schwach.

Talia funkelte ihn wie üblich an. „Sei kein Idiot, natürlich will ich …" Sie brach mitten im Satz ab und grinste, doch ohne echten Humor. „Ich komme her, um mich zu entschuldigen, und stattdessen fauche ich dich wieder an. In so etwas bin ich wirklich nicht sehr gut."

Sie drückte ihn fest, den Arm immer noch um seine Schultern geschlungen. „Ich war einfach nur wütend und habe mich benommen wie ein Haufen Ziegenköttel. Natürlich will ich immer noch mit dir befreundet sein. Das heißt, wenn du auch …"

Hugh nickte entschieden und Talia seufzte erleichtert. Wieder schwiegen beide eine Weile.

„Mit mir stimmt etwas nicht, Talia", sagte er. „Ich … ich glaube, etwas in mir ist zerbrochen. Ich ducke mich vor Rhodes weg, wenn er auf mir herumhackt. Ich lebe ständig in panischer Angst, dass ihr nicht mehr meine Freunde sein wollt. Wir beide haben einen einzigen Streit, und ich bin tagelang in Schreckstarre und zu nichts mehr zu gebrauchen."

Talia setzte zu einer Antwort an, dann zögerte sie. „Du musst darauf jetzt nichts sagen, wenn du nicht willst, aber … als du uns damals in der Bibliothek deine Geschichte erzählt hast, hast du ausgelassen, wie Rhodes dich ständig terrorisiert. Gab es vielleicht … noch mehr, das du nicht gesagt hast?"

Einen Moment lang regte Hugh sich nicht, dann nickte er stumm.

Talia legte besorgt die Stirn in Falten. „Hugh, deine Verwandten … also … niemand hat dich … - irgendwie angefasst, oder? Du weißt schon ..." Sie klang, als ob ihr die Frage extrem peinlich sei.

„Nein, das ist es nicht", sagte Hugh. „Niemand hat jemals … na ja, so etwas nicht." Er holte tief und rasselnd Luft. „Aber es stimmt schon, das Ganze war schlimmer, als ich habe durchblicken lassen. Und … ich hatte noch nie echte Freunde. Ich war schon immer ziemlich schüchtern und kam schlecht mit Leuten zurecht, sogar bevor …"

„Willst du darüber reden?", fragte Talia.

Hugh schüttelte den Kopf. „Nicht … nicht im Moment."

Er war froh, dass Talia so tat, als würde sie seine erneuten Tränen nicht bemerken, und gleichzeitig dankbar, als sie ihn noch fester in die Arme schloss.

***

Nach einer Weile gelang es Hugh, sich wieder zu sammeln. Er wischte sich das Gesicht mit dem Ärmel ab und setzte sich ein wenig aufrechter hin. Dann schaute er Talia mit einem schwachen Lächeln an. „Soll ich dich in meiner Wohnung herumführen?"

Sie grinste. „Na klar."

Hugh stand vom Fußboden auf. „Hier ist das Bett. Da drüben ist der Tisch, und auf dieser Seite", er zog die Vorhänge auf, „befindet sich das Fenster."

Nun öffnete er auch die Fensterläden. Talia keuchte überrascht. Gerade ging die Sonne am Horizont unter und die Dünen der Endlosen Erg sahen wie ein kitschiges Gemälde in Rotgold aus. Ein Sandschiff fuhr in den Hafen von Skyhold ein und ein Schwarm Wüstendrachen spielte am Himmel darüber Fangen.

„Hugh … das ist ja … das ist …" Talia gab ihm einen Knuff gegen die Schulter.

„Autsch! Wofür war das denn?", fragte Hugh.

„Der Blick ist fantastisch, ich bin ganz eifersüchtig! Ich schätze, selbst Rhodes hat kein Zimmer mit Fenster, und erst recht nicht so eine Aussicht. Wie bist du nur auf diesen Ort gestoßen?"

Er erzählte ihr die Geschichte, wie er Alustin das erste Mal getroffen hatte und danach über die Archivkammer gestolpert war. Wie sein neuer Meister ihn bei der Sichtung auserwählt und dann offenbar das Bett magisch hier herein verfrachtet hatte.

Anschließend zeigte er ihr sein Projekt. Sie grinste wölfisch, als sie es sah. „Das dürfte bei der Labyrinthprüfung sehr nützlich werden." Hugh wollte ihr gerade mehr darüber erzählen, da wurde er von seinem knurrenden Magen unterbrochen.

„Wann hast du das letzte Mal gegessen, Hugh?"

Die Antwort lautete: direkt vor ihrem Streit. Weil es ihm peinlich war, das zuzugeben, blickte er stumm zu Boden.

„Der Speisesaal sollte eigentlich noch offen sein. Wollen wir zusammen hingehen?", fragte Talia. „Ich hatte seit dem Mittagessen nichts mehr und verhungere fast."

Hugh nickte.

Mit einem amüsierten Schnauben wandte Talia sich der Tür zu, doch dann blieb sie noch einmal stehen. „Du solltest dich umziehen, bevor wir gehen. Versteh mich nicht falsch, aber du riechst wirklich sehr, sehr streng. Ich warte draußen im Archiv auf dich."

Sie zog die Tür hinter sich zu.

Hugh schnupperte an seinem Oberteil und zuckte noch im Nachhinein zusammen.

KAPITEL 26

Talia erzählte niemanden davon, wie sie sein Geheimquartier entdeckt hatte, wofür er ihr dankbar war. Die anderen glaubten weiterhin, er sei krank gewesen.

Aber immerhin zögerte er nicht länger und lud die anderen endlich zu sich ein. Schon bald wurde seine Archivkammer ein beliebter Treffpunkt für die Gruppe. Sie bugsierten heimlich einige Polsterstühle und einen Couchtisch hinein, damit jeder Platz hatte, und nicht selten musste Hugh einen seiner Freunde vom Schreibtisch scheuchen, wenn er seine Hausaufgaben erledigen wollte.

Vorher hatte er gedacht, solch ein Mangel an Privatsphäre würde ihn unter Stress setzen, aber tatsächlich war es ziemlich angenehm. Hier in seiner Kammer konnte er sich mehr entspannen als an jedem anderen Ort.

Allerdings hatte er auch seine Abschirmung verbessert, sodass sie nun Geräusche schluckte und nichts hinausdringen konnte. Weder Godrick noch Talia waren besonders gut darin, sich leise zu verhalten.

***

Genau zwei Wochen vor dem Sonnenwendtag wachte Hugh davon auf, dass alle seine Freunde gleichzeitig auf sein Bett sprangen. Glücklicherweise war Godrick so vernünftig, nicht direkt auf ihm zu landen. Talia und Sabae waren zusammen schon schwer genug.

„Herzlichen Glückwunsch zum Geburtstag!", riefen sie im Chor.

„Bwah", war das Sinnvollste, was Hugh herausbekam. Es gelang ihm immerhin, die drei lange genug aus seinem Raum zu verbannen, damit er sich anziehen konnte, aber kaum war er fertig, standen sie schon wieder da.

„Geschenke!", rief Talia und warf Hugh ein in Stoff verschnürtes Bündel entgegen. Es prallte an seiner Brust ab, bevor er es auffangen konnte. Was auch immer darin stecken mochte, war aus Metall und überraschend schwer für die Größe des Bündels. Hugh rieb sich die Stelle, wo es aufgetroffen war, bevor er das Geschenk auspackte. In dem Bündel befand sich ein Dolch in einer Lederscheide. Der Griff war mit einem Muster geschmückt, das an Flammen erinnerte, und hatte einen neuen blauen Fleck auf seiner Brust hinterlassen.

„Hast du grad a Messer nach ihm geworfen?", fragte Godrick grinsend. Talia trat ihm gegens Schienbein.

„Das ist ein traditioneller Dolch des Clans Castis", sagte Talia. „Sie sind nicht verzaubert oder so, aber dafür gute solide Handwerkskunst. Und wir verschenken sie nur an Freunde des Clans, also pass gefälligst gut darauf auf, Hugh!"

„Werde ich", versicherte Hugh mit einem Lächeln.

Talia knuffte ihn hart in den Bauch. „Nein, ehrlich. Pass gut darauf auf. Du kannst das Messer jeder beliebigen Person vom Clan zeigen, und das Gesetz der Ehre verpflichtet sie, dir zu helfen. Auch wenn sie dich hinterher mit Fragen löchern werden, wo du es her hast."

Hugh musterte den Dolch und deutete eine kleine Verbeugung an. „Versprochen, Talia. Das ist mehr, als ich verdiene."

Ein bisschen verlegen nickte sie ihm zu.

„Jetzt bin ich an der Reihe", sagte Sabae und benutzte ihre Ellenbogen, um an den anderen beiden vorbei zu kommen. Sie übergab Hugh ihr Geschenk. Es war in dickes Papier gehüllte und hatte ungefähr die Größe eines Kissens. Gerade wollte Hugh die Verpackung aufreißen, als er innehielt und grinsend den Dolch von Talia hervorholte. Damit schnitt er das Papier fein säuberlich auf.

Das Geschenk bestand aus zwei Büchern. Eines war dick und in Leder gebunden, doch hatte im Vergleich zum Bestiarium des Galvachren immer noch einen normalen Umfang. Ein verstellbarer Ledergurt verband beide Enden des Einbands – das Buch war also dazu gedacht, es quer über der Schulter zu tragen. Ein weiterer kurzer Lederriemen hielt es verschlossen. Als Hugh das Schnappschloss öffnete, fand er nur leere Seiten. An der Innenseite des Einbands waren Schreibfedern und Kohlestifte befestigt, und ein kleines in den Schultergurt genähtes Täschchen enthielt sogar ein Tintenfass.

„Meine Familie hat mir dieses Spruchbuch geschickt, aber da ich Formelloses Zaubern trainiere, nützt es mir nicht viel", sagte Sabae. „Es ist deutlich größer als die meisten Spruchbücher, deshalb dachte ich, dass du es gut gebrauchen könntest, um dir Notizen zu machen, Formeln zu entwerfen und Zaubersprüche zu planen."

Erfreut blätterte Hugh durch die Seiten. Ein gewöhnliches Spruchbuch war klein genug, um in eine Hosentasche zu passen, und enthielt nur ein oder zwei Formeln pro Seite mit einigen kurzen Erklärungen. Es war für schnelle Handhabung gedacht. Dieser dicke Band dagegen war perfekt, um Zaubersprüche bis ins Detail zu planen.

Er nahm das zweite Buch heraus. Es war in Echsenleder gebunden und tatsächlich klein genug für die Hosentasche, also wie ein gewöhnliches Spruchbuch. Er schlug es auf und erwartete ebenfalls leere Seiten, doch stattdessen war es vollgestopft mit komplexen, eng gedrängten Diagrammen und handschriftlichen Einträgen. Während er es durchblätterte, wurde ihm klar, dass er eine Notizensammlung vor sich hatte, die ausschließlich davon handelte, Schutzzauber riesigen Ausmaßes herzustellen – groß genug, um eine Festung oder sogar eine ganze Stadt zu umschließen.

Schockiert blickte er auf. „Das ist ..."

Sabae lächelte ihn schelmisch an. „Es hat meiner Urgroßmutter gehört. Schutzzauber waren ihre Spezialität, und sie konnte Sturmbarrieren errichten, die mächtig genug waren, ein Schiff auf hoher See zu retten oder sogar eine ganze Stadt gegen zerstörerische Unwetter abzuschirmen."

„Das kann ich nicht annehmen", sagte Hugh. „So etwas ist ein unbezahlbarer Schatz."

„Meine Familie hat längst Kopien davon angefertigt und war gern bereit, es mir zu schicken, als ich danach gefragt habe. Ich soll dir außerdem ausrichten, falls du eines Tages fortgeschritten genug bist, um solche Schutzschilde herzustellen, würden sie dich jederzeit in ihren Dienst nehmen."

Hugh schluckte und wusste gar nicht, was er sagen sollte. Sabae grinste, zog ihn an sich und umarmte ihn.

Als sie wieder zurücktrat, stieß Talia ihr den Ellenbogen in die Seite. „War ja klar, dass du mich mit einem besseren Geschenk übertrumpfen musstest. Jetzt kann ich nur hoffen, dass Godrick dich noch in den Schatten stellt."

Ein bisschen verschämt reichte Godrick sein Geschenk an Hugh weiter. „I hab es ned mal eingewickelt."

Die Gabe bestand aus einer hohlen, durchsichtigen Glasmurmel, in deren Oberfläche komplizierte Spruchformeln eingraviert waren.

„I hab a Runenlehrer dazu gebracht, mir zu helfen, wenn i ihm auch helf, gell? Da ham wir dann zwei Stück gemacht: eins für ihn und eins für di. Des ging nur, weil i a Bindung an Geruchsmagie hab."

„Was bewirkt die Murmel denn?", fragte Sabae.

Hugh hatte schon versucht, die eingravierten Formeln zu verstehen, aber sie waren furchtbar verschachtelt und unterschieden sich deutlich von den Zeichen, mit denen er vertraut war.

„Die kann a Gerücherl schlucken", sagte Godrick. „Du reibst se unter dei Achsel und … jo, dann bist du'n Körpergeruch los und riechst besser."

Hugh wurde ein bisschen rot, aber grinste ihn dankbar an. Er hatte definitiv einen kleinen Spleen zurückbehalten, was Miefgeruch anging, also war dieses Geschenk wunderbar praktisch.

Talia sprang Godrick um den Hals. „Das ist auf jeden Fall mein Lieblingsgeschenk für Hugh!"

Hugh warf ihr grinsend eine rüde Geste zu, aber umarmte Godrick ebenfalls. Dann fiel ihm etwas auf. „Wartet mal, woher wusstet ihr, dass heute mein Geburtstag ist? Ich kann mich nicht erinnern, dass ich es euch erzählt habe."

„Aber Alustin hat es uns erzählt", sagte Sabae.

War ja klar.

„Und jetzt haben wir geplant, dich zu deinem Geburtstagsfrühstück zu verfrachten und anschließend den Rest des Tages am Hafen zu verbringen und den Sandschiffen zuzusehen, falls du interessiert bist", sagte Sabae.

Das klang für ihn ziemlich toll. Er war seit seiner Ankunft in Skyhold nicht mehr draußen am Hafen gewesen. Aber …

„Klingt gut, nur habe ich eine viel bessere Idee."

KAPITEL 27

„I bin ned sicher, ob die Idee wirklich a gute is", sagte Godrick zum wiederholten Male. Trotz seiner beachtlichen Größe zeigte er von ihnen vier die schwächsten Nerven.

„Stimmt, aber dafür macht sie Spaß!", sagte Talia.

Hugh verdrehte die Augen. „Es wird schon nichts passieren, Godrick."

Beim Durchstöbern des Archivs hatte Hugh etwas Interessantes entdeckt: eine Tür, die zu den tieferen Ebenen der Bibliothek führte ... entschieden tiefer als die Etagen, die Alustin ihnen erlaubt hatte. Hier lag der Sperrbereich, den Schüler nicht betreten durften. Wobei die Tür selbst eigentlich nichts Besonderes war, denn im Archiv gab es verschiedenste Zugänge zu den tieferen Ebenen. Interessant wurde sie dadurch, dass sie vom Bibliothekspersonal offenbar vergessen worden war. Niemand hatte ihre Schutzzauber instand gehalten und sie waren allmählich erodiert.

Vermutlich hatte es damit zu tun, dass sich die Tür in einem verstaubten Bereich des Archivs befand, ganz hinten in einem Lagerraum, wo sich die Bücher bis zur Decke stapelten, dessen Eingang halb hinter einem weiteren Regal verborgen war. Die Freunde mussten tatsächlich erst über Kisten voller alter Lehrbücher und Ähnlichem klettern, um dorthin zu gelangen. Eigentlich war auch Hugh überrascht, dass er den Zugang gefunden hatte, selbst bei den vielen Stunden, die er durchs Archiv gestreift war. Er hatte einfach auf sein Bauchgefühl gehört.

Bei all der Zeit, die er mit dem Studium von Schutzzaubern zubrachte, war es kein Wunder, dass er nebenbei auch eine Menge über ihre Deaktivierung gelernt hatte. Im Nachhinein war ihm klar, dass Rhodes nicht viel gebraucht hatte, um durch die Abschirmung seines alten Zimmers zu kommen. Dazu hatte ein scharfes Messer gereicht, um das Schutzdiagramm zu zerschneiden, sowie ein simpler Kleinspruch zur Störung des Magieflusses. Die Arbeit eines Barrierebrechers war nicht annähernd so schwierig, wie ihre Lehrer am Anfang hatten durchblicken lassen.

Das galt zumindest für einfache Schutzzauber. Die Abschirmung an dieser Tür war von einem ganz anderen Kaliber. Hätte man sie nicht jahrzehntelang unbeachtet verwittern lassen, wäre Hugh nicht einmal auf die Idee gekommen, eine Deaktivierung zu versuchen. Die Spruchformeln waren verteufelt kompliziert und fortgeschrittener als alles, was er bisher selbst in Angriff genommen hatte. Während er für seine Zauber schlichte Malkreide benutzte, waren die Zeichen hier in ein Messingband eingraviert, das vor der Tür in den Boden eingelassen war. Die Abwehrmaßnahmen waren auch nicht zum einmaligen Gebrauch bestimmt wie seine, sondern bestanden aus mehreren übereinandergeschichteten Effekten … unter anderem einem körperlich spürbaren Schutzschild, der dauerhaft aktiv war.

Hugh übertrug sorgfältig die magischen Zeichen und Muster auf die ersten Seiten seines neuen Spruchbuchs, während die anderen zuschauten. Er fand diese Zeichnungen ziemlich passend, um sein Geschenk einzuweihen.

Bisher zeigten die anderen überraschende Geduld, saßen nur auf den Bücherstapeln im Lagerraum herum und warteten. Nun ja, es war nicht überraschend, dass Sabae geduldig sein konnte, aber Talia?

Hugh grinste in sich hinein. Auf den ersten Blick hatten die Schutzzauber so kompliziert ausgesehen, dass sie einem den Magen umdrehten, aber im Grunde funktionierten sie auch nicht anders als jede Barriere, die Hugh bisher entworfen hatte. Sie bestanden aus einer Serie von Spruchformeln, die miteinander verbunden waren. Jede davon bestimmte im Detail, wodurch die Abwehr ausgelöst wurde und welche Folgen sie für den Eindringling haben sollte. Hätte Hugh einfach nur versucht, die Zauber zu durchbrechen, wären sie sofort losgegangen.

Andererseits, wenn er behutsam vorging, konnte er die Schutzmagie so verändern, dass sie nicht mehr auf die vorgesehenen Auslöser reagierte.

Hugh warf einen letzten prüfenden Blick auf die Diagramme in seinem neuen Spruchbuch und zog ein Stück Malkreide aus der Tasche. Dann begann er vorsichtig, am Abwehrzauber der Tür zu arbeiten.

„Bist du sicher, dass die Zeichnung über das Messing hinausreichen sollte, Hugh?", fragte Talia. „Das scheint mir keine gute Idee zu sein. Schutzzauber sind doch immer schnurgerade oder kreisförmig."

Tja, das geduldige Warten hatte zumindest ein Weilchen angehalten.

„Schutzzauber müssen keine bestimmte Form haben, solange die Zeichenfolge nirgends unterbrochen ist", erklärte Hugh. „Sie als gerade Linie oder Kreis zu zeichnen, ist eigentlich nur eine Frage der Tradition ... und außerdem praktisch."

„Eigentlich?", wiederholte Godrick nervös.

„In manchen Fällen ist die Form wichtig, aber nicht in diesem", sagte Hugh.

Talia wollte etwas erwidern, wurde jedoch von Sabae zum Schweigen gebracht, woraufhin sie ihr die Zunge herausstreckte.

Mit einem Kopfschütteln kehrte Hugh zu der Aufgabe zurück, dem ursprünglichen Schutzzauber weitere Zeichen hinzuzufügen. Im Grunde sollten sie als eine Umleitung dienen, um den Mana-Strom von den Symbolen wegzulenken, die Hugh und seine Freunde von der Tür abhielten. Die magische Barriere würde zwar weiterhin vorhanden sein, aber nicht mehr reagieren, wenn Schüler sie durchquerten. Natürlich wäre Hugh normalerweise gar nicht nah genug herangekommen, um diesen Trick anzuwenden. Das war nur möglich, weil der Schutzschirm schon im Vornherein geschwächt gewesen war.

Sehr, sehr behutsam fügte Hugh die letzte Verbindungslinie hinzu ... und die Kreidestriche begannen zu glühen, als das Mana sie durchströmte. Das Licht wurde bald wieder schwächer, aber Hugh konnte spüren, dass die Magie weiter floss wie vorgesehen.

„Das war's, wir können durch! Aber seht euch vor, dass ihr nicht auf die Kreidezeichen tretet, sonst wird die Umleitung unterbrochen", sagte Hugh.

„Is des wirklich a sichere Sache?“, fragte Godrick.

„Vermutlich“, sagte Hugh.

„Vermutlich?“, sagte Godrick.

„Vermutlich“, sagte Hugh und öffnete die Tür.

KAPITEL 28

Auf der anderen Seite erwartete sie ... nur ein weiterer Lagerraum, diesmal vollgestopft mit Handwerkszeug für Buchbinder. Eigentlich hätte Hugh nicht überrascht sein sollen. Die Tür musste zu beiden Seiten sehr abseits der Hauptwege liegen, um derartig vernachlässigt worden zu sein. Dennoch spürte er, wie sein Puls zu rasen begann, als er hindurch trat.

Talia folgte ihm so dicht auf den Fersen, dass sie ihn fast durch die Öffnung stieß. Gleich darauf kam auch Sabae hinterher, während Godrick zögernd die Nachhut bildete. Hugh schob sich durch Berge von Buchbinderkram zur anderen Seite des Raums, wo sich eine weitere Tür befand. Als er sie vorsichtig öffnete, stieß er ein überraschtes Keuchen aus.

Er hatte erwartet, dass der Sperrbereich der Bibliothek den oberen Etagen ähneln würde. Aber da hatte er absolut falsch gelegen.

Sie fanden sich in einer quadratischen Halle wieder, die größer war als alles, was Hugh in seinem bisherigen Leben gesehen hatte. Jede Wand war mindestens vier oder fünf Meilen lang. Tatsächlich sah die Halle entschieden größer aus als der gesamte Berg, in den Skyhold hineingebaut war, und sämtliche Wände waren vollständig mit Bücherregalen bedeckt. In jeder Etage zog sich ein Balkon um den gesamten Raum herum, und Hugh stand mit seinen Freunden auf einem davon, der sich relativ nah an der Decke befand. Die mit Büchern vollgestellten Wände enthielten schon mehr Exemplare, als es nach Hughs Meinung auf der ganzen Welt geben konnte.

Und das waren nicht annähernd alle.

In der Mitte der Halle schwebten riesige steinerne Regale, Hunderte von Fuß hoch, ordentlich aufgereiht im leeren Raum. Neben ihnen trieben fliegende Inseln, die nicht nur weitere Regale, sondern vollständige Leseräume und in einem Fall sogar ein üppiges

Stück Wald mit sich herumtrugen. Hugh entdeckte schwebende Quader, von denen Regale zu allen Seiten herausragten, sogar nach unten. Hier und dort führten Pfade aus Trittsteinen in die Luft hinaus, doch soweit Hugh erkennen konnte, waren die meisten fliegenden Bauten auch durch sie nicht erreichbar.

Durch die Halle bewegten sich Tausende und Abertausende von Origami-Golems, die ihre verschiedenen Arbeiten verrichteten. Von den Büchern hatten sich etliche ebenfalls entschieden, auf eigene Faust herumzufliegen. Manche von ihnen dümpelten an einer Stelle in der Luft, andere benutzten ihre Einbände und Seiten wie Flügel, um herumzuflattern.

Die ganze Szene wurde von einer Unmenge Glühkristalle erleuchtet, dazwischen stoben flüchtige Funken wie Irrlichter umher, und es gab sogar eine Miniatursonne, die um die bewaldete Fluginsel kreiste. Doch die Halle war so enorm, dass sie im Gesamteindruck trotzdem dämmerig und düster wirkte.

Hugh schritt stumm vor Staunen bis an den Rand des Balkons. Als er von dort in die Tiefe blickte, konnte er nicht einmal den Boden der Bibliothek erkennen, nur einen unirdischen weißblauen Lichtschimmer, der von weit unten hinauf drang. Die anderen stellten sich schweigend neben ihn.

„Wie … wie ist das überhaupt möglich?", sagte Sabae. „Das alles ist größer als Skyhold. Nein, sogar größer als der Berg, in den Skyhold gebaut wurde. So viele Bücher kann es auf der ganzen Welt nicht geben."

Niemand gab eine Antwort. Sie alle standen nur eine Ewigkeit stumm da. Hugh sah eine recht große Anzahl Bibliothekare, aber selbst der allernächste befand sich mindestens eine halbe Meile entfernt.

„Des is a tausend Mal besser als der Hafen", murmelte Godrick schließlich.

Talia stieß Hugh den Ellenbogen in die Rippen.

„Wofür war das denn?", fragte Hugh. „Im Ernst, mit dir befreundet zu sein besteht zu einem Drittel daraus, sich ständig neue blaue Flecken zu holen."

„Guck mal, ein Zugangsport für den Index!", sagte Talia, die ihn gar nicht zu hören schien. Oder ihn bewusst überhörte.

Die Vier steuerten auf dem Balkon darauf zu. Das leere Buch war hier deutlich dicker als im oberen Bereich der Bibliothek.

„Wonach sollen wir suchen?", fragte Sabae.

Einen Moment lang sagte niemand etwas, dann trat Talia vor den Port. Sie nahm die bereitliegende Schreibfeder und gab ein Suchwort ein: *Traumfeuer.*

Zuerst passierte gar nichts, dann erschien in präziser Druckschrift ein einziger Satz.

Was soll mit Traumfeuer sein?

Hugh starrte das Buch sprachlos an, danach wanderte sein Blick zu Talia, die genauso verblüfft zurückstarrte. Hilfesuchend schaute sie die anderen der Reihe nach an, doch erntete von ihnen auch nur ratlose Blicke. Schließlich wandte sie sich wieder dem Buch zu und begann, von Neuem hineinzuschreiben.

Ich suche fortgeschrittene Techniken der Traumfeuer-Manifestation.

Welche Art von Techniken genau?

Kampftechniken.

Einen Moment lang geschah nichts, dann wurden die Worte von der Buchseite aufgesogen, sie riss sich selbst heraus und driftete in die Luft empor. Dort kreiselte sie ein paar Mal um die eigene Achse, bevor sie sich zusammenfaltete. Sekunden später flatterte ein Origami-Golem in Kolibriform vor ihren Gesichtern.

Talia streckte behutsam die Hand aus, um ihn zu berühren, doch der Kolibri sauste ruckartig davon. Gute 20 Fuß entfernt auf dem Balkon hielt er an. Talia drehte sich mit aufforderndem Blick zu den anderen um, dann stürmten alle gleichzeitig los. Doch jedes Mal, wenn sie dem Kolibri nahe kamen, schwirrte er wieder weg und wartete ein Stück weiter hinten. Nach einer geschätzten halben Meile Wegstrecke sauste er zu einem Regal, wo er in der Luft vor einem Buch mit verschlissenem grünen Stoffeinband stehen blieb.

Talia griff danach. Kaum hatten ihre Finger es berührt, schwirrte der Kolibri auf den nächsten Port zu, entfaltete sich und fügte sich zwischen die anderen Indexseiten ein.

Talia zog das gesuchte Buch aus dem Regal. Es sah aus, als würde es auseinanderfallen, wenn man es nur zu lange anschaute.

Aber anscheinend war es haltbarer, als es den Anschein hatte. Die Seiten waren mit einer schwer lesbaren Handschrift gefüllt. Talia blätterte langsam durch das Buch, als den anderen etwas Sonderbares auffiel. Die Buchstaben begannen zu glühen, und zwar im typisch purpurgrünen Licht von Traumfeuermagie.

„I glaub, du solltest des lieber ma zuklappen", sagte Godrick. Inzwischen züngelten winzige Flammen von den Buchstaben empor.

Talia schloss das Buch mit einem Knall. Hugh stellte fest, dass viele der Stofffäden, aus denen der Einband bestand, ebenfalls glühten, und die Muster verdächtig nach Spruchformeln aussahen.

Einen Moment lang sagte niemand ein Wort.

„Wie viele von den Büchern hier haben wohl ähnliche Fähigkeiten?", überlegte Sabae.

„A ganze Menge, würd i behaupten", sagte Godrick. Er trat nervös von einem Fuß auf den anderen. „I glaub, jetzt weiß i, warum Schüler hier ned hingehen solln."

Hugh kam ein Gedanke und er steuerte auf den nächsten Indexport zu. Er nahm die Schreibfeder aus der Halterung, tauchte sie in Tinte und fragte:

Wie viele Bücher gibt es hier?

Der Index brauchte ein paar Sekunden für die Antwort.

Unbekannt.

Aber wie weißt du denn, wo die Bücher stehen?

Dazu müssen sie katalogisiert sein.

Und wie viele Bücher wurden katalogisiert?

12.400.762.

Während Hugh und seine Freunde auf diese Zahl starrten, erhöhte sie sich am hintersten Ende auf 63, dann 64.

Woher kommen die ganzen Bücher?

Der Index stockte wieder einen Moment, bevor er antwortete.

Information verweigert. Vertrauliche Daten. Nennen Sie den Grund für Ihre Anfrage.

Hugh blinzelte überrascht, dann schrieb er schnell.

Nicht so wichtig, ich war nur neugierig.

Darauf kam vom Buch keine Reaktion.

Hugh richtete sich auf und schaute die anderen an.

„Nun, wir wissen, dass zumindest ein Teil der Bücher von Alustin und anderen Reisenden Archivaren hergebracht wird", sagte Sabae.

„Kann i mal probiern?", fragte Godrick.

Hugh reichte ihm die Schreibfeder und schaute ihm über die Schulter. Wie er feststellte, redete Godrick zwar in Mundart, schrieb dagegen sehr gedrechselt.

Ich suche Bücher über den Nutzen von Geruchsmagie im Kampf. Vorzugsweise solche Bände, die man anfassen kann, ohne gefährliche Fallen auszulösen.

Welche Priorität hat die Sucheinschränkung?

Eine extrem hohe.

Die Seite riss sich aus dem Port, faltete sich zu einer Libelle zusammen und sauste an den Regalen entlang. 50 Fuß entfernt blieb sie wartend stehen.

„Ich glaube, wir sollten uns aufteilen und in einer Stunde wieder hier treffen", schlug Hugh vor. „In der Bibliothek gibt es mehr zu finden, als wir in unserem ganzen Leben lesen könnten."

Alle nickten zustimmend und konnten es kaum erwarten, auf Erkundungstour zu gehen. Godrick eilte der Libelle nach.

Talia stellte sich vor den Port und wiederholte ihre Anfrage nach Traumfeuern – allerdings übernahm sie Godricks Zusatz über gefährliche Fallen. Dann folgte sie einem winzigen Papierdrachen in dieselbe Richtung, die auch er gegangen war.

Als Nächste war Sabae an der Reihe.

Gibt es hier Schriftstücke, die von Mitgliedern der Kaen Dazs-Dynastie verfasst wurden?

Ja. 14 private Spruchbücher, 3 Lehrbücher, eine bedeutende Sammlung brieflicher Korrespondenz und ein unbekanntes Werk, das nur von blutsverwandten Nachkommen der Kaen Dazs-Familie geöffnet werden kann.

Schockiert blickte Sabae zu Hugh hinüber, dann wandte sie sich wieder dem Port zu.

Bring mich bitte zu diesem unbekannten Werk.

Die Seite riss sich aus dem Indexport und wurde zu einem Origami-Fisch, der sogleich in die entgegengesetzte Richtung von Godrick und Talia davonschwamm. Sabae drehte sich um und folgte ihm.

Hugh schaute den Port eine Weile nachdenklich an. Was sollte er ihn fragen? Mögliche Partner für den Hexerpakt bot ihm das Bestiarium des Galvachren mehr als genug, also brauchte er keine weiteren … hmm.

Anleitungen zum Schließen eines Hexerpakts.

Alustin hatte ihm zwar eine Menge darüber beigebracht, wie Hexerei funktionierte, aber bisher hatte er sich geweigert, ihm die nötigen Spruchformeln mitzuteilen, um einen Vertrag bindend zu machen.

Die Seite riss sich aus dem Buch und faltete sich zu einem kleinen Fesselballon, unter dem ein Korb baumelte. Hugh folgte ihm eine Weile, bis der Weg abrupt nach links führte … und zwar über den Rand des Balkons in die Leere.

Gleichzeitig flog eine Reihe Trittsteine aus der Tiefe der Halle in die Höhe und formte einen schmalen Pfad. Die Steine schwebten unabhängig voneinander mit kurzem Abstand in der Luft. Hugh schluckte. Er kniete sich nieder, streckte die Hand aus und berührte den ersten Stein. Er fühlte sich völlig stabil an, als sei er in einen richtigen Fußboden eingelassen.

Dann tastete Hugh um den Stein herum und darunter. Offenbar gab es wirklich nichts, um ihn in der Luft zu halten.

Hugh stand auf und setzte vorsichtig den Fuß auf den ersten Trittstein. Er verlagerte allmählich immer mehr Gewicht darauf. Der Stein rührte sich nicht.

Hugh zog den Fuß zurück, drehte sich um und ging zum nächsten Indexport.

Wenn ich Seiten unbeschrieben ausreiße und mitnehme, kann ich später darauf schreiben und mich von dort aus weiterführen lassen?

Ja, aber das ist nur nötig, wenn man einen Bereich der Bibliothek mit wenigen Ports betritt.

Hugh schaute zu dem Pfad in die Leere.

Er riss vier Seiten heraus und steckte sie hinten in sein neues Spruchbuch, dann schloss er es mit dem Riemen und schwang es sich über die Schulter. Er prüfte sorgfältig, ob das Buch auch sicher saß, bevor er zurück zu den Trittsteinen ging.

Hugh atmete tief durch und trat behutsam auf den Pfad.

Es war … ein bisschen einfacher, als er befürchtet hatte. Die Steine waren recht groß und befanden sich in angenehmer Entfernung zueinander.

Leider musste Hugh oft auf seine Füße schauen, um sicherzugehen, dass er nicht fiel, und jedes Mal starrte er in den Abgrund. Er überquerte mehrere schwebende Inseln, wand sich zwischen einem Paar riesiger Regale hindurch, die mit beschrifteten Tontafeln gefüllt waren, und musste kurz anhalten, um einen Schwarm vorbeifliegender Zauberbücher durchzulassen. Die ganze Zeit über gähnte der Abgrund unter ihm. Weit unten sah er in der Ferne das blauweiße Gleißen. Während er hineinstarrte, hatte er das sichere Gefühl, dass sich in der Tiefe etwas rührte, als würde sich in dem Licht etwas Lebendiges bewegen.

Abrupt endete der Pfad an einem der schwebenden Riesenregale, das sich von Hughs Position aus noch gute 200 Fuß nach oben und unten erstreckte. Die Trittsteine hatten sich davor ordentlich zu einer flachen Plattform zusammengefügt. Dankbar trat Hugh darauf und musterte den Origami-Ballon. Er schwebte vor einem schmucklosen, ziemlich langweilig aussehenden Buch.

Hugh zog es aus dem Regal.

74 praktische Anwendungen für Drachenmist.

Das … klang nicht ganz richtig.

Als er das Buch herausgeholt hatte, blieb der Ballon trotzdem an Ort und Stelle schweben. In der Leerstelle hinter den *74 praktischen Anwendungen für Drachenmist* war ein weiteres Buch verborgen, dünn und schwarz. Hugh zog es heraus und stellte den *Drachenmist* wieder zurück an seinen Platz. Kaum hatte er das schwarze Buch berührt, segelte der Ballon davon.

Hugh schlug die erste Seite auf.

In einer geübten, gut leserlichen Handschrift hatte der Autor eine kurze Warnung darauf geschrieben.

Dieses Buch zu studieren ist strikt verboten, außer für jene, die mindestens den Rang eines Bischofs in der Kirche der Ewigen

Himmelsflamme bekleiden. In ihm befinden sich einige der bösartigsten und verderblichsten Beispiele von Magie, die je erdacht wurden. Das Buch existiert nur zu dem Zweck, sich verteidigen zu können, falls solche Ketzerei jemals wieder das Licht des Tages erblickt und es gegen alle Erwartungen notwendig sein sollte, sie zu vernichten. Seid gewarnt: Die Zaubersprüche zeigen zum Ende des Buches immer mehr Zeichen des Wahnsinns. Der Klosterschreiber verlor allein durch das Niederschreiben den Verstand und musste in ein Irrenhaus gesperrt werden.

Auf die Warnung folgte eine Inhaltsangabe. Der Zauberspruch mit der Überschrift *Pakt für Teufelshexer* stand an dritter Stelle, zwischen etwas namens *Beulenpockenfluch* und einem *Wahrheitszauber*, der offenbar jede gesprochene Unwahrheit lebenslang in die Haut seines Opfers einbrannte.

Hugh fragte sich, ob er es bedenklich finden sollte, dass er noch nie etwas von einer *Kirche der Ewigen Himmelsflamme* gehört hatte.

Er schlug den *Pakt für Teufelshexer* auf und erwartete eine schrecklich komplizierte Spruchformel.

Womit er nicht allzu falsch lag. Sie war kompliziert, aber auch überraschend vertraut. Im Grunde war sie ähnlich aufgebaut wie die Spruchformel eines Schutzzaubers. An einigen Stellen konnten die Worte des ausgehandelten Vertrags eingesetzt werden, und zwei weitere Leerstellen waren dazu gedacht, von den Unterzeichnern gleichzeitig berührt zu werden, um den Pakt zu besiegeln. Er stellte fest, dass die Handschrift bei diesem Zauberspruch tatsächlich anders aussah als bei der Warnung am Anfang.

Hugh zog sein Spruchbuch heraus und kopierte hastig den Hexerpakt und alle wichtigen Details hinein. Er benutzte absichtlich einige der hinteren Seiten, um seine Aufzeichnungen zu verbergen. So würde niemand, der das Buch absichtslos aufschlug, gleich darüber stolpern.

Vermutlich würde er den Zauberspruch frühestens im Sommer brauchen, wenn Alustin ihn mitnehmen wollte, um einen Vertragspartner für ihn zu finden, aber für den Fall der Fälle wollte er ihn jetzt schon kennen.

Nachdem er mit dem Abschreiben fertig war, widerstand er der Versuchung, weiter hinten in das Kirchenbuch zu schauen. Es war besser, das Schicksal nicht herauszufordern. Er stellte es unauffällig zurück hinter *74 praktische Anwendungen für Drachenmist*.

Als Nächstes nahm Hugh eine der herausgerissenen Indexseiten und fragte nach einem Buch über die Konstruktionsweise großflächiger Schutzzauber wie die im Spruchbuch von Sabaes Urgroßmutter.

Diesmal kam ihm der Weg nicht annähernd so schlimm vor. Größtenteils musste er demselben Pfad zurück folgen, mit einem kleinen Abstecher auf halber Strecke. Dort fand er ein Buch voller trockener Theorie, Verlustraten bei starkem Mana-Gebrauch und begrenzende Faktoren für Schutzschildeffizienz. Es sah nicht sehr unterhaltsam aus, aber auf jeden Fall nützlich.

Den ganzen Weg zurück hielt er den Blick auf die Trittsteine gesenkt und kämpfte gegen das panische Schwindelgefühl an. Als er endlich wieder den Balkon erreichte, umklammerte er das Geländer und atmete tief ein. Es fühlte sich sehr, sehr gut an, auf einem Boden zu stehen, durch den man nicht hindurchblicken konnte.

Jemand räusperte sich. Hugh hob den Blick.

Talia, Sabae und Godrick erwarteten ihn allesamt mit betretenen Mienen. Und zwischen Hugh und seinen Freunden stand Alustin. Er musterte Hugh mit einer hochgezogenen Augenbraue.

„Uups", sagte Hugh.

KAPITEL 29

Ihr Meister sah überhaupt nicht amüsiert aus.

„Nun, wessen Idee war dieser kleine Ausflug?", fragte er.

„Ganz und gar meiner", sagte Hugh sofort. „Die anderen sind nur mitgekommen, weil mein Geburtstag ist und ich es mir so sehr gewünscht habe."

Alustin hob die Augenbraue noch ein wenig höher.

„Interessant. Ich habe vier Lehrlinge, die alle die Verantwortung für denselben Plan übernehmen wollen."

Hugh öffnete den Mund, aber klappte ihn gleich wieder zu.

Alustin seufzte. „Wenigstens kann man euch keinen Mangel an Loyalität unterstellen. Dafür unterstelle ich euch aber, dass ihr an selbstmörderischer Idiotie leiden müsst, um überhaupt hierherzukommen. Es gibt gute Gründe, warum diese Halle – die Große Bibliothek – nur von Vollmagiern betreten werden darf. In ihr sterben durchschnittlich 200 Personen pro Dekade, wovon fast alle hervorragend ausgebildete Zauberer sind."

Talia blickte schockiert drein und bildete mit dem Mund das Wort: „200?"

„Dieser Teil der Bibliothek ist haarsträubend gefährlich. Es handelt sich um die größte bekannte Sammlung von runenbelebten Büchern auf der Welt, und selbst die nichtmagischen Bücher können tödlich sein. Manche enthalten Informationen, durch die man den Verstand verlieren kann. Andere sind aus Giftpflanzen hergestellt, aus welchem irrwitzigen Grund auch immer."

Mit schlechtem Gewissen dachte Hugh an das Buch, in dem er das Hexerritual gefunden hatte, sagte jedoch nichts.

„Wie seid ihr überhaupt hier hereingekommen?", fragte Alustin.

Einen Moment lang antwortete niemand, bis Hugh sich zu Wort meldete. „Ich habe den Schutzzauber einer Tür umgeschrieben."

Alustin starrte ihn an, dann wurden seine Augen schmal. „Lüg mich nicht an, Hugh. Wie seid ihr hier hereingekommen? Habt ihr einem Bibliothekar den Schlüssel gestohlen?"

„Aber ich lüge nicht!", beteuerte Hugh. „Ich habe wirklich einen der Schutzzauber umgeschrieben."

„Stimmt", sagte Godrick zu seiner Verteidigung. „Hugh is a echter Kenner."

Alustin starrte Hugh eine unangenehm lange Zeit prüfend an. „Zeig es mir."

***

Hugh führte seinen Meister zu der Tür des Lagerraums, durch den sie gekommen waren. Alustin verbrachte mindestens 15 Minuten damit, abwechselnd den Schutzzauber und Hughs Aufzeichnungen intensiv zu mustern. Schließlich schaute er auf.

„Wie lange hast du gebraucht, um den Schutzschirm zu studieren?", fragte Alustin.

„Vielleicht 30 Minuten?", antwortete Hugh.

„Nicht mal das", sagte Sabae.

Alustin seufzte. „Ich weiß nicht, ob ich dich zusammenstauchen soll, weil du an einem Abwehrzauber herumgewerkelt hast, der dich hätte töten können, oder ob ich beeindruckt sein soll, weil es dir gelungen ist, ihn zu umgehen."

„Töten?", fragte Hugh. „Aber die Spruchformeln hätten mich doch nur zurückschleudern sollen, oder nicht?"

Alustin musterte ihn ernst. „Ja, bei einer normalen Menge an magischer Energie. Wir haben uns im Unterricht bisher kaum damit beschäftigt, wie Schutzzauber von dem Material und der Umgebung beeinflusst werden, durch die sie fließen. Obwohl diese Abschirmung schon sehr alt und degeneriert ist, zapft sie nun einmal die Energie der Bibliothek an. Das heißt, die enorme Macht dahinter hätte dich zu Brei zerstampft."

Hugh wurde ein bisschen übel.

Alustin schüttelte den Kopf und bedeutete ihnen mit einer Handbewegung, ihm aus dem Lagerraum zurück in die riesige

Halle zu folgen. „Ich werde ein paar Mitarbeiter vorbeischicken, um sich die Tür anzuschauen und den Schutzschild zu erneuern. Und um auf sichere Art deine Änderungen zu entfernen, Hugh. In der Zwischenzeit … wollen mal sehen, was ihr mitgenommen habt."

Alle schauten ihn nur fragend an.

„Eure Auswahl an Büchern. Lasst mich einen Blick darauf werfen."

Verlegen reichten sie ihm ihre Ausbeute.

Er verbrachte einige Minuten damit, sie durchzublättern. „Hugh, exzellente Wahl, wenn auch ein bisschen fortgeschritten. Lass mich wissen, wenn du auf etwas stößt, das du nicht verstehst – was bestimmt oft passieren wird. Davon abgesehen, was hat dich dazu gebracht, dich für großräumige Schutzschilde zu interessieren? Sie sind unfassbar schwierig, und es gibt nicht viel Nachfrage, abgesehen von einigen sehr speziellen Anwendungsgebieten."

Hugh erzählte ihm von den Aufzeichnungen, die Sabaes Urgroßmutter gehört hatten, und dem Angebot der Kaen Dazs-Familie, ihn einzustellen. Alustin wirkte tatsächlich beeindruckt.

„Ich würde sehr gern selbst einen Blick auf diese Aufzeichnungen werfen, wenn das für dich in Ordnung geht."

Hugh nickte und war froh über den Themenwechsel. Alles war besser, als über ihr unerlaubtes Eindringen in die Bibliothek zu reden.

„Und weiter zu Sabae … was um alles in der Welt hat dich dazu gebracht, ein Buch auszuwählen, das sich nicht öffnen lässt?"

„Ich kann es öffnen", sagte Sabae.

Sie hielt ihm die Hand entgegen. Alustin reichte ihr das Buch etwas zögernd zurück. Hugh selbst hatte noch keinen Blick darauf werfen können. Der Einband erinnerte an Glas oder Kristall, nur dass darin ein leibhaftiger Sturm eingefangen war. Hugh konnte sogar gelegentliche Blitze sehen.

Kaum berührte Sabae das Buch, nahm der Sturm drastisch zu. Sie schlug es trotzdem ohne Probleme auf und blätterte durch ein paar Seiten. Ihre Haare schienen in einer leichten Brise zu flattern.

„Das Buch kann nur von mir oder anderen Blutsverwandten meiner Dynastie geöffnet werden."

Alustin streckte die Hand aus. „Darf ich es mir einmal ansehen?"

Sabae schien einen Moment darüber nachzudenken, dann hielt sie ihm das Buch entgegen. „Natürlich."

Er griff danach, doch sie ließ es zuklappen, bevor sie es ihm überreichte. „Das heißt, falls Sie blutsverwandt mit der Kaen Dazs-Familie sind."

Alustin blickte frustriert, dann marschierte er mit dem Buch zum nächsten Indexport. Er schrieb einen längeren Text auf eine leere Seite, tippte dreimal mit dem Fingerknöchel darauf, und die Schrift löste sich in Nichts auf.

„In diesem Fall, Sabae, auch wenn es mich schmerzt, ein runenbelebtes Zauberbuch unbekannten Inhalts fortzugeben ... ich glaube, diese Aufzeichnungen gehören dir, nicht der Bibliothek." Widerwillig gab Alustin es an Sabae zurück, die sich das Buch mit unbewegter Miene unter den Arm klemmte.

Danach wandte Alustin sich Godrick zu. Sobald er nicht mehr in Sabaes Richtung blickte, sah Hugh ein selbstzufriedenes Lächeln über ihr Gesicht huschen.

„Hm, eine sehr vernünftige Wahl", urteilte Alustin, „auch wenn ich dich warnen sollte, dass dieses Buch ebenfalls verzaubert ist. Es verstärkt Gerüche in der Umgebung, also sieh dich damit vor. Du solltest es nicht unbedingt in den Speisesaal oder die Schülertoilette mitnehmen."

Auch mit Talias Buch über Traumfeuer zeigte Alustin sich einverstanden. Zum Glück war dieses Exemplar gänzlich unmagisch – Hugh hatte seine Zweifel, dass Alustin ihre erste Wahl hätte durchgehen lassen.

„Zumindest an eurer Bücherauswahl ist nichts auszusetzen", grummelte Alustin. „Also dann, zu eurer Strafe: Ihr werdet die Namen sämtlicher Personen auswendig lernen, die während des letzten Jahrzehnts hier in der Großen Bibliothek gestorben oder verschwunden sind, sowie die Todesursache, falls sie bekannt sein sollte. Die letzten zehn Jahre waren relativ ereignislos. Wir haben nur ... 143 Magier verloren, soweit mir bekannt ist."

Hugh ließ seinen Blick durch die immense Halle wandern und schluckte. „Vielleicht sollten wir … den Rest des Gesprächs woanders führen?"

Alustin grinste. „Das klingt, als würdest du der Bibliothek nun den nötigen Respekt entgegenbringen. Euch sollte allerdings nichts passieren, solange ihr bei mir bleibt und keine Bücher anfasst, ohne mich erst zu fragen. Trotzdem ist es vielleicht besser, dass wir gehen."

Alustin hatte sich bereits umgewandt, um sie aus der Halle zu führen – wie Hugh feststellte, nicht in Richtung der Lagerraumtür, durch die sie gekommen waren –, als Talia sich zu Wort meldete. „Wie kann die Halle überhaupt so riesig sein? Sie ist größer als der ganze Berg, in den Skyhold gebaut ist!"

„Das liegt daran, dass die Große Bibliothek sich nicht wirklich im Berg befindet."

„Soll das heißen, sie ragt in eine andere Dimension hinein?", fragte Hugh. Er hatte davon gelesen. Mit bestimmten Runenzaubern ließen sich Innenräume ausdehnen. Aber solche Magie war extrem herausfordernd und führte normalerweise nur zu einer geringen Vergrößerung des vorhandenen Raums.

Alustins Blick verlor sich in der Leere. „In gewisser Weise, ja. So hat es angefangen. Allerdings sollte die Runenmagie nur ein Zimmer geringfügig ausdehnen. Aufgrund von … unvorhersehbaren Wechselwirkungen mit der Magie des Labyrinths wuchs es mehr als erwartet. Und das war nur einer der Nebeneffekte."

„Was für Wechselwirkungen?", erkundigte sich Hugh."

„Was für ein Zimmer?", erkundigte sich Sabae.

„Was für a Nebeneffekt?", erkundigte sich Godrick.

Alustin warf ihnen einen kryptischen Blick zu, dann marschierte er los. „Sehen wir zu, dass wir euch hier herausbekommen."

Doch Hugh hatte noch eine letzte Frage. „Was war das Leuchten unten im Abgrund?"

Alustin antwortete, ohne sich umzudrehen.

„Das war der Große Index der Großen Bibliothek. Und jetzt setzt euch in Bewegung!"

KAPITEL 30

Alustin hatte nicht gescherzt, als er ihnen befohlen hatte, sämtliche Todesopfer der Großen Bibliothek auswendig zu lernen.

Anna Kaltfunke: *Stürzte zu Tode, als sie nicht auf den Trittsteinpfad achtete, dem sie hätte folgen müssen.*
Unbekannter Magier #12: *Wurde halb verhungert und tödlich dehydriert aufgefunden, als hätte er die Große Bibliothek seit Jahren durchwandert.*
Helgrim der Korpulente: *Von einem Schwarm Zauberbücher verspeist.*
Durham der Grimmige: *Verschwand ohne Spur. Zwei Jahre später wurde seine Biographie in der Bibliothek gefunden, mit einem Einband aus menschlichen Knochen und Seiten aus menschlicher Haut.*

***

Hugh verzog das Gesicht und legte die Liste beiseite, um sich seinen anderen Übungsaufgaben zuzuwenden.

Alustin und Artur Mauerbrecher hatten entschieden, dass es sinnvoller sei, den Lehrlingen zwei Wochen vor der Labyrinthprüfung nicht noch zusätzliche Zaubersprüche beizubringen. Stattdessen sollten sie sich auf drei Dinge konzentrieren: bereits vorhandene Fähigkeiten zu üben, mehr über das Labyrinth herauszufinden … und natürlich die Liste mit Todesopfern der Großen Bibliothek auswendig zu lernen. Zum Glück hatten die ersten beiden Punkte eindeutig Vorrang.

Leider erwarteten ihre Meister trotzdem, dass sie sich zumindest einen Teil der Liste eingeprägt hatten.

Der Lesestoff über das Labyrinth war tatsächlich weniger verstörend als der über die Bibliothek. Es konnte ebenfalls extrem gefährlich sein, doch das galt selten für die oberste Ebene. Zuweilen konnte es vorkommen, dass Schüler bei der Prüfung starben, aber das war eine Ausnahme – und geschah zum allergrößten Teil deshalb, weil sie so dumm gewesen waren, sich in eine der Ebenen weiter unten zu wagen. So vereinzelt diese Todesfälle auch waren, hatten sie doch dazu geführt, dass Schüler das Labyrinth inzwischen nur noch in Gruppen durchqueren durften.

Leider konnten sie ihre Route nicht schon vorher planen. Genau wie die gefährlichen Ebenen der Tiefe konnte auch die oberste ihre Form verändern. Niemand hatte je beobachtet, wie es geschah, aber dafür war das Ergebnis unübersehbar.

Immerhin gab es zwischen den verschiedenen Versionen in der Regel ein paar Gemeinsamkeiten: Die oberste Ebene hatte eine vage Kreisform, an deren Außenrand sich mehrere Eingänge befanden. Die Mitte bildete ein großer runder Saal mit einer Treppe, die immer der Hauptzugang zum unteren Labyrinth war, obwohl ab und zu noch andere Treppen auftauchten.

Im Mittelsaal würde eine Gruppe Vollmagier warten, um die Schüler in Empfang zu nehmen, und zwar aus drei Gründen: Erstens händigten sie allen, die es bis zu ihnen geschafft hatten, eine Symbolmünze als Beweis aus, zweitens hielten sie Schüler davon ab, in tiefere Ebenen hinabzusteigen und drittens hielten sie wiederum besonders gefährliche Ungeheuer davon ab, in die erste Etage *hinauf*zusteigen. Die Aufgabe der Schüler bestand ganz einfach darin, den Mittelsaal zu erreichen, sich eine Symbolmünze pro Person abzuholen und das Labyrinth durch einen beliebigen Ausgang wieder zu verlassen.

Natürlich war es in Wirklichkeit alles andere als einfach. Abgesehen von den äußerst verzwickten Irrwegen im Labyrinth hatte selbst die oberste Ebene mehr als genug Fallen und Ungeheuer zu bieten. Normalerweise nichts, was einen vernünftig ausgebildeten Zauberlehrling überfordern würde, dennoch gab es jedes Jahr genug, die bei der Prüfung versagten.

Deshalb verbrachten Hugh und die anderen nun jeden Tag mehrere Stunden damit, Augenzeugenberichte und Ratgeber zur obersten Ebene zu studieren, um die verschiedensten Kreaturen und Fallen kennenzulernen und eine Strategie zu planen.

Allerdings waren es die Lehrstunden, in denen sie ihre magischen Fähigkeiten ausfeilen sollten, die sich als richtig hart herausstellten. Vorher hatten Alustin und Artur beim Unterricht nur grundlegende Kompetenz erwartet. Jetzt verlangten sie Perfektion bis zur Erschöpfung. Sabae sollte ihre Sturmhiebe jederzeit auf Abruf hervorbringen können, während sie gleichzeitig eine Windrüstung aus Arm- und Beinschienen manifestieren und mehrere Minuten am Stück aufrechterhalten musste. Von Talia wurde erwartet, dass ihre Traumfeuerblitze jedes Mal auf den Punkt genau trafen.

Und Hugh? Er sollte die ganzen simplen Kleinsprüche seines Repertoires sekundenschnell und fehlerlos abrufen können. Das war … bei seinem Lernstand nicht gerade eine große Herausforderung, aber Erleichterung empfand er deswegen keine. Offen gesagt führte sein Mangel an Vollbindungen dazu, dass er ohne Hexerpakt bei Weitem das schwächste Mitglied ihrer Truppe war. Zwar kam er mit seinem großen Mana-Reservoir auch nie in die Gefahr, dass ihm für Kleinsprüche die magische Energie ausging, aber solche simplen Zauber hatten nun einmal ihre Grenzen.

Vermutlich würde sein Projekt ein bisschen helfen, trotzdem machte Hugh sich immer noch große Sorgen, dass er für seine Freunde ein Klotz am Bein sein würde. Nicht genug damit, dass sich die Gruppe mit einem wenig schlagkräftigen Kämpfer begnügen musste, vermutlich würden die anderen ihre Zeit damit vergeuden müssen, ihn zu beschützen.

Als er Alustin seine Bedenken vortrug, sagte sein Meister nur, „er solle sich und seinen Freunden mehr vertrauen.“

Seinen Freunden vertraute er durchaus. Mit sich selbst hatte er Schwierigkeiten.

KAPITEL 31

Hugh starrte auf die massige Flügeltür aus Stein, die den Eingang zum Labyrinth verschloss. Die Oberfläche erinnerte an milchiges Kristallglas, nicht an den Granit des restlichen Berges. Außerdem war sie vollständig mit eingemeißelten Spruchformeln bedeckt, die wahnsinnig kompliziert aussahen, auch wenn Hugh die Einzelheiten nicht erkennen konnte. Er hatte nicht die leiseste Idee, was die Zauber bezwecken sollten.

„Die Tür is Quartz", stellte Godrick nervös fest. Obwohl er einen Kopf größer als die anderen war, sah er genauso unsicher aus, wie Hugh sich fühlte. Er hantierte mit dem Kriegshammer aus massivem Stahl herum, den er mit ins Labyrinth gebracht hatte. „I mein, des is wie Sandstein, nur a paar tausend Jahr erhitzt und gepresst. Da wird's viel fester und vor allem is a Quarz fast ned angreifbar durch Mana."

„Für mich sieht das nur wie ein fetter, schmutziger Kristallbrocken aus", sagte Talia schnippisch. Dabei fingerte sie gereizt an den beiden Dolchen in ihrem Gürtel herum. Je näher die Prüfung herangerückt war, desto ungeduldiger und unnahbarer war sie geworden. Nun, da der Moment gekommen war, schien sie kurz vor der Explosion zu stehen. Sie sah aus, als würde sie bei der kleinsten Provokation in die Luft gehen. Doch Hugh hatte bemerkt, dass Talias Fußspitze schon die ganze Zeit nervös auf den Boden trommelte, seit sie beim Eingang des Labyrinths angekommen waren.

„Kristalle sind im Grunde bloß Steine, die schöner glitzern, oder nicht?", meinte Sabae. Sie wirkte fast so unbeeindruckt und gesammelt wie immer, nur ihre Schultern waren ein bisschen angespannter, ihre Bewegungen eckiger und die Ruhe in ihrer Stimme weniger natürlich als sonst.

Godrick öffnete den Mund zu einer Antwort, doch in diesem Moment kam eine Magierin im mittleren Alter durch die Schülermenge auf die Tür zumarschiert. Hugh kannte sie nicht, was wenig überraschend war. In Skyhold gab es Tausende von Vollmagiern, und nicht alle waren so berühmt wie Aedan Drachentöter, Sulassa Tidenruf oder Artur Mauerbrecher.

„Lehrlinge, ich bitte um eure Aufmerksamkeit!", rief die Frau. Es brauchte eine Weile, aber schließlich verstummten alle. Wobei amüsant zu beobachten war, dass die Lehrmeister, die zur Verabschiedung ihrer Schüler mitgekommen waren, fast als Letztes mit dem Schwatzen aufhörten. Als Hugh in Alustins Richtung schaute, stellte er fest, dass der Blick seines Meisters direkt auf ihm ruhte. Alustin nickte ihm ermutigend zu. Also holte Hugh tief Luft und konzentrierte sich wieder auf die Magierin bei der Tür.

„In wenigen Augenblicken werde ich das Portal öffnen, damit ihr hindurchgehen könnt. Eure Gruppen werden das Labyrinth in Abständen von drei Minuten betreten. Wir werden zuerst die Gruppen aufrufen, die wir für besonders fähig halten, da für sie das Risiko größer ist, Ungeheuern und ähnlichen Gefahren zu begegnen. Gleichzeitig werden auch die übrigen fünf Portale geöffnet, die zur obersten Ebene des Labyrinths führen. Um die Prüfung zu bestehen, müsst ihr den Mittelsaal erreichen und ..."

Hugh hörte nicht mehr richtig zu, als die Magierin die ganzen Regeln und Warnungen wiederholte, die sie alle schon dutzendmal gehört hatten. Er wiegte sich auf den Fußballen vor und zurück und starrte auf die massige, kristalline Flügeltür. Bestimmt würde seine Gruppe ziemlich am Ende der Liste stehen. Zwar hatten sie mit Godrick ein magisches Schwergewicht auf ihrer Seite, aber das änderte nichts an dem Ruf, den der Rest von ihnen besaß. Jeder wusste, dass sie nutzlos waren, auf die eine oder andere Weise, also waren sie bestimmt auf einen der hintersten Plätze abgerutscht. Das galt besonders für Hugh selbst. Auch wenn Alustin daran einiges geändert hatte, würden sie sich gegenüber den anderen erst beweisen müssen, damit überhaupt jemand an sie glaubte.

Immerhin gab es einen Grund, ungetrübt glücklich zu sein: Rhodes und seine Gruppe waren einem anderen Portal zugeteilt und würden dort eintreten.

„ … und unter keinen Umständen werdet ihr eine Treppe oder einen Pfad nehmen, die tiefer abwärts führen. Selbst wenn ihr einen Mitschüler verletzt am Fuße einer der flachen Rampen nach unten sehen solltet, dürft ihr nicht versuchen, selbst zu helfen. Merkt euch die Stelle, und benachrichtigt den ersten Magier, den ihr antrefft.“

Einen Moment lang herrschte Stille, als die Magierin umständlich eine Schriftrolle herausholte.

„Erste Gruppe: Godrick Mauerbrecher, Sabae Kaen Dazs, Talia vom Clan Castis, Hugh aus Emblin.“

Vor Überraschung verlor Hugh bei seinem nervösen Herumkippeln das Gleichgewicht und fiel einfach um.

KAPITEL 32

Godrick fing ihn auf, bevor er sehr weit kam, und stellte ihn wieder auf die Füße. Hugh schluckte angespannt und schaute sich um.

Alle starrten ihre Gruppe an. Er sah die Schüler miteinander flüstern und fing das Wort „Emblin" auf. Sofort spürte er, wie sein Gesicht rot anlief.

„Stellt euch in einer Reihe vor der Tür auf, wenn ich bitten darf", sagte die Magierin mit der Schriftrolle.

Hugh schluckte wieder.

Als Erstes setzte Sabae sich in Bewegung, dann folgten die anderen zwei. Hugh brauchte einen Augenblick, bis er hinter ihnen her hastete. Er spürte noch immer, wie alle ihn anstarrten.

„Tannis Wurzelbalg, Elia Karnath ..." Hugh warf einen Blick zurück auf die zweite Gruppe, bei der alle Teilnehmer unglaublich einschüchternd wirkten. Einer von ihnen besaß einen Arm, der wie ein beweglicher Baumast aussah und vollständig mit komplizierten Spruchformeln beschriftet war. Ein Mädchen hatte keine Haare, sondern lichtglühende Drähte in die kahle Kopfhaut gepflanzt. Einer schien teilweise mit Raureif überzogen zu sein. Auf der vierten kletterten überall Käfer herum, die an Skarabäen erinnerten.

„Warum gehen die nicht zuerst?", flüsterte Hugh in Sabaes Richtung, als sie vor der Tür zum Stehen kamen. „Ihre Gruppe sieht absolut furchterregend aus!"

Sabaes Blick wanderte zu den anderen Schülern, dann wieder zu Hugh.

„Ich weiß nicht, ob es dir aufgefallen ist, aber wir sehen auch ziemlich furchterregend aus. Godrick ist groß wie ein Haus und hat einen Kriegshammer dabei, den die meisten nicht einmal hochheben könnten. Talia ist fast vollständig mit magischen

Tätowierungen bedeckt und blickt drein, als wolle sie jemandem die Kehle herausbeißen. Außerdem hat sie den Ruf, Klassenräume abzubrennen. Ich bin mit Narben bedeckt und stamme aus einer der angesehensten magischen Dynastien des Kontinents."

Hugh blinzelte überrascht. So gesehen wirkten seine Freunde wirklich recht einschüchternd. Aber ... „Ich bin nichts davon. Nur ein dürrer kleiner Bauernbengel."

Sabae musterte ihn stirnrunzelnd. „Schau dir die anderen Gruppen, die sich gerade aufstellen, einmal näher an."

Hugh blickte wieder über seine Schulter. Inzwischen standen vor der Tür schon mehrere Reihen von Schülern, und alle wirkten fast so einschüchternd wie die Gruppe direkt hinter ihm. Vor allem eine schmächtige Gestalt mit Umhang, deren Schatten sich die ganze Zeit von selbst bewegte.

„Alle sehen zum Fürchten aus", stellte er fest.

„Genau, und das wollen sie auch", sagte Sabae. „Du hingegen gehörst zur allerersten Gruppe der Prüfung und wirkst ... total normal. Keine mystischen Tätowierungen, keine uralten vererbten Runenwaffen, kein Tiervertrauter, und nicht einmal ein Kostüm, durch das du gefährlicher aussehen willst, als du bist. Bestimmt versuchen alle zu erraten, was für eine Sorte Zauberer du sein könntest, und dabei gehen ihnen die wildesten Fantasien durch die Köpfe."

Hugh stutzte, schaute sich die aufgereihten Lehrlinge noch einmal an und sah sie diesmal mit anderen Augen.

Er stellte fest, dass sie auf den zweiten Blick eher furchtsam als furchterregend wirkten. Der Schüler mit dem Baumarm rieb sich die ganze Zeit angespannt über die Rindenhaut. Die Schattengestalt im Umhang posierte nicht herausfordernd, sondern zuckte nervös herum.

„Sie alle sind genauso angespannt wie wir, Hugh. Die meisten danken wahrscheinlich ihrem Schicksal, dass sie nicht als Erste ins Labyrinth müssen."

Hugh atmete tief durch und nickte. Er musste Sabae recht geben. Und den anderen Schülern auch ... denn er wäre ebenfalls sehr dankbar gewesen, nicht die Vorhut bilden zu müssen.

In diesem Moment machte die Magierin beim Vorlesen der Liste eine Pause und sagte: „Wir rufen gleich die restlichen Schüler auf, aber jetzt sollten wir die erste Gruppe ins Labyrinth schicken."

Hugh spürte, wie sein Puls sich weiter beschleunigte.

Die Magierin marschierte auf den einen Türflügel zu und legte die Hand auf ein bestimmtes Formelmuster, das sogleich in warmem Licht zu glühen und zu pulsieren begann. Dann tat sie dasselbe auf der anderen Seite. Kaum hatte sie die Hand weggenommen, als sich das Licht durch die Linien der Spruchformeln ausbreitete. Innerhalb von Sekunden war die ganze Kristalltür mit flammenden Linien bedeckt, die sich kreuzten, verzweigten, verbanden und geometrische Muster formten, deren Anblick die Augen überforderte. Dann schien das Glühen in die Tiefe des Kristalls einzusinken.

Das Licht der Flügeltür erlosch.

Einen kurzen Moment lang glaubte Hugh erleichtert, etwas sei schiefgegangen und sie bräuchten die Prüfung jetzt doch nicht abzulegen.

Dann schwenkten die massigen Türflügel langsam und geräuschlos nach Innen, wo tiefe Dunkelheit wartete.

KAPITEL 33

Hugh und die anderen starrten in die Schwärze des Labyrinths. Keiner von ihnen machte Anstalten, hineinzugehen.

„Nun?“, drängte die Magierin, die ihnen die Tür geöffnet hatte.

Hugh schluckte und warf einen Blick auf seine Freunde. Dann traten sie gemeinsam vor. Hugh prüfte krampfhaft seine Ausrüstung, während sie auf die Tür zumarschierten. Der geschenkte Dolch von Talia steckte in seinem Gürtel. Das Spruchbuch hing am Gurt über seiner Schulter. Er hatte einen Trinkschlauch mit Wasser dabei und auch sein privates Projekt.

Während sie über die Schwelle traten, fiel die Temperatur schlagartig. Zwar wurde es nicht so kalt, dass man zusätzliche Kleidung gebraucht hätte, aber es reichte aus, damit Hugh sich ein bisschen unwohl fühlte.

Die Wände des Labyrinths bestanden aus dem normalen Granit von Skyhold. Sie waren vollständig mit magischen Mustern bedeckt, deren Komplexität sogar die Zeichen auf der Kristalltür noch in den Schatten stellten. Spruchformeln erstreckten sich nahtlos vom Fußboden bis zur Decke.

Die erste Kammer des Labyrinths, die sie betraten, hatte eine Halbmondform. Die Flügeltür lag mittig auf der Längsseite und bildete die einzige Lichtquelle. Vom Halbrund der Kammer zweigten drei Gänge ab, die sich in der Dunkelheit verloren.

„Wohin sollen wir gehen?“, fragte Hugh. Er zeichnete einen einfachen Kleinzauber vor seinem geistigen Auge, um eine Lichtkugel zu erzeugen, und ließ sie in seiner Hand erscheinen.

„Wenn das hier ein gewöhnliches Labyrinth wäre“, sagte Sabae, „sollten wir uns für eine Richtung entscheiden und sie bei jeder Abzweigung wiederholen. Aber in diesem Fall dürfte das keine erfolgreiche Strategie sein.“

Alle standen einen Moment schweigend herum, dann sagte Talia mit einem entschlossenen Nicken: „Also spielt es keine Rolle, wohin wir zuerst gehen. Wir müssen nur die Kreisform im Gespür behalten und uns möglichst nach Innen richten."

Talia marschierte auf den Gang ganz rechts zu. Kurz rührte sich niemand, dann eilten alle hinterher, um sie einzuholen. Godrick ließ ebenfalls eine Lichtkugel auf seiner Hand erscheinen.

„Mir scheint, wir ham besprochen, dass i mit Sabae vornweg gehe, ned?", sagte er.

Talia schnaubte, aber ließ Godrick und Sabae vorbei, um die Führung zu übernehmen. Da ihre Gruppe nicht nur einen, sondern zwei Spezialisten für Nahkampfmagie hatte, machte es Sinn, sie an die Spitze zu stellen. So würden sie eventuellen Gefahren als Erstes begegnen. Die meisten Gruppen hatten diesen Vorteil nicht. Hugh und seine Freunde waren gegen böse Überraschungen also tatsächlich besser gefeit.

Alle schwiegen, während sie den Gang entlang marschierten. Er beschrieb einen kaum merklichen Bogen, und bald stammte das einzig verbleibende Licht von den Kleinzaubern in Hughs und Godricks Händen, während das einzige Geräusch ihre Schritte waren.

„Ich wünschte, wir könnten Kreide oder einen Bindfaden benutzen, um den Rückweg zu finden", murmelte Hugh und zuckte fast vor seiner eigenen Stimme zusammen, weil sie in der Stille so laut klang. Alle Blicke wandten sich ihm zu und er wurde rot. „Ich weiß ja, warum es nicht geht. War nur ein Gedanke."

Die Zauber des Labyrinths schienen unter anderem den Zweck zu haben, Leute am Mogeln zu hindern, die sich durch die Gänge bewegten. Bindfäden zerrissen von selbst, Kreide wurde weggewaschen und so weiter und so fort.

Wieder schwiegen alle, bis sie nach einer guten Minute an die erste Weggabelung gelangten. Rechts führte der Gang im gleichen Bogen weiter, während die Abzweigung nach links tiefer ins Labyrinth zu führen schien.

„Wie Talia schon gesagt hat, wir müssen weiter nach Innen", stellte Sabae fest.

Also betraten sie vorsichtig den linken Gang. Kaum waren sie ein paar 100 Fuß weit gekommen, blieb Talia mit einem warnenden Zischen stehen.

„Was ist denn?", fragte Hugh.

„Schsch", machte sie.

Alle verhielten sich so still wie möglich. Nach ein paar Sekunden hörte Hugh es auch: eine Art krabbelndes, schabendes Geräusch. Er konnte allerdings nicht feststellen, aus welcher Richtung es kam.

„Hinter uns!", rief Talia.

Hugh wirbelte herum und richtete sein Zauberlicht nach hinten, aber konnte nichts erkennen. Godrick und Sabae stellten sich schützend vor ihn, gleichzeitig nahm Talia neben ihm Aufstellung. Während Godrick kampfbereit seinen Hammer ergriff, erschienen rotierende Sturmwirbel um Sabaes Schienbeine und Unterarme. Auf Talias Handflächen flammte Traumfeuer auf und Hugh zog sein Projekt aus der Gürteltasche.

„Da riecht ma was ganz übel", stellte Godrick fest. Hugh schnupperte, aber bemerkte nichts. Offenbar konnte Godrick durch seine Geruchsmagie den Gestank von weiter weg wahrnehmen.

Plötzlich kam etwas auf allen Vieren aus der Dunkelheit gehuscht, blieb ruckartig stehen und zischte sie an.

Es hatte ungefähr die Größe einer Katze, das Gesicht erinnerte an eine Fledermaus und der haarlose Körper an einen Menschen mit obszön hervorquellendem Bauch. Haarbüschel ragten wie zufällig verteilt aus der Haut, und Godrick hatte recht – es stank bestialisch.

„Ein Dämonenbiest!", rief Hugh.

„Ein was?", fragte Talia.

„Sie werden von Dämonen gezeugt, aber gehören zu einer niedrigen Spezies. Nur ungefähr so intelligent wie eine Ratte und entschieden bösartiger. Außerdem ..."

Ein Dutzend mehr erschienen im schwachen Lichtkreis und begannen zu zischen. Hugh konnte noch weitere von ihnen in den Schatten hören und sah Augen in der Dunkelheit glitzern.

„... jagen sie im Rudel", fügte er schwach hinzu.

Das erste Dämonenbiest schwang sich in die Luft und stürzte auf Godrick zu. Bevor es auch nur in seine Nähe kam, schleuderte

Talia es mit einem Traumfeuerblitz durch den Gang. Es fiel zu Boden und zerfloss zu einer ekligen Pfütze.

Als hätte sie damit das Angriffssignal gegeben, stürzten sich nun auch die übrigen Biester auf die vier Freunde. Mit einem Kampfschrei schmetterte Godrick seinen Hammer herab und zermalmte zwei zu Brei. Sabae gab einem weiteren Dämonenbiest einen Fußtritt und ließ gleichzeitig eine Sturmböe los, die eine ganze Gruppe nach hinten schleuderte. Talia schoss einen Traumfeuerblitz nach dem anderen in die Menge, und jeder davon ließ eines der kleinen Ungeheuer explodieren, einfrieren, zerbröseln oder rapide altern und zu Nichts zerfallen.

„Hugh, tu doch was!", schrie Talia.

Ruckartig schüttelte er die Panik ab, die ihn hatte erstarren lassen, und griff nach dem Ergebnis seines privaten Projekts.

Es war eine Schleuder. Eine einfache Steinschleuder wie er sie früher in den Wäldern von Emblin benutzt hatte, um Kaninchen oder Fasane zu jagen. Er hatte sie aus Lederresten hergestellt, die er in einem Lagerraum mit Buchbindermaterial gefunden hatte. Sie war handwerklich solide, ansonsten aber nichts Besonderes. Was man von der Munition nicht gerade behaupten konnte …

Denn was die Schleuder abschoss, war sehr speziell. Hugh hatte Stunden für jeden einzelnen kleinen Kiesel verwendet und in mühsamer Kleinarbeit die nötigen Spruchformeln von Abwehrzaubern hineingeritzt. In der beschränkten Zeit war es ihm nur gelungen, ein gutes Dutzend herzustellen, also taten sie hoffentlich ihre Wirkung.

Hugh begann die Schleuder mitsamt dem Abwehrkiesel herumzuwirbeln und zielte so, dass er direkt inmitten der Biesterschar auftraf. Der Aufprall auf dem Granitfußboden zerstörte die Spruchformel und die gespeicherte Zauberenergie wurde mit einem Schlag freigesetzt.

Und Hugh hatte eine Menge Energie hineingepackt. Mindestens ein halbes Dutzend der Dämonenbiester wurden von der Detonation erfasst und regelrecht zermatscht. Verflüssigte Biestermaterie regnete auf die vier Freunde nieder und der Brei roch tatsächlich noch schlimmer als die Viecher zu Lebzeiten.

Talia wischte sich Biesterschleim vom Gesicht und funkelte Hugh an. „Worauf wartest du? Hör nicht auf!" Sie schleuderte einen weiteren Traumfeuerblitz. Überraschenderweise tat er nichts anderes, als eines der kleinen Ungeheuer auf gewöhnliche Art in Brand zu setzen.

Hastig ließ Hugh wieder seine Schleuder wirbeln, während Godrick ein Biest auf einen spitzen Stalagmiten spießte, den er mit seiner Steinbindung aus dem Boden schießen ließ, und Sabae gleichzeitig mit einem Tritt einen so scharfen Windstoß über den Boden jagte, dass Biester in alle Richtungen purzelten.

Der Kampf gegen die kleinen Ungeheuer schien Stunden zu dauern, auch wenn es in Wahrheit vermutlich nur Minuten waren. Am Ende sahen sie alle aus, als hätten sie in schleimigen Biest-Resten gebadet, und ein einziger Überlebender hastete in die Dunkelheit davon, aus der er gekommen war.

„Tja, das war's dann mit meiner Kleidung", sagte Talia.

Einen Moment lang starrten alle sie an, bevor sie in schallendes Gelächter ausbrachen.

Sobald das hysterische Kichern wieder unter Kontrolle war, wirkte Hugh einen weiteren Kleinzauber. Diesmal einen seiner Favoriten: einen Putzspruch. Schnell sog die Magie den ganzen Biestmatsch von ihnen ab.

„Jetzt gerade bist du mein Lieblingsmensch", stellte Sabae fest.

Talia schnupperte an sich. „Wir miefen immer noch gruselig", sagte sie. „Godrick, kannst du mit deiner Geruchszauberei was dagegen tun?"

Er trat verlegen von einem Fuß auf den anderen. „Da bin i ned so gut drin. Würd bestimmt die Sach nur schlimmer machen."

„Das Problem habe ich gleich im Griff – und zwar mit Godricks Hilfe", sagte Hugh. Er wühlte in seiner Gürteltasche herum und zog eine Glasmurmel hervor. Es war sein Geburtstagsgeschenk, mit dem sich Gerüche entfernen ließen.

„Kein Wunder, dass sie uns als erste Gruppe ins Labyrinth geschickt haben", sagte Sabae grinsend. „Wir haben einfach die beste Ausrüstung."

KAPITEL 34

Auf ihrem Weg zum Mittelsaal wurden sie noch zwei Mal von Dämonenbiestern angegriffen. Beide Male trugen die Freunde den Sieg davon, auch wenn Godrick einen fiesen Biss ins Bein bekam und Sabaes Hände von Krallenspuren übersät waren. Am Ende sorgte Hugh jedes Mal bereitwillig dafür, alle wieder sauber zu bekommen. Außerdem stellte sich ihnen einen Art Schildkrötenspinne in den Weg, die größer war als Godrick, sich jedoch ziemlich langsam bewegte. Talia bewarf sie mit Traumfeuer, während die Gruppe zurückwich, bis das monströse Geschöpf lautlos verendete.

Zu ihrer Überraschung gerieten sie in recht wenige Fallen. Eigentlich sollten Stolperdrähte, Pfeilschleudern (fast immer ungiftig) und mitteltiefe Fallgruben auf dieser Ebene häufig vorkommen. Sie entdeckten jedoch nur eine einzige Pfeilschleuder, weil sie Godrick in den Hintern traf, was die anderen und besonders Talia sehr amüsierte, sowie eine Hustengasfalle.

Das Labyrinth selbst war dagegen eine echte Herausforderung. Sechsmal landeten sie in Sackgassen, zweimal rannten sie im Kreis herum, und die ganze Zeit hörten sie Ungeheuer oder andere Schüler gleich um die Ecke, doch begegneten ihnen nie. Hugh hatte dennoch das Gefühl, dass sie sich stetig auf den Mittelpunkt zuarbeiteten.

Sie erreichten ihr Ziel nach guten zwei Stunden. Der Mittelsaal war kreisrund und ungefähr 200 Fuß im Durchmesser. In seinem Zentrum war eine große Wendeltreppe in den Boden eingelassen, die weiter in die Tiefe führte. Ein halbes Dutzend Magier waren damit beschäftigt, ein kuppelförmiges Schutzschild darüber stabil zu halten. Die Spruchformeln an den Wänden, dem Boden und der Decke schienen alle sternförmig aus dem Loch mit der Wendeltreppe herauszuführen. Oder vielleicht führten sie auch hinein.

Ihre Gruppe hatte das Ziel nicht als Erstes erreicht. Obwohl sie gleich zu Anfang losgeschickt worden waren, kamen sie an elfter Stelle an. Gleichzeitig mit ihnen befand sich noch eine andere Gruppe im Mittelsaal und erzählte, dass sie entschieden mehr Fallen begegnet waren – unter anderem einer Schlangengrube –, dafür jedoch keinem einzigen Ungeheuer. Hugh warf einen Blick in seinen Beutel mit Abwehrkieseln. Er hatte nur noch vier Stück übrig.

Die Magier bei der Wendeltreppe überreichten jedem von ihnen eine Symbolmünze. „Denkt daran", mahnte einer von ihnen, „ihr habt die Prüfung nur bestanden, wenn ihr es mit einer Münze durch den Ausgang schafft. Falls ihr sie auf dem Weg verliert, müsst ihr hierher zurückkommen und euch eine neue holen."

„Können andere Gruppen versuchen, uns die Münzen zu stehlen?", fragte Talia.

„Das dürfen sie gern tun, aber es würde ihnen nicht helfen. Jede Münze gilt nur bei dem Lehrling, dem wir sie überreicht haben. Aber ihr müsstet natürlich trotzdem zurückkehren und euch eine Neue holen."

Der Magier schüttelte jedem von ihnen die Hand und wünschte ihnen Glück.

„Hat jemand einen Vorschlag, welchen der Gänge wir nehmen sollen, um aus dem Mittelsaal herauszukommen?", fragte Sabae.

„Ich finde, wir sollten einfach genauso zurückgehen, wie wir reingekommen sind", sagte Talia und marschierte gleich los. Sabae griff nach ihrer Schulter, um sie aufzuhalten.

„Das dürfte nicht funktionieren. Das Labyrinth mag es nicht, wenn man die eigene Spur zurückverfolgen will. Dann gerät man normalerweise nur immer weiter vom Ziel ab."

Talia zuckte mit den Schultern. „Ihr habt die Bücher alle aufmerksamer gelesen als ich."

Hugh zeigte auf einen der Gänge. „Ich stimme für diesen."

„Sieht für mi aus wie alle andern", stellte Godrick fest.

„Ich folge eben meinem Bauchgefühl", sagte Hugh.

Da niemand eine bessere Idee hatte, gingen sie in diese Richtung.

Ungefähr zehn Minuten, nachdem sie den Mittelsaal verlassen hatten, hörte Hugh ein Klickgeräusch und erstarrte.

„Hat das noch jemand gehört?", fragte er.

„Hugh, rühr dich nicht!", sagte Talia. „Sonst löst du die Falle aus."

Hugh schaute nach unten. Er stand mit einem Fuß auf einer Spruchformel, die dadurch leicht in den Boden eingesunken war und glühte. In der Ferne hörte er ein donnerndes Geräusch näherkommen.

„So funktionieren Spruchfallen aber nicht", rief er. „Lauft!"

Er folgte seinem eigenen Vorschlag und spurtete los, so schnell er konnte.

Seine Freunde folgten gerade noch rechtzeitig. Denn gleich darauf fiel eine riesige runde Felskugel aus der Decke genau auf den Punkt, wo sie eben noch gestanden hatten. Alle drehten sich danach um und starrten sie an. Zum Glück machte sie keine Anstalten, ihnen hinterherzurollen.

„Hast du nicht gesagt, du hättest bei diesem Tunnel ein gutes Bauchgefühl, Hugh?", fragte Talia.

„Stimmt", sagte Hugh. „Uns geht es doch bestens, also lag ich damit richtig."

Spruchformeln begannen auf der Felskugel aufzuglühen.

„Oder ich lag falsch. Lauft!"

Jetzt begann die Kugel doch, ihnen hinterherzurollen. Und zwar sehr zielbewusst.

„Nie wieder höre ich auf dein Bauchgefühl, Hugh!", rief Talia, während sie alle wieder losrannten.

KAPITEL 35

Der Felsbrocken donnerte ihnen ganze zehn Minuten hinterher, bevor seine Spruchformeln verglommen und er die Jagd aufgab. Bis dahin war er ihnen gefolgt wie ein Spürhund, sogar durch die verschiedenen Abzweigungen, die sie genommen hatten. Um genau zu sein, war er vermutlich Hugh gefolgt, der die Falle ausgelöst hatte, aber den anderen wäre nie in den Sinn gekommen, ihn im Stich zu lassen.

Hugh bezweifelte, dass sie es ohne Alustins anstrengendes Training geschafft hätten, so lange vor der Kugel herzulaufen.

Nun fanden sie sich in einer quadratischen Kammer mit drei Ausgängen wieder: dem Gang, durch den sie gekommen waren, zwei weitere Tunnel über Eck und einer massiven, undurchdringlichen Wand. Ein paar Minuten versuchten sie wieder zu Atem zu kommen, dann keuchte Talia: „Hugh, was sagt dir dein Bauchgefühl? Meins findet nämlich, wir sollten dann den Gang nehmen, der genau in die andere Richtung führt."

Hugh ignorierte ihre Sticheleien und starrte die massive Wand an. Seine Augen wurden schmal und er schlug sein Spruchbuch auf.

„Mit der Wand stimmt etwas nicht", sagte er.

Schnell begann er die Zeichen an der Wand abzuzeichnen und dabei die wichtigsten herauszufiltern.

„Sollten wir nicht lieber weitergehen?", fragte Sabae.

„Nur einen Moment", sagte Hugh.

Gleich darauf blickte er grinsend zwischen der Wand und seiner Zeichnung hin und her. „Wusste ich's doch! Hier gibt es eine geheime Tür!"

„Ächt?", fragte Godrick aufgeregt. „Ob da a Schatz verborgen is? Vadder hat seinen Hammer ausm Labyrinth."

Hugh holte seine Kreide hervor. „Das werden wir gleich herausfinden."

Er brauchte weitere zehn Minuten, bis er die Spruchformeln an der Wand umgeschrieben hatte. Die Geheimtür war mit einer Magie verschlossen, die stark an ein Schutzschild erinnerte. Um sie zu öffnen, musste man … wohl eine Art Rätsel lösen, aber Hugh konnte diesen Teil umgehen.

Sobald er den letzten Kreidestrich gezeichnet hatte, glühten der Türzauber und Hughs Änderungen gleichzeitig auf. Dann schien ein rundes Stück in der Mitte der Wand einfach zu verschwinden.

Hugh stieg sofort hindurch. Er dachte nicht daran, auf Sabae und Godrick zu warten, die sonst immer die Spitze der Gruppe bildeten. Denn Hugh war – harmlos ausgedrückt – ein bisschen geblendet von der Vorstellung, einen Schatz zu finden. Als er gerade halb im Raum stand, erschien jemand im Eingang auf der anderen Seite.

Rhodes.

Beide Jungen erstarrten und blickten sich ungläubig an, während ihre beiden Gruppen hinter ihnen auftauchten.

In seiner Kampfmontur sah Rhodes noch viel einschüchternder aus als gewöhnlich. Er trug ein feingliedriges Kettenhemd, einen magischen Stirnreif mit glühenden Juwelen und Zaubersymbolen, und neben ihm in der Luft schwebte ein Speer mit langer Metallspitze. Da an der Waffe keine Runenzeichen zu sehen waren, nahm Hugh an, dass Rhodes sie mit seiner Elementarbindung hochhielt. Genauer gesagt, mit *einer* seiner Bindungen.

Die blauhaarigen Zwillinge waren auch dabei, außerdem ein Junge mit purpurrot flammenden Energielinien auf den Armen. Die Zwillinge hielten leuchtende Kleinzauber in den Händen.

Eine Minute lang sagte niemand etwas, bis Rhodes das Wort ergriff.

„Sieh mal an, was haben wir denn da? Einen Schafscherer, seine zwei Huren und einen dämlichen Muskelberg."

Hugh lief rot an, und Talia machte knurrend einen Schritt nach vorne, als Sabaes kühle Stimme erklang.

„Wirklich? Das sind die besten Beleidigungen, die dir einfallen? Ich würde sagen, dafür bekommst du eindeutig die Note … sechs minus.“

Hugh blinzelte.

„Den Schafscherer-Vergleich benutzt du ständig, aber zumindest scheint er Hugh zu treffen. Uns als Huren zu bezeichnen? Das ist einfach nur fantasielos. Und was den dämlichen Muskelberg angeht, solltest du einmal einen Blick auf Godricks Hausaufgaben werfen. Wir gehen regelmäßig zu ihm, wenn wir etwas nicht verstehen.“

Rhodes schaute sie verwirrt an. Sabae trug ein grausames Lächeln auf dem Gesicht.

„Und Hugh und Talia nehmen es mir hoffentlich nicht übel, aber sie wütend zu machen, ist wirklich kein Kunststück“, fuhr sie fort.

„Jo, vor allem Talia“, murmelte Godrick. Woraufhin Talia ihm gegen das Schienbein trat.

„Also, wenn du uns entschuldigst, wir müssen jetzt weiter. Wir sind nämlich mit einer Prüfung beschäftigt.“ Sabae wandte sich zum Gehen.

„Ihr geht nirgendwo hin, solange ich es nicht erlaube!“, fauchte Rhodes.

„Ach, tatsächlich?“, fragte Sabae.

„Ja, tatsächlich!“, knurrte Rhodes.

„Nein, nein, du hast mich falsch verstanden. Ich meinte, ob deine Sprüche tatsächlich noch platter und langweiliger werden können. Du hast dich in deinem Leben mehr auf deine Abstammung verlassen als auf deinen Verstand, nicht wahr?“

Hugh starrte Sabae mit offenem Mund an. Dann spürte er, wie sich ein Grinsen auf seinem Gesicht breitmachte.

„Was halten deine Speichellecker denn davon? Du da drüben, mit den blauen Haaren, findest du Rhodes Beleidigungen besonders gelungen?“

Die Zwillinge wussten nicht, mit wem von beiden sie sprach, und schauten sich nur verwirrt an. Da Rhodes vor ihnen stand und sie nicht sehen konnte, musste er annehmen, dass sie Sabae recht gaben. Offenbar schwiegen sie lieber, als seine rhetorischen Fähigkeiten zu loben. Er lief puterrot an.

„So kannst du nicht ...“, begann er, doch Sabae unterbrach ihn.

„Wolltest du mir mitteilen, dass ich so nicht mit dir reden kann? Worauf üblicherweise meine Entgegnung folgen würde, dass ich es schon getan habe, und daraufhin deine Frage, wie ich es wagen kann und so weiter und so fort. Ich schlage vor, dass wir das ganze Geplänkel überspringen, ja? Wir haben doch wohl Besseres zu tun.“

Talia begann zu lachen. Sofort richtete sich Rhodes wütender Blick auf sie.

„Du dreckige ...“

„Hast du vor, sie eine Barbarin zu nennen, Rhodes?“, fragte Hugh. „Oder vielleicht wolltest du sie wegen ihrer roten Haare beleidigen? Sabae hat recht, deine Sprüche sind wirklich ziemlich vorhersehbar.“

Hugh war überrascht von seinem eigenen Mut. Möglich, dass er Rhodes nicht das Wasser reichen konnte, aber ... bei ihren bisherigen Zusammenstößen hatte er immer das Gefühl gehabt, dass er ganz allein dastand und niemand ihm Rückendeckung geben würde. Das war jetzt anders, und er würde diesem reichen Arschloch nicht länger erlauben, ihn als Fußabtreter zu benutzen.

Hugh hatte Rhodes noch nie so zornig gesehen. Das Zwillingsmädchen legte ihm die Hand auf die Schulter.

„Lass uns gehen. Sie sind es nicht wert.“

Rhodes schüttelte ihre Hand ab und fletschte die Zähne. „Du ... du ... wertloser ...“ Er sah aus, als würde sein Kopf gleich explodieren.

Als plötzlich Rhodes' Speer durch die Luft auf sie zu sauste, kam Hugh zu dem Schluss, dass sie vielleicht etwas zu weit gegangen waren.

Die Waffe durchflog die Kammer in einem Wimpernschlag, doch direkt vor Hughs Gesicht kam sie abrupt zum Halten. Rhodes' wütendes Gebrüll änderte nichts daran, dass sie sich keinen Millimeter weiterbewegte.

Als Hugh über die Schulter schaute, sah er hinter sich Godrick, dessen Gesicht vor Anstrengung verzerrt war. Mit Hilfe seiner Stahlbindung hatte er den Speer gerade noch rechtzeitig abgefangen.

Er presste die Lippen zusammen, und einen Moment lang befürchtete Hugh, dass Rhodes den stärkeren Willen haben würde.

Doch stattdessen wich der Speer einen Zentimeter zurück.

Langsam aber stetig bewegte sich die Waffe rückwärts durch die Kammer. Ungefähr auf der Hälfte der Strecke drehte sie sich um die eigene Achse, sodass die Spitze nun auf Rhodes zeigte.

Und dann geschah plötzlich alles ganz schnell. Rhodes duckte sich und überließ Godrick die Kontrolle über den Speer, der scheppernd an der Wand hinter ihm aufschlug. Fast gleichzeitig ließ Rhodes einen Gewitterblitz direkt auf sie zu sausen. Hugh war sicher, dass er gebrutzelt werden würde wie ein lästiges Insekt.

Sabae fing den Blitz auf.

Alle starrten sie schockiert an, während sie die zuckende Energie zwischen den Fingern hielt. Hugh konnte sehen, wie sich Brandmale auf ihren Händen abzeichneten. Dann schmiss sie den Blitz ruckartig von sich, direkt auf den Fußboden zwischen den beiden Gruppen.

In diesem Moment fiel Hugh etwas auf, das er lieber früher hätte bemerken sollen.

In dieser Kammer hatte der Fußboden keine schützenden Spruchformeln.

Der Blitz traf und der Granitboden zerbarst in Stücke.

Hugh fiel in die Tiefe.

KAPITEL 36

Der Sturz ging so schnell, dass Hugh fast keinen klaren Gedanken fassen konnte. Aber er ließ automatisch einen Zauberspruch vor seinem geistigen Auge entstehen. Die Spruchformel hatte die stärkste Basis, die er kannte, dazu ein paar hastig hingeworfene Definitions- und Ziellinien, und dann noch eine Serie von Modifizierungslinien. Sie würden dafür sorgen, dass der Energiefluss schwach einsetzte und dann rapide anschwoll, anstatt schlagartig volle Kraft zu entwickeln.

Während er damit beschäftigt war, versuchte er sich gleichzeitig im Fallen so zu drehen, dass er den Boden sah. Dann richtete er das Licht des Kleinzaubers in seiner Hand darauf und aktivierte schleunigst den Zauberspruch, den er gerade erschaffen hatte.

So etwas hatte er noch nie zuvor gefühlt. Das Mana flutete geradezu aus seinen Reserven, und sofort merkte er, wie sein Fall sich verlangsamte. Er kam fast vollständig zum Halten, bevor seine Füße sanft auf dem Boden aufsetzten. Panisch schaute er sich um und seufzte erleichtert, als er sah, dass seine Freunde genauso unbeschadet neben ihm landeten. Der Zauber hatte funktioniert. Hugh fühlte sich, als habe man ihm jeden Tropfen Magie ausgesogen. Vier Menschen gleichzeitig vor einem tödlichen Sturz in die Tiefe zu bewahren, brauchte weit mehr Energie, als simple Kleinzauber normalerweise kanalisieren sollten.

Nein, sechs Menschen. Rhodes und der männliche Zwilling waren auch hier unten.

Hugh machte sich bereit, den Kampf fortzusetzen, als er Sabae zusammenbrechen sah. Godrick konnte sie auffangen, bevor sie den Boden berührte.

„Alles in Ordnung", sagte Sabae. „Ich bin nur … der Zauber hat mich ein bisschen erschöpft."

„Du hast a Blitz gefangen! Des is da Wahnsinn!", sagte Godrick.

Talia marschierte auf Rhodes zu. „Sie hat *seinen* Blitz aufgefangen. Was zur Hölle stimmt mit dir nicht, Charax?"

Rhodes blickte panisch zu allen Seiten. „Wir sind unterhalb der ersten Ebene! Hier sollten wir nicht sein. Ganz und gar nicht."

Hugh blinzelte überrascht und schaute sich um. Sie befanden sich in einem Raum mit eher runder Form, der nach oben einen hohen Schacht bildete. Als Hugh hinaufschaute, sah er weit entfernt ein kleines Licht, wo die restlichen zwei Mitglieder von Rhodes' Gruppe warteten. Dann plumpste etwas metallisch Glänzendes herunter.

Rhodes' Speer.

Hastig griff Hugh in seine Gürteltasche und tastete nach der Schleuder und einem Abwehrkiesel, aber Rhodes schien nicht daran interessiert, weiter zu kämpfen. Er fing den Speer auf und der Zwillingsjunge ergriff den Schaft. Mit einer stürmischen Böe, die Hugh einige Schritte zurückschob, schwang Rhodes sich und seinen Gefährten in die Luft. In Windeseile bewegten sie sich den Schacht hinauf.

„Kein Zweifel, der wird mal ein richtig mutiger Drachentöter", bemerkte Talia trocken.

„Also hat er auch eine Elementarbindung an Wind", stellte Hugh fest. „Neben Blitz und Metall."

„Hat er ned", sagte Godrick. „Des war keine Bindung o Metall, sondern o Holz. I hab gespürt, wie er sich gegen den Schaft gestemmt hat, aber die Spitz konnte i steuern und ihn abwehrn."

„In einem Punkt hatte Rhodes trotzdem recht", sagte Sabae. „Hier sollten wir nicht sein."

Hoch oben war der letzte Lichtschimmer verschwunden, den die Kleinzauber von Rhodes' Gefährten geworfen hatten.

„Vielleicht sollten wir an dieser Stelle bleiben und warten? Kann sein, dass sie einem Lehrer Bescheid sagen, wie es sich gehört", schlug Hugh vor.

Talia warf ihm einen Blick zu und schnaubte.

Hugh seufzte. „Schon gut. Darauf sollten wir uns wohl nicht verlassen."

„Ihr macht euch ganz zu Recht Sorgen", sagte eine Stimme aus den Schatten. Hugh wirbelte zu einem der Eingänge herum, die hier unten in den Schacht führten. Aus der Dunkelheit des Tunnelganges entfaltete sich eine riesige Schattengestalt, wuchs größer und größer. „Du scheinst für dein Alter ein wunderbares Potential zu haben. Die meisten Schüler wären bei solch einem Sturz getötet worden, aber nicht du, mein junger Teufelshexer. Dennoch sind die Tiefen, in denen ihr euch befindet, bei Weitem zu gefährlich für eine Gruppe Lehrlinge."

Die Gestalt, die inzwischen 15 Fuß hoch war, trat ins Licht.

Hugh keuchte und hörte ebenso erschrockene Ausrufe von den anderen.

Vor ihnen stand ein Dämon.

KAPITEL 37

Das Aussehen des Dämons erinnerte verblüffend an die Biester, denen sie auf der ersten Ebene begegnet waren. Das Gesicht ähnelte einer Fledermaus, haarige Auswüchse bedeckten seinen Körper, und die überlangen Arme endeten in messerscharfen Klauen. Zusätzlich besaß er einen langen, nackten Greifschwanz, der in einem Stachel endete. Schwarze, schleimige Flüssigkeit tropfte daraus hervor und zischte, wenn sie den Boden berührte. Was an dem Dämon jedoch als Erstes auffiel, war sein hervorquellender Bauch, durch dessen durchscheinende Haut man die Innereien sehen konnte. Sie ähnelten auf groteske Art einer Masse zuckender Kaulquappen.

„Kein Grund, vor mir Angst zu haben, Hugh. Ich will dir nichts Böses." Das Lächeln des Dämons sollte vermutlich beruhigend wirken, enthüllte jedoch einen Mund voller Reißzähne und bewirkte genau das Gegenteil.

„Woher kennst du meinen Namen?", wollte Hugh wissen.

„Weil ich die Akademie, die sich über meinem Zuhause befindet, recht genau im Auge behalte", sagte der Dämon. „Du darfst mich Bakori nennen. Zwar ist das nur ein Bruchteil meines wirklichen Namens, aber der Rest wäre für dich … weniger leicht auszusprechen."

Hugh wich einen Schritt zurück, sodass er näher bei seinen Freunden stand. „Was willst du?"

„Oh, ich will dir helfen. Ich trage der Akademie und ihren Bewohnern keineswegs nach, dass sie meiner Spezies mit solcher … Antipathie begegnen. Und wo wir schon davon sprechen, sollte ich mich für das Benehmen meiner Brut entschuldigen. Dämonenbiester sind nun einmal weder die klügsten noch höflichsten aller Wesen."

„Du willst Hugh helfen? Wie denn?", fragte Talia misstrauisch.

Bakori richtete seinen Blick kurz auf sie, dann gleich wieder auf Hugh. „Indem ich ihm die Macht gebe, die er braucht, um seine Freunde zu retten."

In Hugh machte sich ein Verdacht breit. „Du willst, dass ich einen Hexerpakt mit dir schließe."

„Um es einfach auszudrücken, ja. Die unteren Ebenen sind extrem gefährlich, und es ist unwahrscheinlich, dass ihr lebend zurück zur Oberfläche kommt. Ich weiß wie wichtig deine Freunde für dich sind, Hugh, und bin durchaus bereit, dir bei ihrer Rettung behilflich zu sein." Wieder lächelte Bakori.

„Und was, wenn ich ablehne? Frisst du uns dann auf?", fragte Hugh.

Bakori warf ihm einen verletzten Blick zu. „Ich bin enttäuscht, dass du so etwas von mir denkst. Nur ein weiteres Beispiel für den irrationalen Hass, den deine Spezies für meine hegt. Nein, wenn du ablehnst, werde ich dir einfach erlauben, deinen eigenen Weg zu gehen."

Hugh wollte schon den Mund öffnen und das Angebot des Dämons kategorisch ablehnen, doch dann zögerte er. Bakori hatte nicht ganz unrecht, was ihre Überlebenschancen anging. Alustin und die anderen Lehrmeister hatten bei ihren Drills immer wieder betont, wie gefährlich die unteren Ebenen waren und wie viele Schüler schon gestorben waren, nur weil sie sich ein Geschoss tiefer verirrt hatten. Das hier … sah nicht aus wie die zweite Ebene.

„Wie tief sind wir?", fragte Hugh, um Zeit zu gewinnen.

„Auf der sechsten Ebene", antwortete Bakori.

Dann wartete der Dämon geduldig, während Hugh dastand und nachdachte. Die sechste Ebene war deutlich tiefer, als er erwartet hatte. Die meisten Abenteurer, die nach Skyhold kamen, drangen nicht so tief ins Labyrinth ein. Wenn doch, dann bereiteten sie sich intensiv vor. Welche Chance hatten er und seine Freunde, allein herauszukommen?

„Nun, mein junger Teufelshexer? Wie lautet deine Entscheidung?"

Hugh öffnete den Mund zu einer Antwort, auch wenn er panische Angst hatte, dass es die falsche sein würde, aber da kam Talia ihm zuvor. „Vergiss es. Er wird es nicht machen."

Gleich darauf stimmte auch Sabae mit ein. „Hugh ist ein guter Mensch und würde nie einen Pakt mit einem Dämon schließen.“

Als nächstes meldete sich Godrick zu Wort. „Wir finden scho a Weg und schaffen's allein zurück nach oben.“

Bakori blickte die drei an, und einen flüchtigen Moment flackerte Zorn auf seinem Gesicht auf, dann wandte er sich wieder Hugh zu.

„Sprechen sie an deiner Stelle, junger Teufelshexer?“

Zuerst versagte Hugh die Stimme. Er konnte nur hoffen, dass er die richtige Entscheidung traf. Kurz schluckte er, dann verkündete er: „Ja, tun sie.“

Bakori starrte ihn ausdruckslos an. „Nun gut. Dann lasse ich euch vier allein, und ihr könnt sehen, wie ihr zurechtkommt.“ Er wandte sich ab, blieb jedoch noch einmal stehen. „Falls du deine Meinung ändern solltest, Hugh, dann musst du mich nur dreimal hintereinander beim Namen rufen und mich an deine Seite wünschen. Ich werde kommen, ganz gleich, welche Gefahr dir droht. Was ich anbiete, ist nicht nur magische Macht, sondern auch echte Kameradschaft.“

Mit diesen Worten duckte er sich zusammen, um zurück in den Tunnel zu passen, und verschwand.

KAPITEL 38

„Also, was sollen wir jetzt tun?“, fragte Sabae. Sie konnte wieder eigenständig stehen und hatte sich einigermaßen davon erholt, einen Gewitterblitz mit bloßer Hand gefangen zu haben.

„Wir finden den Weg zurück nach oben, was sonst?“, meinte Talia, ohne den Blick von dem Tunnelgang zu wenden, durch den Bakori sich entfernt hatte.

„Und wie machen wir das?“, fragte Hugh.

„Wir halten gut zusamm“, sagte Godrick, „und behalten a klaren Kopf.“

„Jedenfalls sollten wir losgehen, bevor dieser Dämon seine Meinung ändert und doch noch auf die Idee kommt, uns zu fressen“, sagte Talia.

„Wird er nicht“, entgegnete Hugh.

„Woher willst du das wissen?“, fragte Talia.

„Weil er entschlossen ist, den Pakt mit mir zu schließen. Er will etwas von mir und wird nicht ruhen, bis er es bekommt.“

Einen Moment lang schwiegen alle.

„Haben wir eine Chance, durch diesen Schacht wieder zurück nach oben zu kommen?“, fragte Sabae.

Godrick ging zu einer der Wände. „I könnt probiern, den Fels in a Leiter zu verwandeln.“ Er streckte seine Hand aus. Licht flammte auf, und er zog die Finger hastig wieder weg, wobei er laut fluchte. „Verdammi, die Wand hat mi verbrannt!“

Hugh ging zu dem Fels und schaute sich die Spruchformeln darauf an. Sie waren sehr, sehr anders als alle Magie, die er bisher im Labyrinth gesehen hatte. Die Symbole waren dazu gedacht, eine enorme Menge Mana durch ihre Linien zu leiten. Und alle waren richtungsgebunden … und zwar nach oben.

„Ich glaube, das hier ist eine Art Leitung für Mana-Energie“, sagte Hugh. „Ich habe mich immer gefragt, ob das Labyrinth eher Mana absorbiert oder abstrahlt. Anscheinend stimmt Letzteres.“

„Sollten wir uns vielleicht weniger darauf konzentrieren, hier etwas zu lernen, und eher schauen, wie wir rauskommen?“, bemerkte Talia. „Ist es für Godrick sicher, die Wand umzuformen, oder nicht?“

„Auf keinen Fall“, urteilte Hugh. „Wenn er weiter versucht, Änderungen am Fels vorzunehmen, wird die Energieüberlastung durch das Mana ihn vermutlich in Flammen aufgehen lassen.“

Godrick erblasste bei dieser Vorstellung.

„Nun gut, kannst du vielleicht … die Energieleitung abschalten?“, fragte Sabae.

Hugh schüttelte energisch den Kopf. „Das ist weit jenseits meiner Fähigkeiten.“

„Dann sollten wir uns wohl mal in Bewegung setzen“, sagte Talia.

Die anderen nickten zustimmend.

Hugh warf einen letzten Blick auf den Gang, in den Bakori verschwunden war, bevor er sich abwandte und seinen Freunden folgte.

KAPITEL 39

Die sechste Ebene des Labyrinths hatte viele Gemeinsamkeiten mit der ersten. Beispielsweise waren die Tunnel ähnlich groß und fast vollständig mit Spruchformeln bedeckt. Dafür gab es aber auch merkbare Unterschiede. Hier waren die Gänge eher rund als viereckig. Und vor allem waren sie niemals still.

Auf der ersten Ebene hatte eine fast unheimliche Ruhe geherrscht. In der sechsten dagegen blies aus unerklärlichen Gründen ein dauernder Wind und er trug andere, unheimlichere Geräusche mit sich: Keckern und Knurren, bedrohliche Schritte, mechanisches Stampfen und Knirschen. Die Vier hielten sich eng beieinander, während sie sich langsam durch die Gänge des Labyrinths bewegten. Keiner von ihnen sprach. Einige Male glaubte Hugh, dass sich am Rande des Lichtscheins, den ihre Kleinzauber warfen, etwas bewegte. Aber wenn er näher hinschaute, war da nichts.

Keiner der Lehrlinge hatte die geringste Ahnung, wie diese Ebene aufgebaut war. Sie hatten sich nur mit der Ersten genauer beschäftigt. Schließlich wurden Schüler nie so weit in die Tiefe geschickt. Aus reiner Vorsicht bewegten sie sich extrem langsam voran, auch wenn sie dafür ständig den Impuls niederkämpften mussten, so schnell wie möglich von hier zu verschwinden.

In dieser Tiefe konnte jede Falle, auf die sie trafen, tödlich sein.

Sie hatten sich bereits eine gute Stunde durch die verzweigten Gänge bewegt, als sie auf etwas Neues stießen.

Vor ihnen lag eine Halle, die fast so riesig wie der Große Saal war, in der die Sichtung stattgefunden hatte. Die Decke war nicht ganz so hoch, aber immer noch um ein Mehrfaches höher als in den Tunneln.

Und das Beste war, dass die Halle zwei ganze Ebene überspannte. Aus der oberen führte ein Gang heraus.

Was den Raum außerdem besonders machte, waren die Steinstatuen. Sie standen überall: Ritter, Wasserspeier, Stiere und allerhand mehr. Statt aus dem harten Granitstein der Wände bestanden sie aus Marmor.

Hugh zeigte auf den oberen Tunnel. „Ich wette der gehört zur fünften Ebene, nicht zur sechsten."

Talia fluchte vor sich hin. „Wie sollen wir da raufkommen? Etwa, indem wir Statuen stapeln?"

Godrick marschierte wieder auf eine der Wände zu. „I könnt probiern, aus dem Stein do a Leiter zu formen, aber des dauert wohl a bissl."

Hugh musterte die Spruchformeln. „Zumindest sieht es nicht so aus, als würden die Wände darauf reagieren wie im Schacht. Ich denke, du kannst den Stein gefahrlos umgestalten."

„Ich würde jedenfalls lieber hierbleiben und auf einen sicheren Weg nach oben warten, als weiter herumzuirren und womöglich auf Ungeheuer zu stoßen", sagte Sabae.

Godrick nickte, stellte sich vor die Wand und streckte seine Hände aus. Der Stein begann sich unter seiner Berührung zu verformen wie weicher Lehm.

Leider war das nicht das einzige Gestein, das sich rührte. Die umstehenden Statuen setzten sich knirschend in Bewegung und drehten ruckartig ihre Köpfe in Richtung der Lehrlinge.

„Heilige Ziegenscheiße", sagte Talia.

„Sollten wir wegrennen?", fragte Hugh.

Godrick postierte sich mit gezücktem Kriegshammer neben sie, als die Statuen langsam von allen Seiten näherkamen. „I könnt uns a Weg mitten durchkämpfen, wenn's nötig is", sagte er.

Sabae schüttelte den Kopf. „Eine bessere Chance, auf die höhere Ebene zu gelangen, bekommen wir vielleicht nicht mehr. Also geh zurück zu deiner Leiter. Wir halten sie so lange von dir fern, wie du brauchst." Sie ballte die Fäuste, marschierte auf die nächste Statue zu – einen Ritter in voller Rüstung – und ließ einen Sturmhieb auf ihn los.

Die Statue taumelte ein winziges Stück rückwärts, ansonsten passierten nicht. Sabae konnte gerade noch rechtzeitig ausweichen, als der Ritter sein Steinschwert nach ihr schwang. Hugh erschauderte bei dem Gedanken, was die schwere Waffe hätte anrichten können.

„Die Statuen sind zu schwer, um sie mit meinem Windzauber zurückzuschlagen", sagte Sabae.

Talia grinste. „Dann bin ich jetzt dran."

Sie feuerte eine Reihe von Traumfeuerblitzen auf dieselbe Statue ab. Diesmal gab es einen deutlich sichtbaren Effekt. Der erste Blitz ließ die Brust des Steinritters zerbröseln, der zweite fror die Hälfte seines Gesichts ab. Beim dritten schrumpfte das Schwert zusammen, und beim vierten begann schließlich die gesamte Statue zu brennen. Aus dem Stein stieg eine übelriechende Rauchwolke auf und der Ritter fiel in Splittern zu Boden.

„Nimm das, du gesichtsloser Mistkerl!", johlte Talia.

„Tja … dann müssen wir jetzt nur noch ein paar Dutzend loswerden", sagte Hugh. Er warf einen Blick in Godricks Richtung. Die Leitersprossen, die er aus der Felswand formte, reichten immerhin schon gute sechs Fuß hoch.

Talia begann auch andere Statuen mit Traumfeuer zu bewerfen, allerdings brauchte sie jedes Mal mehrere Blitze, bis sie zusammenbrachen. Obwohl sich die Steinfiguren nur sehr langsam bewegten, schloss sich ihr Kreis immer enger um die Freunde. Nie im Leben konnte Talia sie allein zurückhalten.

Hugh zog seine Schleuder und einen weiteren Abwehrkiesel heraus. Er atmete tief durch, und feuerte den Stein auf eine Statue, die wie eine alte Frau geformt war. Sie wurde tatsächlich umgeworfen und ein Teil ihres Kiefers splitterte ab. Doch die nebenstehenden Figuren blieben unbeschädigt und Hugh hatte nur noch drei Abwehrkiesel übrig. Er musste zusehen, wie sich die alte Frau aufrappelte und wieder auf die Füße kam.

„Hat jemand vielleicht einen Plan?"

„Mit denen werd i scho fertig", rief Godrick aus einiger Höhe von der Wand.

„Nicht mit allen Figuren zugleich, bevor sie uns erreichen", rief Sabae zurück. „Arbeite lieber an der Leiter weiter."

Talia hörte japsend mit ihrem Beschuss auf. „Es gibt da etwas, was ich schon eine Weile probieren wollte", sagte sie.

Mit einer sichtbaren Kraftanstrengung ließ sie einen dünnen Traumfeuerstrahl aus ihrer Fingerkuppe schießen und malte damit einen Halbkreis auf den Boden vor ihnen. Wo er den Fels berührte, begannen Flammen hochzuzüngeln.

Talia ließ den Strahl aus ihrem Finger versiegen und konzentrierte sich stattdessen auf den Halbkreis. Die purpurgrünen Flammen flackerten höher und gleichzeitig verbreiterte sich die Linie auf gute drei Fuß.

„Ich kann das nicht ewig aufrechterhalten", sagte Talia, „also beeil dich gefälligst, Godrick."

Die Statuen schlurften weiter auf die Feuerbarriere zu. Ihre Konturen schienen im Licht der Flammen zu wabern und gaben ihnen einen Anschein von Leben, den sie vorher nicht besessen hatten.

Die erste Steinfigur, ein stämmiger Ringer mit Lendenschurz, erreichte den Rand der Barriere. Er blieb stehen und drehte ungelenk den Kopf von einer Seite zur anderen, um das Traumfeuer in Augenschein zu nehmen. Dann trat er schwerfällig einen Schritt vor. Sofort flackerte das Feuer höher und die Statue begann zu schmelzen - wobei die Tropfen aufwärts regneten.

Auf halbem Weg durch die Barriere brach die Steinfigur vollständig in sich zusammen und das Traumfeuer loderte knistert um sie herum. Inzwischen lief Talia vor Anstrengung der Schweiß über die Stirn. Weitere Statuen hatten den Rand der Barriere erreicht, doch die meisten begnügten sich damit zu warten, bis das Feuer herunterbrannte und sie durchließ.

Schließlich wagte ein gewaltiger Stier den nächsten Versuch. Das Traumfeuer ließ ihn zersplittern, bevor er halb hindurch war, aber weitere Schweißperlen erschienen auf Talias Gesicht.

„Beeil dich, Godrick", rief Hugh.

Mehr und mehr der Steinfiguren versuchten, durch die Barriere zu kommen, aber wurden allesamt vom Traumfeuer zerstört. Bei der sechsten fiel Talia auf ein Knie. Ihre Tätowierungen begannen zu glühen.

Dann schaffte die erste Statue es auf die andere Seite.

Der Steinaffe brannte zwar lichterloh, brach jedoch nicht in sich zusammen. Er steuerte geradewegs auf Talia zu. Hugh tastete hastig nach einem Abwehrkiesel, aber Sabae war schneller. Sie versetzte dem Affen einen Sturmhieb in die Mitte seiner vor Hitze gesplitterten Brust, und diesmal hatte sie Erfolg. Der Wind drang mit Gewalt in die Risse ein und gab dem Traumfeuer in der Tiefe des Marmors neue Nahrung, sodass die Flammen hoch aufloderten.

Der Affe explodierte, und brennende Steinsplitter wurden von Sabae fort durch die Barriere geschleudert, wo sie inmitten der übrigen Angreifer landeten. Mehrere Statuen wurden getroffen und ebenfalls entzündet.

Hugh warf wieder einen Blick hinauf zu Godrick. Er hatte mehr als den halben Weg bis zum Tunneleingang geschafft. Mit Glück sollte ungefähr eine Minute reichen. Im Licht des Traumfeuers wirkte seine Gestalt dort oben geisterhaft, wenn auch weniger gespenstisch als die Statuen.

Ein paar weiteren Steinstatuen gelang es, die Barriere zu durchbrechen. Eine Riesenschildkröte brach zusammen, kaum dass sie das Feuer durchquert hatte. Es folgte eine Gorgone, deren Schlangenhaare zu Hughs Erleichterung unbeweglich blieben. Sie brannte wie eine Fackel und wurde von Sabae in Stücke geschmettert, genau wie zuvor der Affe.

Aus der Menge von Statuen hatten inzwischen recht viele Feuer gefangen, da sie sich in dem Gedränge gegenseitig entzündeten. Trotzdem marschierten immer mehr entschlossen auf die Barriere zu. Talia konnte ihre Magie kaum noch aufrechterhalten. Sie taumelte vor Erschöpfung, und Hugh eilte zu ihr, um sie zu aufzufangen. Ihre Tätowierungen glühten so hell, dass sie Schatten warfen.

„I hab's fast nach oba geschafft", rief Godrick. „Ihr könnt's mir nachklettern."

Hugh hievte Talia auf die Füße. Manchmal vergaß er ganz, wie zierlich sie war, da ihre Persönlichkeit so viel Raum einnahm. Er stützte sie, damit sie sich rückwärts auf die Leiter zubewegen konnte, ohne die Barriere aus den Augen zu lassen.

Immer mehr Statuen drängten durch die absterbenden Flammen.

„Talia, fang an zu klettern!" Hugh musste sie regelrecht die Leiter hochheben. Als sie mühsam hinaufstieg, verglomm das letzte Traumfeuer und erlosch völlig. Zurück blieb eine halbkreisförmige Grube im Steinboden, fast einen Fuß tief, wo sich die Barriere befunden hatte. Gleichzeitig erloschen auch Talias Tätowierungen. Zwar brannten die Statuen, die sich bereits entzündet hatten, trotzdem weiter, doch viele andere, die bisher vor der Barriere zurückgeschreckt waren, kamen nun bedrohlich auf die Lehrlinge zu.

Sabae zerschmetterte eine weitere brennende Steinfigur mit einem Sturmhieb, während Hugh hinter Talia die Leiter hochzuklettern begann.

„Sabae, wir müssen weg!", rief er.

Sabae ließ einen letzten Sturmhieb los, der diesmal nichts bewirkte, und rannte auf die Leiter zu. Inzwischen hatte Godrick bereits den Tunneleingang über ihnen erreicht und half Talia, hineinzuklettern.

Hugh war auf halber Höhe, als Sabae aufschrie. Er blickte nach unten und stellte fest, dass eine Statue – eine steinerne Allegorie der Justitia mit Augenbinde – Sabae am Knöchel gepackt hatte. Panisch griff er nach seinen restlichen Abwehrkieseln, doch bevor er sie zu fassen bekam, sauste Godricks gewaltiger Kriegshammer an ihm vorbei nach unten und zerschmetterte der Statue den Kopf. Sie ließ Sabaes Knöchel los und stürzte zu Boden.

Hugh atmete erleichtert aus, als Sabae wieder zu klettern begann. Doch die Luft blieb ihm im Halse stecken, als eine weitere Ritterfigur mit ruckenden Bewegungen begann, die Sprossen hinaufzuklettern. Gleichzeitig stand die kopflose Justitia wieder auf, um ihm zu folgen.

„Schneller, Sabae!", rief Hugh und keuchte auf das Ende der Leiter zu, wo Godrick ihn das letzte Stück hochhievte und im Tunnel absetzte. Erleichtert ließ Hugh sich auf den Boden sinken, während Godrick auch Sabae hinaufzog. Talia lag bereits erschöpft im Tunnel.

„Ich glaube, mein Knöchel ist gebrochen", stellte Sabae fest.

Godrick wollte gerade einen Blick darauf werfen, als Hugh sich ruckartig aufrichtete und ihn an der Schulter packte. „Klettern sie immer noch hinter uns her?", fragte er.

Er wagte sich an den Rand des Tunnels, schaute hinab und sah den Ritter nur ein paar Fußbreit entfernt.

„Godrick, sie kommen die Leiter hoch!"

Nun kam Godrick ebenfalls an den Rand, blickte hinunter und lächelte. „Dagegen hab i mir scho was ausgedacht. A magisches Werk zu zerstörn is a Menge leichter, als es aufzubauen."

Er stampfte einmal mit dem Fuß auf, die Leitersprossen purzelten eine nach der anderen von der Wand und rissen die Statuen mit sich. Einige zerschellten auf dem Boden, aber die meisten überstanden den Sturz.

Godrick streckte die Hand nach unten aus und rief mit sichtlicher Anstrengung seinen Hammer zu sich. Die Waffe begann sich in die Luft zu erheben, doch eine grotesk fette Männerstatue packte sie am Griff und wollte sie wieder herunterziehen. Godrick keuchte, als er um den Hammer rang. Er wirkte, als könnte ihm jederzeit das Mana ausgehen. Da sauste ein Traumfeuerblitz in die Schulter der Statue und ließ sie splittern. Der Hammer landete so plötzlich in Godricks ausgestreckter Hand, dass es ihn fast umwarf. Um den Griff waren noch immer die Finger der Statue gekrallt und Godrick schüttelte sie mit einer Grimasse ab.

Keuchend ließ Hugh sich gegen die Tunnelwand sinken. Wie durch ein Wunder hatten sie es geschafft.

KAPITEL 40

Eine Weile regte sich niemand. Das einzige Licht stammte von den brennenden Statuen unten, sodass ihre Gruppe fast vollständig in Schatten gehüllt war. Schließlich rappelte Hugh sich auf und ließ wieder einen Kleinzauber aufleuchten. Er schaute sich um.

In der fünften Ebene sahen die Tunnel völlig anders aus als bisher. Hier gab es keinen glatt polierten Granit, sondern grob behauenen Sandstein, und die Decke war so niedrig, dass Godrick gerade noch aufrecht stehen konnte. Die Spruchformeln des Labyrinths, die sämtliche Oberflächen bedeckten, waren in diesem Fall nicht eingemeißelt, sondern mit blätteriger weißer Farbe aufgemalt. Hugh nahm allerdings an, dass sie weniger leicht zerstörbar waren als sie aussahen.

Die fünfte Ebene war zwar nicht so still wie die erste, aber es gab wesentlich weniger unheimliche Geräusche als in der sechsten. Die meisten stammten im Moment aus dem Statuensaal.

Godrick hatte angefangen, Sabaes Knöchel zu versorgen. Da sie nicht sicher sein konnten, ob der Knochen wirklich gebrochen oder nur verstaucht war, gipste er lieber den ganzen Fuß in eine dünne Steinschicht ein. Außerdem fertigte er eine steinerne Krücke für sie an.

„Das wird mich sehr verlangsamen", sagte Sabae.

„Mir sollten noch mehr Kämpfen aus'm Weg gehen, gell?", stellte Godrick fest.

Keiner antwortete darauf. Hugh bezweifelte, dass jemand das für realistisch hielt. Talia hatte so viel Mana verbraucht, dass sie aussah, als könne sie sich kaum noch wachhalten. Obwohl der Äther im Labyrinth überreich war, würde es einige Zeit dauern, bis ihre Reserven sich wieder gefüllt hatten.

„Sandstein ... des macht a gar kein Sinn", sagte Godrick. „Der Berg is a Granitblock durch und durch."

„Das hier ist eben das Labyrinth", stellte Sabae fest, als sei damit alles erklärt.

Vielleicht war es das sogar.

Hugh blickte den Tunnel entlang und hätte fast erschrocken aufgeschrien. Weiter hinten war etwas. Da es sich nicht regte, wagte Hugh sich langsam vorwärts.

Es war ein menschliches Skelett, an dem Kleiderfetzen hingen.

Diesmal schrie Hugh wirklich.

Godrick eilte an seine Seite. Als er sah, um was es sich handelte, ließ er seinen Hammer sinken.

„Wie lang mag der scho do liegen?", murmelte Godrick.

„Sehr lange, würde ich sagen", erwiderte Hugh.

Er wollte sich gerade abwenden, als ihm ein Funkeln in die Augen sprang. Als er sich niederbückte, entdeckte er ein schimmerndes Ding im Brustkorb des Skeletts. Er griff zwischen die Rippen hinein, zog das Objekt heraus und wischte den Staub ab.

Es handelte sich um eine Art Amulett: ein schlichter polierter Stein, nur ungefähr einen Daumen breit und einen halben lang, an einem silbernen Anhänger. Er war rundum in ein schmales silbernes Band eingefasst. Unglaublich zierliche und komplexe Runenmuster bedeckten das gesamte Metall. Vermutlich war der Anhänger einst an einer Schnur oder einem Lederhalsband befestigt gewesen, doch davon hatten die Jahrhunderte nichts übrig gelassen.

Der Stein wirkte nicht wie ein funkelndes Juwel oder etwas ähnlich Wertvolles. Er besaß eine matte rotorange Farbe, die an Ziegel erinnerte, und war von dunklen Steifen durchzogen. Sie waren nicht ganz waagerecht, sondern standen in einem schrägen Winkel, und auch nicht wirklich gerade, sondern leicht gebogen. An einigen Stellen wurden die Linien von Leerstellen unterbrochen. Das Ganze sah fast aus wie ...

„Des is a Labyrinth!", sagte Godrick.

Hugh drehte das Medaillon um. Die Rückseite war fast identisch, nur dass der Stein hier flach und nicht gewölbt war, um ihn besser auf der Brust tragen zu können. Der Silberanhänger bedeckte ein gutes Viertel der orangen Steinfläche und war mit weiteren Runen beschriftet.

Hugh und Godrick gingen zu den anderen zurück, um ihnen ihren Fund zu zeigen. Niemand wusste, was die Runen bewirkten, aber jedenfalls bestand kein Zweifel, dass es sich um ein magisches Artefakt handelte. Hugh steckte den Stein in seine Gürteltasche.

Sie brauchten noch gute zehn oder 15 Minuten, bevor die ganze Gruppe sich genug erholt hatte, um weiterzugehen. Talia sah immer noch völlig erschöpft aus, Godrick nicht viel besser, und Sabae zuckte bei jedem Schritt vor Schmerz zusammen. Der Einzige in halbwegs guter Verfassung war Hugh.

Und auch wenn seine Ausbildung in den vergangenen Monaten mit Riesenschritten vorangegangen war, wusste er doch: Er war immer noch ziemlich nutzlos.

Niemand warf einen Abschiedsblick auf den Statuensaal, als sie gingen. Darauf konnten alle gut verzichten.

Als sie sich in Bewegung setzten, blieb Hugh neben Talia.

„Ohne dich wären wir alle gestorben", sagte er.

„Ich bin sicher, euch wäre etwas eingefallen", sagte Talia.

Hugh schüttelte den Kopf. „Godricks Hammer hat die Statuen kaum aufhalten können und Sabae Sturmhieb ebenso wenig, bis sie durch dich rissig genug geworden sind. Dein Traumfeuer hat wirklich enorme Macht, Talia. Kein normaler Feuermagier hätte den Steinfiguren etwas anhaben können."

Talia wurde ein bisschen rot. „Alustin weiß anscheinend, was er tut", sagte sie nur.

Danach schwiegen alle eine Weile. Was vermutlich auch mit der wachsenden Anzahl von Gerippen zu tun hatte, an denen sie vorbeikamen.

KAPITEL 41

Die meisten Knochen lagen zerbrochen und verstreut herum und nur wenige waren menschlich. Die meisten sahen aus, als würden sie von diversen Ungeheuern stammen. Hugh musste inzwischen auf jeden seiner Schritte achten, wenn er nicht darauf treten wollte. Die Gruppe hielt kurz an und diskutierte in gedämpftem Flüsterton, ob sie umdrehen sollten, aber keiner von ihnen wollte sich noch einmal dem Statuensaal nähern. Im Weitergehen hofften sie auf eine Abzweigung. Bisher hatten sie keine Möglichkeit gehabt, einen anderen Weg zu wählen.

Während sie sich weiter durch den Tunnel bewegten, wurden sie immer angespannter. Godrick wagte nicht einmal, einen Fluch auszustoßen, als er mit dem Kopf gegen die Decke rammte.

Es ließ sich nur unschwer übersehen, dass auf der weißen Farbe der Spruchformeln immer wieder krümelige Flecken aus getrocknetem Rostbraun prangten.

Die Knochenmenge hatte inzwischen so zugenommen, dass Hugh fast schon bereit war, umzukehren und sich noch einmal den Statuen zu stellen. Da öffnete sich der Tunnel zu einer Höhlenhalle mit zwei Ausgängen. Sie war so groß, dass das Licht der Kleinzauber kaum bis zur gegenüberliegenden Wand reichte … und sie war vollständig mit Knochen bedeckt. An einigen Stellen häuften sie sich mehrere Fuß hoch. Dazwischen ragten Tropfsteine auf, die aus der Decke und dem Boden wuchsen.

Hugh betrachtete die Ausgänge. Der eine sah wie eine Fortsetzung des Tunnels aus, durch den sie gekommen waren, während der andere entschieden größere Ausmaße hatte.

Godrick beäugte die Höhle nervös. „In Sandstein kann's so a Tropfsteine gar ned geben", stellte er fest.

„Das ist deine größte Sorge?", fragte Talia gereizt.

„Aber des is falsch", sagte Godrick.

„Wir sind nun einmal im Labyrinth", meinte Sabae.

„Ich stimme dafür, den kleineren Ausgang zu nehmen", sagte Hugh. „Bei dem größeren habe ich ein schlechtes Gefühl."

„Erinnerst du dich, was ich über dein Bauchgefühl gesagt habe?", stichelte Talia.

„I mag den größeren aa ned", sagte Godrick.

„Und ich bin ebenfalls dafür, ihn zu vermeiden", sagte Sabae.

„Gut, wenn ihr alle einer Meinung seid, soll es mir recht sein", sagte Talia. Sie piekte Hugh mit einem Finger in den Magen. „Aber falls wir im Schlamassel landen, gebe ich Hughs Bauch die Schuld."

Hugh rieb sich unauffällig über die schmerzende Stelle, als Talia sich abwandte.

Sie befanden sich ungefähr in der Mitte der Halle, als sie aus der Ferne ein Geräusch hörten, das an einen schrillen Insektenschwarm erinnerte. Es ertönte aus dem großen Höhlenausgang.

„Was ist das?", fragte Hugh. „Noch mehr Dämonenbiester?"

„I glaub ned", sagte Godrick. „Die ham a andern Gestank. Des do riecht eher wie a … Krabbensalat?"

Da stob eine Wolke kleiner fliegender Geschöpfe aus dem Tunnel. Zuerst dachte Hugh weiter an einen Insektenschwarm, doch sie bewegten sich auf eine Art durch die Luft, die irgendwie nicht stimmte.

Talia schoss einige Traumfeuerblitze auf das Gewimmel ab, dann ging ihr bereits wieder die Magie aus, und sie musste aufhören. Hugh griff nach einem Abwehrkiesel. Bevor er ihn benutzen konnte, stürzte sich der Schwarm schon auf sie.

Es waren keine Insekten, sondern orangefarbene Krebse mit Käferflügeln. Hugh schrie auf, als sie beißend und kneifend über jedes erreichbare Stück Haut herfielen. Seinen Freunden erging es nicht besser.

„Duckt euch!", rief Sabae.

Hugh warf sich gerade noch rechtzeitig zu Boden, bevor ihn ein orkanartiger Windstoß traf. Die Böe ließ ihn über den Steinboden schlittern, bis er gegen einen Stalagmiten rammte, der aus einem Knochenhaufen hervorragte. Flugkrebse und Knochenstücke hagelten auf ihn ein und der Sturm tobte noch immer. Hugh geriet wieder ins Schlittern und griff hastig nach dem Stalagmiten, um sich festzuhalten. Dennoch spürte er, wie er langsam von dem glatten Stein abrutschte. Bevor er ganz den Halt verlieren konnte, flaute der Wind endlich ab.

Hugh brauchte einen Moment, um wieder auf die Beine zu kommen. Sein ganzer Körper war mit blauen Flecken und zermatschten Krebsstücken übersät. Sabae sah ähnlich mitgenommen aus. Um den Wind herbeizurufen, hatte sie einmal scharf in die Hände geklatscht und stand noch immer in dieser Pose mit über dem Kopf zusammengepressten Handflächen da. Godrick war es gelungen, Talia rechtzeitig zu packen und seinen Hammer im Fußboden zu versenken. Nun ließ er den Sandstein mit einem Zauber nachgiebig werden und von der Waffe wegfließen, um sie wieder zu befreien.

„Was im Namen der Hundert Clans war das?", fragte Talia. Beiläufig ließ sie einen einzelnen Flugkrebs in Flammen aufgehen, der den Sturm überlebt hatte.

Erschöpft antwortete Sabae: „Unkontrollierte Windmagie. Die Art von Zauber, die ich mir in meiner Ausbildung eigentlich abgewöhnen sollte."

Godrick schnupperte an seinem Oberteil. „Sag mal, Hugh, wie wär's wieder mit deinem Putzspruch?"

Also säuberte Hugh die ganze Kleidung von Krebsinnereien und reichte seine Murmel herum, die Gerüche aufsog. Wenigstens war er zu *irgendetwas* nütze, dachte er bitter.

Ihre Gruppe war gerade bereit, aufzubrechen und weiterzugehen, als plötzlich ein neues Geschöpf aus dem großen Tunnel auftauchte. Es war ein weiterer Krebs, aber sein Panzer war sieben Fuß hoch und mindestens doppelt so breit. Durch die Knochenhaufen kam er angriffslustig direkt auf sie zu.

Talia schoss einen Traumfeuerblitz ab, der jedoch auf halbem Weg verglomm. Sabae und Godrick machten sich zum Kampf bereit. Man konnte sehen, wie Sabae ihr Wind-Mana in einer immer dichteren Kugelform um die Faust wirbeln ließ, während Godrick seinen Hammer zum Schlag erhob.

Diesmal war auch Hugh vorbereitet. Er hatte die Hand noch immer in der Gürteltasche, weil er gerade die Murmel weggesteckt hatte, also konnte er blitzschnell einen Angriffskiesel herausziehen. Er riss die Schleuder in die Höhe und schwang sie herum. Der Krebspanzer sah enorm dick und fest aus, und wenn Hugh ihm etwas anhaben wollte, musste er einen schwachen Punkt finden …

Dort. Die Mundwerkzeuge. Er musste es nur schaffen, den Kiesel durch sie hindurch in die Mundöffnung zu befördern.

Hugh atmete tief durch, zielte und ließ beim Ausatmen den Kiesel fliegen, der geradewegs auf den Kopf des Krebses zuschwirrte und einen dick gepanzerten Punkt an der Seite traf.

Die Explosion reichte, um ein paar Risse in die Krebsschale zu brechen, aber das Tier wurde dadurch nicht einmal langsamer. Panisch tastete Hugh nach einem seiner letzten beiden Kiesel. Bevor er den nächsten aus seiner Gürteltasche ziehen konnte, warf sich der Krebs schon krachend auf Godrick und Sabae.

Sabaes Sturmhieb schien das Tier kaum zu beeindrucken. Es schlug mit der Rückseite seiner Schere nach ihr, sodass sie im hohen Bogen nach hinten flog. Irgendwie gelang es ihr, einen weiteren Windstoß so auf den Boden zu richten, dass ihr Sturz abgefangen wurde.

Godricks Hammer brach allerdings ein tiefes Loch in den Panzer. Eine eklige blaue Flüssigkeit tropfte aus den Rissen in der Krebsschale.

Leider war das Ungetüm trotzdem noch quicklebendig. Ein weiterer Hieb mit seiner Schere riss Godrick trotz seiner Körperkräfte von den Füßen, sodass er in einen Haufen Knochen hineinrollte. Immerhin gelang es ihm, den Hammer rechtzeitig zu heben, um den nächsten Schlag abzublocken, aber dafür traf ihn ein spitzes Krebsbein. Es bohrte sich in Godricks Oberschenkel, sodass er aufschrie, den Hammer fallen ließ und stattdessen an dem Krabbenkörperteil zerrte.

Der Krebs ließ seine Schere aufschnappen und griff hinunter nach Godrick.

Die Zeit schien sich zu verlangsamen und stehen zu blieben. Hughs tastende Finger fanden einen der letzten zwei Abwehrkiesel, und er begann ihn aus der Gürteltasche zu ziehen, wobei er sich vorkam, als würde er sich durch klebrigen Honig bewegen.

Neben ihm stieß Talia einen wortlosen Schrei aus und ihre Tätowierungen erwachten glühend zum Leben.

Und dann fingen die Knochen unter dem Krebs plötzlich an, in die Höhe zu wuchern.

Es sah aus, als würden aus den verstreuten Skeletten auf dem Boden Feuerflammen züngeln, nur dass sie aus Knochen bestanden und pfeilschnell nach oben schossen. Sie trafen das Unterteil der Krebsschale, durchbohrten sie an mehreren Stellen und besaßen tatsächlich so viel Kraft, dass sie das gesamte Tier vom Boden hoben. Zuerst baumelte Godrick mitsamt dem Krebsbein in der Luft, bis die scharfe Spitze endlich aus seinem Oberschenkel rutschte. Mit einem Schmerzensschrei fiel er zu Boden.

Das Ganze dauerte nur Sekunden, dann hörten die Knochen zu wachsen auf, aber bildeten nun einen stabilen, käfigartigen Wall, in dem ein tobender Krebs gefangen war. Er fuchtelte wild mit den Scheren und rammte seinen Körper dagegen.

Im Knochenwall begannen sich Risse zu bilden, jedoch nicht durch den Ansturm des Tieres. Ein verzweigtes Muster wuchs vom Boden empor, und es *glühte* wie Kaminkohle.

„Bringt Godrick außer Reichweite!", sagte Talia, bevor sie zusammenbrach.

Hugh machte unwillkürlich einen Schritt auf sie zu, dann drehte er um und rannte zu Godrick. Irgendwie gelang es ihm, seinem schwergewichtigen Freund hoch zu helfen und ihn zu stützen, sodass er mit seinem unverletzten Bein humpeln konnte. Beide fühlten die Hitze, die vom Knochenwall zu ihnen waberte, als würden sie direkt neben einem Schmiedefeuer stehen.

„Mach di besser davo, Hugh", sagte Godrick. „I komm scho klar."

Hugh tat so, als würde er ihn nicht hören, und stützte ihn weiter.

„Hugh, nu hör doch ...", begann Godrick noch einmal.

„Nein", sagte Hugh, ohne loszulassen. Inzwischen war die Hitze regelrecht schmerzhaft geworden und hinter ihnen ertönte ein lautes Knacken.

Godrick schaute sich um. „Ducken!", schrie er, warf sich auf Hugh und begrub ihn unter noch rechtzeitig, bevor der ganze Knochenwall mit unglaublicher Gewalt explodierte.

KAPITEL 42

Obwohl Godrick ihn abschirmte, spürte Hugh eine gewaltige Woge von Hitze und Druck über sich hinwegrollen. Knochensplitter wirbelten herum und schlitzten die Haut seines Arms auf. Einen Moment lang wurde ihm schwarz vor Augen. Als er kurz darauf wieder zu sich kam, regneten immer noch Knochenstücke und Krebsreste auf den Boden.

„Danke, Godrick, und jetzt geh bitte von mir runter", sagte Hugh.

Sein Freund antwortete nicht.

„Godrick?"

Nun bekam Hugh es mit der Angst zu tun. Es gelang ihm, sich unter Godricks massigem Körper herauszuwinden. Er keuchte erschrocken, als er den Rücken seines Freundes sah.

Der Stoff seines Oberteils war hinten völlig weggeschmurgelt und eine erschreckende Menge Knochensplitter ragte aus seiner Haut. Der Größte war bestimmt sechs Zoll lang, und wer konnte schon wissen, wie tief er im Fleisch steckte? Godricks gesamter Rücken war entsetzlich verbrannt, teilweise regelrecht schwarz verrußt.

Einen Moment lang fürchtete Hugh schon, sein Freund sei tot, bis er sah, dass sich Godricks Rücken in flachen Atemzügen hob und senkte.

„NEIN!" Sabae humpelte auf sie beide zu, so schnell es mit ihrem steinernen Verband möglich war, und fiel neben Godrick auf die Knie.

„Er ist am Leben, aber ich weiß nicht, für wie lange noch", sagte Hugh voller Sorge.

Sabae standen Tränen in den Augen. Sie streckte die Hand nach Godrick aus, aber hielt inne, bevor sie seine Wunden berührte.

„Nein", wiederholte sie still und entschlossen.

Dann legte sie beide Hände gleichzeitig mit festem Druck auf Godricks Rücken. Sie atmete tief ein und ihre Finger begannen zu glühen.

Erschrocken stolperte Hugh einen Schritt zurück. Leuchtende Linien breiteten sich über Godricks Rücken aus. Die verbrannten Stellen schrumpften, sobald das Licht über sie hinweg strich, und Knochenstücke wurden aus den Wunden gedrängt, weil das Fleisch wieder heilte. Sogar der allergrößte Splitter ruckte heraus und enthüllte das entsetzlich lange Stück, das in Godricks Körper gesteckt hatte.

Die leuchtenden Linien strömten Godricks Bein entlang und bildeten einen Knotenpunkt an der Stelle, wo das spitze Krebsbein gesessen hatte. Selbst diese tiefe Wunde begann zusammenzuwachsen.

Dann erlosch das Licht und Sabae sank rückwärts zu Boden.

Godrick war keineswegs völlig geheilt, aber er schien wesentlich leichter zu atmen als vorher. Auch die Blutungen waren weniger geworden, und es wirkte nicht mehr, als sei er in Lebensgefahr. Sabae setzte sich auf und warf Hugh einen zutiefst unglücklichen Blick zu.

„Ich hatte geschworen, meine Heilerkräfte nie zu benutzen", sagte sie.

„Du hast gerade das Leben unseres Freundes gerettet", stellte Hugh fest. „Das ist doch kein Grund, sich zu schämen."

„Was spielt das schon für eine Rolle?", erwiderte Sabae. „Wir werden sowieso alle hier unten sterben."

Hugh gab keine Antwort. Er sah zu Talia, die gerade wieder zu sich kam und sich zu rühren begann.

In ihm stieg brodelnder Zorn auf. Nicht auf das Krebsungeheuer oder die Statuen. Nicht einmal auf Rhodes, obwohl sie ohne den Neffen des Königs nie hier unten gelandet wären. Nein.

Sein Zorn war einzig und allein gegen sich selbst gerichtet.

Er war nutzlos. Was half es schon, dass er magische Barrieren und Kleinsprüche erfinden konnte? Wenn es wirklich darauf ankam, war er unfähig, sich oder seine Freunde zu beschützen.

Er drehte sich um und stapfte davon. Dabei pumpte er Mana in den Lichtzauber, der neben ihm her schwebte, bis es fast schmerzte, hineinzusehen.

„Hugh?", fragte Sabae.

Er ignorierte sie, marschierte auf den großen Höhleneingang zu und wagte sich ein paar Schritte hinein. Der Gang endete bald in einer weiteren Tropfsteinhalle. Sie war kleiner und hatte keinen Ausgang. Hugh suchte nach überlebenden Krebstieren, aber konnte keines entdecken. Dafür fand er in einem flachen Höhlenteich etwas, das verdächtig nach Eierbeuteln aussah.

Er ging zu den anderen zurück.

„In der Nebenhöhle gibt es keine Krebse mehr und sie lässt sich garantiert besser verteidigen als diese."

Talia gesellte sich humpelnd zu ihnen.

„Was nützt das schon?", murmelte Sabae. „Wir kommen niemals lebend aus dem Labyrinth."

„Man gibt nicht einfach auf!", sagte Talia. „Erst wenn man aufgibt, hat man verloren."

Sabae schaute zu ihnen beiden auf, dann nickte sie kurz.

Irgendwie gelang es ihnen gemeinsam, den besinnungslosen Godrick in die Nebenhöhle zu bugsieren. Kaum hatten sie ein Stück Boden von Knochen freigeräumt und Godrick dort niedergelegt, verließen auch Talia und Sabae wieder die Kräfte. Wie betäubt schliefen sie neben ihm ein. Kurz überlegte Hugh, ob er Hilfe brauchen würde und eine von ihnen wachrütteln sollte, verwarf den Gedanken jedoch.

Bisher hatten seine drei Freunde alles getan, um ihre Gruppe aus dem Labyrinth zu retten, und Hugh überhaupt nichts. Er streifte sein Spruchbuch von der Schulter und begann mit der Arbeit.

Als Erstes verankerte er mehrere Lichtzauber an verschiedenen Stalagmiten und Stalaktiten, bis die Seitenhalle gut erleuchtet war.

Dann begann er, möglichst große Knochen an der schmalsten Stelle des Seitentunnels aufzuschichten. Er brauchte Stunden dafür, doch schließlich war es ihm gelungen, den Eingang zu ihrer Tropfsteinhalle mit einem Geflecht aus Knochen zu verrammeln.

Vermutlich würde es kein wirklich entschlossenes Ungeheuer aufhalten können, aber besser als nichts.

Als nächstes wandte er sich dem Höhlenteich zu. Ein einfacher Kleinspruch genügte, um das Wasser auf Trinkbarkeit zu prüfen. Besonders sauber war es nicht, doch immerhin genießbar. Er füllte alle Trinkflaschen wieder auf.

Dabei fiel sein Blick auf die Krebseier und seine Augen wurden schmal.

Wie von selbst fügte sich in seinen Gedanken ein Kleinspruch zusammen. Im Grunde handelte es sich um einen schlichten Levitationszauber ... ähnlich dem allerersten, den er erfolgreich durchgeführt hatte, nur mit sehr genauen Zielvorgaben.

Extrem langsam und vorsichtig ließ er sämtliche Eier an den Rand des Wasserbeckens schweben, ohne eines zu verlieren. Dann ergriff er einen Oberschenkelknochen und zerstörte systematisch jedes einzelne davon. Er ließ den Knochen wieder und wieder auf die schleimigen Kugeln niedersausen, wobei er sich selbst und seine ganze Umgebung mit eklig stinkender Flüssigkeit bespritzte.

Nach einer Weile brach der Knochen entzwei und Hugh warf ihn zu Boden. Überraschenderweise waren die anderen von dem Lärm nicht aufgewacht.

Hugh nahm sich als Nächstes die kleine Seitenhalle vor und begann sie abzusuchen. Vielleicht gab es hier versteckte Schätze wie das Amulett, das er bei dem Skelett entdeckt hatte.

Besonders viel fand er nicht. Offenbar hatten die Flugkrebse keine menschliche Art von Intelligenz besessen, und wenn etwas Wertvolles in ihrer Höhle gelandet war, dann nur aus reinem Zufall. Hugh entdeckte ein paar Goldmünzen, einen mit Runen beschrifteten Dolch und einen magischen Schild, der so verbeult war, dass die Zauber darauf vermutlich nicht mehr wirkten.

Als er auch mit dieser Aufgabe fertig war, verstärkte er die Knochenbarrikade noch ein bisschen mehr und fügte einige Schutzzauber hinzu, um sie wirksamer zu machen.

Zuletzt säuberte er sich und seine Freunde von den Eier- und Krebsresten, wobei ihm die Glasmurmel half, auch den Gestank zu entfernen.

Danach hockte er sich an den Höhlenteich und sah sich nach einer weiteren Aufgabe um. Aber mehr gab es nicht zu tun.

Er konnte nur hier sitzen und grübeln.

Nutzlos. Er war wirklich nutzlos. Der Gruppe hatte er kein bisschen helfen können. Seine Abwehrkiesel hatten sich als wertlose Spielerei herausgestellt, zumal er so dumm gewesen war, sie in seiner Gürteltasche zu verstauen, wo er nie schnell genug an sie herangekommen war. Beim Angriff der Statuen hatte er überhaupt nichts ausrichten können, und die anderen drei waren gezwungen gewesen, ihn zu retten. Beim Angriff der Krebse war es wieder genauso gewesen. Hugh war für seine Freunde nur ein Klotz am Bein.

Und ohne ihn würden sie gar nicht erst in dieser Lage stecken. Rhodes hätte keinen Wutanfall bekommen und einen Kampf vom Zaun gebrochen. Niemand wäre durch den Schacht in die Tiefe gestürzt.

Bei jeder neuen Gefahr hatten seine Freunde bewiesen, dass sie der Herausforderung gewachsen waren. Talia hatte zum ersten Mal ihre Bindung an Knochen benutzt, um alle vor dem Riesenkrebs zu retten. Godrick hatte sich für Hugh buchstäblich vor eine Explosion geworfen. Sabae hatte für Godrick den Schwur gebrochen, niemals ihre Heilerkräfte zu benutzen. Und Hugh? Er war nur überflüssiger Ballast.

Eine leise Stimme in seinem Kopf versuchte ihn daran zu erinnern, dass er im Schacht die gesamte Gruppe mit einem Levitationszauber gerettet hatte, aber er hörte nicht darauf.

Je länger er dasaß, desto zorniger wurde er auf sich selbst. Er begann sich zu hassen wie noch nie jemanden in seinem ganzen Leben – weder seine Tante, seinen Onkel, seine fiesen Vettern, seine ignoranten Klassenlehrer noch Rhodes. Die Welt wäre besser, wenn es darin niemanden wie ihn gäbe. Von einem Magier aus Emblin war nichts Gutes zu erwarten.

Seine Wut wuchs immer weiter, bis Hugh das Gefühl hatte, gleich würde sie aus ihm herausexplodieren, und dann, ganz plötzlich … versiegte sie.

Stattdessen brach Hugh in Tränen aus.

KAPITEL 43

Hugh hatte keine Ahnung, wie lange es dauerte, bis er endlich zu weinen aufhörte. Er fühlte sich nur leer und innerlich zerbrochen. Seine Freunde würden sterben und er konnte nichts dagegen tun. Er war bloß ein Stück nutzloses Nichts.

Sein Blick fiel auf die drei und dann wurden seine Augen schmal.

Nein. Es gab doch eine Sache, die er tun konnte.

Er tappte zu ihren schlafenden Gestalten, doch weckte sie nicht auf. Stattdessen griff er nach seinem Spruchbuch und ging wieder zu dem Wasserbecken.

Er setzte sich an den Rand des unterirdischen Teichs und starrte einen Moment auf das Buch in seinem Schoß, dann auf die Wasserfläche.

Hier in der Tropfsteinhöhle war es … überraschend schön. Er hatte keine Ahnung, wie lange sie schon im Labyrinth steckten, aber es fühlte sich mindestens wie ein ganzer Tag an, und Hugh war müde bis auf die Knochen. Jeder Muskel in seinem Körper schmerzte und er hatte überall Schrammen und blaue Flecken. An einer Hand war eine Brandwunde, bei der er sich nicht einmal erinnern konnte, wie er sie bekommen hatte.

Trotz all der Schrecken des Labyrinths war es hier am unterirdischen Teich seltsam friedlich. Flache Wellen warfen das Licht des Kleinzaubers an die Höhlendecke, und Hugh verbrachte eine ganze Weile damit, einfach nur den leuchtenden Mustern zuzuschauen, die sich dort oben spiegelten.

Doch schließlich atmete er tief durch und öffnete sein Spruchbuch. Er blätterte langsam durch die Seiten und inspizierte seine Aufzeichnungen über verschiedene Schutzzauber, die er in den wenigen Wochen seit seinem Geburtstag entworfen hatte. Als er die leeren Seiten erreicht hatte, blätterte er ein bisschen schneller, aber konnte sich immer noch nicht dazu bringen, sich wirklich zu beeilen.

Schließlich erreichte er doch eine bestimmte Seite fast am Ende des Buches. Eine Seite, auf die er einen Hexerpakt kopiert hatte, der aus einem Buch voller verbotener Rituale stammte.

Es gab etwas, mit dem er seinen Freunden helfen konnte. Und der einzige Preis, den er dafür zahlen musste, war ein Pakt mit einem Dämon.

„Bakori. Bakori. Ba …"

KAPITEL 44

Bevor er den Namen zum dritten Mal aussprechen konnte, rutschte etwas hinten aus dem Spruchbuch und streifte seine Hand. Das Wort blieb ihm im Hals stecken.

Es handelte sich um einige schlichte Blätter Papier, doch plötzlich fühlte Hugh neue Hoffnung in sich aufsteigen.

Die Papierseiten hatte er aus einem Indexport in der Großen Bibliothek gerissen.

Vorsichtig und mit zitternden Händen zog Hugh sie aus dem Spruchbuch und starrte sie an. Der Hexerpakt war vergessen.

Indexseiten konnten dem, der eine Suchanfrage darauf schrieb, den Weg zu jedem Buch in der Bibliothek weisen. Was bedeutete, sie konnten Hugh und seine Freunde aus dem Labyrinth führen.

Hastig tastete Hugh nach der Schreibfeder und dem Tintenfässchen. Er zog sie hervor, schlug das Buch zu und benutzte es als Unterlage.

Seine Hände zitterten so sehr, dass er Tinte über die ganze Seite kleckste. Zuerst fiel ihm nicht ein, wonach er fragen sollte, dann begann er zu lächeln.

74 praktische Anwendungen für Drachenmist.

Einen Moment lang reagierte die Seite nicht, und Hugh hatte das Gefühl, sein Herz würde aussetzen. Doch dann erhob sich das Blatt Papier abrupt in die Luft und begann sich zusammenzufalten. Ihm kam es vor, als würde es endlos dafür brauchen. Als es fertig war, flatterte eine schlichte Kranichfigur vor Hugh in der Luft.

Der Kranich segelte über den Höhlenteich und kam zurück, kreiste einmal über Hughs schlafenden Freunden und kam wieder zurück.

Verzweifelt musste Hugh zusehen, wie die Seite sich entfaltete und auf das Buch niedersegelte. Zwei kurze Sätze standen darauf.

Aufenthaltsort unbekannt. Lokalisierung des verlangten Titels nicht möglich.

Hughs Hoffnung brach in sich zusammen. Zornig warf er das Papierblatt beiseite, schlug das Spruchbuch wieder auf und starrte auf den Hexerpakt.

Er hätte sich denken können, dass es keinen leichteren Weg aus dieser Falle gab. Einfache Lösungen kamen im Leben von Hugh dem Nutzlosen nicht vor.

Er holte tief Luft und machte sich bereit, Bakori heraufzubeschwören.

Dann hielt er inne, und sein Blick huschte noch einmal zur der Indexseite, die neben ihm am Teich lag.

Dann wieder zum Hexerpakt.

Dann wieder zur Indexseite.

In seinem Herzen glomm ein neuer winziger Hoffnungsfunke auf.

Hastig griff er nach dem Blatt Papier am Wasserufer.

Was hatte Alustin noch am Tag der Sichtung gesagt, als er Hugh zum ersten Mal erklärte, er habe Hexermagie?

Ein Hexerpakt konnte mit jeder Wesenheit geschlossen werden, die ein Bewusstsein besaß.

Oder die das Potential hatte, ein Bewusstsein zu entwickeln.

Und Alustin hatte ihnen über den Index erzählt, er sei „ein magisches Konstrukt mit einer Art Bewusstsein"?

Hugh tauchte seine Schreibfeder wieder in die Tinte und schrieb unter die Auskunft **Lokalisierung des verlangten Titels nicht möglich.**

Bist du immer noch mit dem übrigen Index verknüpft?

Ich bin der Index.

Ich meine, hat diese Seite weiterhin eine nutzbare Verbindung?

Ja, obwohl die Suchfunktion zu unserem Bedauern nur eingeschränkt aktivierbar ist.

Hugh atmete tief durch, bevor er die Feder wieder aufs Papier setzte.

Ich will einen Hexerpakt mit dir schließen.

Zuerst kam keine Antwort. Hugh wartete eine gefühlte Ewigkeit, auch wenn es in Wirklichkeit wahrscheinlich nur Sekunden waren.

Ihm begann das Herz schwer zu werden. Seine Idee war wieder reine Zeitverschwendung gewesen.

Doch endlich erschienen ein paar neue Worte auf dem Papier.

Entschuldigung, Sie wollen *was?*

Hugh begann zu grinsen.

Ich will einen Hexerpakt mit dem Großen Index schließen.

Einen Moment bitte. Kein Präzedenzfall. Verarbeitung der neuartigen Suchanfrage wird eingeleitet.

Hugh wartete ungeduldig. Diesmal verging fast eine Minute, bevor die Seite wieder reagierte. Plötzlich erschienen Buchstaben in schwungvoller Schrift, die merkbar lebendiger wirkte als zuvor. Hätte Hugh versuchen sollen, Buchstaben ein Gefühl zuzuordnen, dann hätte sein Urteil gelautet: überrumpelt und schockiert.

Welchen denkbaren Grund könntest du für diesen Wunsch haben?

Ich bin ein Lehrling, der bei der Abschlussprüfung versehentlich in eine tiefere Ebene des Labyrinths geraten ist. Die anderen Schüler meiner Gruppe sind erschöpft und verwundet. Einen Hexerpakt zu schließen und dadurch zusätzliche magische Affinitäten zu bekommen, ist meine einzige Chance, sie lebend hier herauszubringen.

... Mit wem spreche ich? Man spielt dem Index keine Streiche. Das ist ein ernsthafter Verstoß gegen die Bibliotheksregeln.

Mein Name ist Hugh aus Emblin. Zu meiner Gruppe gehören Sabae Kaen Dazs, Talia vom Clan Castis und Godrick, der Sohn von Artur Mauerbrecher. Ich will dem Index keinen Streich spielen. Wir sind in einer Höhle eingeschlossen, die sich auf der fünften Ebene des Labyrinths befindet ... zumindest, falls man der Aussage eines Dämons trauen kann, der mich dazu bringen wollte, einen Pakt mit ihm einzugehen. Im Moment wirkt unser Unterschlupf sicher, aber wer weiß, wie lange das so bleibt.

... Dämon?

Das ist eine längere Geschichte, aber ja. Hier unten im Labyrinth wandert ein Dämon namens Bakori herum, der mir genug magische Macht versprochen hat, um meine Freunde zu retten. Aber ich würde wirklich ungern einen Vertrag mit ihm schließen.

Sehr verständlich. Verträge mit Dämonen haben die Angewohnheit, übel zu enden.

Allmählich hatte Hugh den Verdacht, dass der Große Index entschieden mehr Bewusstsein besaß, als Alustin ihm zutraute.

Diese Anfrage ist … äußerst ungewöhnlich. Ich werde ein paar Minuten brauchen, um deine Aussagen zu verifizieren.

Hugh lehnte sich zurück und erlaubte sich ein Lächeln.

Das klang schon mal nicht wie ein Nein.

KAPITEL 45

Der Index brauchte tatsächlich lange, bis er wieder antwortete. Hugh war nicht sicher, wie viel Zeit verstrichen war, bis endlich neue Worte auf der Seite erschienen.

Deine Geschichte scheint der Wahrheit zu entsprechen. Alle vier Personen wurden nach einem Sturz als vermisst gemeldet. In den vergangenen Tagen wurden vergebliche Versuche unternommen, sie mit Hellsehermagie zu lokalisieren. Im Labyrinth ist ein solch negatives Resultat normal. Da dein Status als Hexer nicht allgemein bekannt ist, erscheint es unwahrscheinlich, dass es sich bei dir um eine andere Person handelt, als du vorgibst zu sein.

Heißt das, du wirst den Pakt mit mir schließen?

Gewöhnlich verneine ich eine solche Anfrage. In diesem Fall habe ich den Eindruck, dass die Umstände von mir verlangen könnten, einzuwilligen. Zuerst muss ich jedoch eine Frage stellen.

Hugh war fast das Herz stehen geblieben, als der Index zuerst abzulehnen schien, aber dann hatte sein Puls sich schnell erholt.

Alles, was du willst.

Was erwartest du von einem Pakt mit mir?

Dass ich meine Freunde retten kann.

Die Antwort dauerte eine Weile.

Nun gut.

Hugh seufzte erleichtert.

In Ordnung, dann fangen wir an! Ich ...

Nein. Ich bin bereit, einen Pakt mit dir einzugehen, aber erst müssen klare Bedingungen ausgehandelt und festgeschrieben werden.

Was heißt das genau?

Nach einer kurzen Pause begann eine Liste auf dem Papier zu erscheinen, die so lang war, dass die Schreibschrift tatsächlich bis auf die nächste Seite überschwappte:

I. Der Unterzeichner dieses Vertrags bestätigt, dass es sich bei ihm wirklich um Hugh aus Emblin handelt. Falls ein anderer Vertragspartner als Hugh aus Emblin die Unterschrift leistet, drohen tödliche Konsequenzen.

II. Hugh aus Emblin wird weder den Index, die Bibliothek noch ihre Mitarbeiter wissentlich in Gefahr bringen, solange es sich vermeiden lässt. Wird diese Klausel gebrochen, kann der Vertrag für null und nichtig erklärt werden. Im Fall eines schweren Verstoßes drohen tödliche Konsequenzen.

III. Hugh aus Emblin verpflichtet sich, der Bibliothekskollektion mindestens ein (1) Werk pro Jahr hinzuzufügen, das bisher noch kein Teil des Bestands ist. Falls Hugh aus Emblin dieser Verpflichtung nicht nachkommt, kann der Vertrag für null und nichtig erklärt werden. Jedoch sind in einem vernünftigen Rahmen gewisse Ausnahmen möglich, beispielsweise wenn es Hugh aus Emblin unmöglich sein sollte, rechtzeitig von einer Reise zurückzukehren, er durch eine Krankheit bettlägerig ist oder ähnliche Vorkommnisse.

Der Text schien kein Ende zu nehmen. Insgesamt bestand er aus fast 30 solcher Klauseln, die akzeptables Benehmen, vertragliche Verpflichtungen und andere Einzelheiten festlegten. Ganz am Schluss stand die entscheidende Klausel. Sie lautete schlicht:

Im Gegenzug wird der zweite Unterzeichner sein Mana mit dem von Hugh aus Emblin vermischen und ihm entsprechende Affinitäten verleihen sowie ihn darin unterrichten, wie man sie benutzt.

Hugh lächelte und setzte seine Schreibfeder aufs Papier.

Ich akzeptiere.

Hugh holte das letzte noch übrige Blatt hervor und begann darauf den *Pakt für Teufelshexer* zu zeichnen, den er in sein Spruchbuch kopiert hatte. Mit einigen zusätzlichen Formeln schuf er eine Verbindung zwischen den Vertragsklauseln und dem Hexerpakt, sodass nun alles eine Einheit bildete.

Der letzte Schritt bestand darin, den Pakt zu signieren. Was nicht bedeutete, dass er seinen Namen aufs Papier setzen oder den Vertrag mit Blut besiegeln musste, wie manche fantasievolle Fabelerzähler behaupteten. Stattdessen genügte es, dass beide Parteien ihr Mana in die dafür bestimmten Leerstellen innerhalb der Spruchformeln fließen ließen. Normalerweise mussten die zwei Vertragspartner körperlich anwesend sein, aber in diesem Fall benutzten sie schließlich das Papier eines Ports, also gewissermaßen eine Verkörperung des Index. Bestimmt würde das auch funktionieren.

Hugh atmete tief durch und streckte den Finger nach der Leerstelle aus, die er berühren musste. Dann erschien ein einziges Wort auf der Seite.

Nein.

Die Seite ruckte aus seiner Hand, segelte über den Höhlenteich und entzündete sich selbst. Innerhalb von Sekunden verbrannte sie zu Asche, die auf das Wasser niederrieselte.

Geschockt starrte Hugh zuerst auf den Teich und dann auf die beschriebenen Seiten in seiner Hand. Auf dem Papier, das schon die Vertragsklauseln enthielt, erschienen ganz unten weitere Worte.

Diese Spruchformeln werden nur benutzt, um Pakte mit Dämonen zu besiegeln. Wo hast du sie her? Stammen sie von dem Dämon Bakori, den du erwähnt hast?

Hastig schrieb Hugh die Geschichte nieder, wie er das Buch voller verbotener Magie in der Bibliothek gefunden hatte.

Faszinierend. Das Buch ist nirgends verzeichnet. Es hätte sich nicht dort befinden dürfen, sondern in einer Abteilung mit sehr viel stärkeren Sicherheitsmaßnahmen. Doch dieses Mysterium gilt es später zu lösen. Ihr schwebt in ernsthafter Gefahr, daher sollten wir den Vertrag schnell vollenden. Ich werde dich mit den nötigen Spruchformeln versorgen. Sobald der Pakt geschlossen ist, gilt für dich und deine Freunde vor allem, AN ORT UND STELLE ZU BLEIBEN. Ich werde euch Hilfe ins Labyrinth

schicken. Abschließend sollte ich erwähnen, dass ich den Pakt gegen besseres Wissen und Gewissen unterzeichne. Gäbe es eine andere Methode, euch zu lokalisieren, würde ich mich sofort dafür entscheiden. Aber vermutlich ist dieser Vertrag tatsächlich der einzige Weg, euch zu finden.

Fasziniert schaute Hugh zu, wie eine neue Spruchformel auf der letzten Indexseite erschien. Sie sah recht ähnlich aus wie sein erster Versuch eines Pakts, doch einige wichtige Einzelheiten waren anders. Vor allem unterschied sich die Art, wie die magische Energie zwischen den Vertragspartnern geleitet wurde. Es dauerte nur ein paar Minuten, bis der neue Hexerpakt fertiggestellt war. Die Leerstelle für die magische Signatur leuchtete auf.

Hugh holte tief Luft, um seinen rasenden Puls zu beruhigen, presste seinen Finger auf die Seite und ließ sein Mana hindurchfließen.

Und um ihn herum wurde alles weiß.

KAPITEL 46

Hugh befand sich in einer konturlosen Leere, wo ihn nichts als Helligkeit umgab. Er war nackt und hielt nur die Seiten mit dem Hexerpakt und den Vertragsklauseln in der Hand. Gerade wollte er den Mund öffnen und etwas sagen, da rissen sich die Buchstaben und Spruchformeln von den Papierblättern los, wirbelten hoch und schwirrten wie eine Insektenwolke vor seinem Gesicht.

Hugh streckte neugierig die Finger danach aus, doch als er den ersten Buchstaben berührte, brannte er sich in seine Haut ein und hinterließ einen schmerzenden Striemen. Mit einem Zischen riss Hugh seine Hand zurück.

Und dann sausten sämtliche Buchstaben und Spruchformeln geradewegs auf ihn zu wie abgeschossene Pfeile.

Jede einzelne Berührung brannte schlimmer als alles, was er je zuvor gespürt hatte. Er konnte fühlen, wie sie unter seine Haut krochen, sich schlängelnd und windend in sein Fleisch einschrieben. Der Schmerz schien ewig anzudauern, aber irgendwann hörte er doch auf.

Hugh keuchte halb ohnmächtig nach Luft. Als er an sich herunter schaute, stellte er fest, dass sich die Spruchformeln auf seine Brust tätowiert hatten. Noch während er darauf starrte, begannen die Striemen und Brandblasen zu verblassen, bis nichts mehr davon übrig war. Auch auf seinem Rücken spürte er Text eintätowiert und wusste instinktiv, dass es sich um die Vertragsklauseln handelte.

Dann begannen die Tätowierungen und auch die weiße Leere vor seinen Augen zu verschwinden, was allerdings leider nicht hieß, dass er sich in der Tropfsteinhöhle wiederfand.

Stattdessen wurde er von einem gewaltigen Fluss fortgeschwemmt, bis er nicht mehr wusste, wo unten oder oben war. Starke Strömungen zerrten ihn in alle Richtungen gleichzeitig und seine Lungen brannten. Panisch versuchte er in dem Wasser zu schwimmen, doch da verwandelte es sich auch schon in einen peitschenden Sturmwind, dann eine erstickende Sandlawine, dann einen Dschungel voll schlängelnder Lianen, dann …

„Hugh!"

Die Vision ging endlos weiter, die an ihm zerrenden Kräfte ließen nicht nach und behielten keinen Moment die gleiche Form.

„Hugh, wach auf!"

Endlich, als er gerade glaubte, nicht mehr gegen die Energieströmungen ankämpfen zu können, packte etwas unglaublich Starkes ihn am Arm und hievte ihn heraus.

Lass dich erwecken, Hugh. Deine Freunde brauchen dich.

KAPITEL 47

Keuchend wachte er auf. Hugh fühlte sich … anders. Er spürte seine Mana-Reserven wie nie zuvor. Drei neue, tiefe Kanäle führten hinein und hinaus. Er …

Abrupt setzte er sich auf und Schmerz flammte durch seinen Schädel. Er zuckte zurück, bis ihm einen Moment später klar wurde, dass Talia und er mit den Stirnen aneinandergestoßen waren.

„Hugh! Du bist wach!" Talia warf sich so enthusiastisch auf ihn, dass er gleich wieder rücklings zu Boden geworfen wurde. Es fühlte sich an, als würde sie ihm die Rippen brechen. „Als wir anderen aufgewacht sind, warst du besinnungslos. Du hattest eine Art Albtraum und glühende Spruchformeln auf der Brust, und wir konnten dich stundenlang nicht wecken, und …." Talia löste ihre Umarmung und starrte Hugh aus nächster Nähe tief in die Augen.

Dann verpasste sie ihm eine Ohrfeige. Mit richtig viel Schwung.

„Was im Namen aller zu Geistern erfrorenen Clankrieger hast du angestellt? Du hast uns vor Angst ganz verrückt gemacht!"

Talia gab ihm eine Kopfnuss und Hugh hob schützend die Arme. Woraufhin sie ihn in den Bauch boxte.

„Ich dachte, wir bedeuten dir genug, um uns nicht so in Panik zu versetzen, Hugh. Wir …"

Eine Hand fing ihren Arm ab, bevor sie Hugh noch einen Hieb versetzen konnte. Sabae hob sie vom Boden hoch, drehte sich nach hinten und stellte sie dort auf die Füße.

„Talia will sagen", übersetzte Sabae, „dass wir uns alle große Sorgen gemacht haben und gern wissen würden, was geschehen ist, nachdem wir eingeschlafen sind."

Sie hielt Hugh ihre Hand hin, um ihm aufzuhelfen. Zum ersten Mal konnte Hugh einen Blick auf seine Umgebung werfen und stellte fest, dass er sich immer noch in der Höhle beim Teich befand. Er hatte keinen Schimmer, wie viel Zeit verstrichen war, aber ...

Seine Gedanken wurden unterbrochen, weil nun auch Sabae die Arme um ihn schlang. Ihm wurde klar, dass sie körperlich um Einiges stärker war als Talia.

„Keine Luft. Kriege keine ...“

Sabae ließ ihn los und er atmete erleichtert die kühle Höhlenluft in seine Lungen.

„I will aa!“, hörte er Godrick sagen, sah ihn an einen Stalagmiten gelehnt am Ufer sitzen und grinsen. Hugh lächelte zurück und war froh, Godrick wach und halbwegs erholt zu sehen. Er ging zu ihm hinüber, aber blieb kurz außer Reichweite stehen.

„Brich mir bitte nicht die Rippen, Godrick“, sagte er.

„I glaub, des würd grad über meine Kräfte gehn“, sagte Godrick.

Also lehnte Hugh sich vor und drückte Godrick, der wie versprochen nur sanft zurückdrückte – zumindest für seine Verhältnisse. Hugh ging davon aus, dass er höchstens ein paar blaue Flecken zurückbehalten würde.

Dann setzten sich die anderen zu ihnen und sie blickten auf das Wasser.

„Ich habe eine Hexerpakt geschlossen“, sagte Hugh.

Alle Köpfe fuhren ruckartig zu ihm herum.

„Aus was für a Grund solltest du ...“, begann Godrick.

„Doch nicht mit dem Dämon?“, fragte Sabae gleichzeitig.

Talia gab nur ein unverständliches Knurren von sich.

„Nein, ich habe keinen Vertrag mit einem Dämon geschlossen. Sondern mit dem Index. Weil ich gehofft hatte, euch alle damit retten zu können.“

Einen Moment herrschte Stille, dann sagte Talia: „Du hast WAS gemacht?“

***

Hugh brauchte eine Weile, um zu erklären, was passiert war. Danach schwiegen wieder alle.

„Was für a Affinidät haste denn kriegt?", fragte Godrick schließlich.

„Ich ...", murmelte Hugh, „äh ... ich habe keine Ahnung."

Die anderen starrten ihn an.

„Du weißt es nicht?", fragte Sabae.

„Ich habe nicht daran gedacht zu fragen", sagte Hugh.

„Du hast nicht daran gedacht?", wiederholte Sabae ungläubig.

Hugh wusste nicht, was er darauf sagen sollte. „Ich glaube, ähm ... also, es scheinen drei zu sein", stellte er schließlich fest.

„Nu, da kann ma sich ned beschweren", urteilte Godrick.

„Ich wette, du hast eine Affinität für Idiotie", sagte Talia. Diesmal konnte Hugh ihrem Ellbogen ausweichen, allerdings schien sie sich auch nicht sehr anzustrengen, ihn zu treffen.

„Also brauchen wir jetzt nur noch zu warten", stellte Sabae fest.

„Nach diesem Tag habe ich nichts dagegen, mich einmal in Geduld zu üben", verkündete Talia.

Alle schauten sie sprachlos an.

„Ich kann geduldig sein, wenn ich will. Was denn? Hört auf, mich so anzustarren!"

KAPITEL 48

Das Warten dauerte Stunden, ohne dass etwas passierte. Den Großteil der Zeit unterhielten sie sich – über Talias neues Talent für Knochenmagie, über Sabaes widerwillige Entscheidung, mehr über ihre Heilerkräfte zu lernen, und über Godricks schlichten Wunsch, seine Bindungen auf Vollmagierstärke zu vertiefen, damit er nie wieder so verletzlich war.

Hugh verschenkte den Dolch mit den Runensymbolen an Talia und den Schild (der vermutlich nicht mehr funktionierte) an Sabae. Er entschuldigte sich bei Godrick, weil er für ihn keinen magischen Fund zu bieten hatte, aber bekam nur lachend zur Antwort, er solle sich darüber keine Gedanken machen.

Danach brachte Hugh den Mut auf, endlich auszusprechen, was schon so lange in seinem Unterbewusstsein gelauert hatte. „Es tut mir leid, dass ich euch die ganze Zeit nur ein Klotz am Bein war", sagte er. „Hätte ich schon früher einen Pakt geschlossen, dann hätte ich euch in den Tunneln tatsächlich helfen können, statt nur eine nutzlose Last zu sein."

Alle starrten ihn an, bis Talia ihm die nächste Kopfnuss verpasste, und zwar noch kräftiger als vorher. „Du bist doch keine Last, du dummköpfiger Dummkopf!"

Hugh rieb sich den Schädel. „Ich konnte euch nicht so helfen, wie ich hätte sollen, und vielleicht wäre niemand verletzt worden, wenn ..."

„Ich muss Talia recht geben. Du bist wirklich ein Dummkopf, Hugh", sagte Sabae. „Wie kannst du denken, dass du eine Last bist? Nur dank deiner Abwehrkiesel sind wir auf der ersten Ebene unverletzt davongekommen, als die Dämonenbiester uns angegriffen haben. Und du hast uns allen das Leben gerettet, weil du unseren Sturz durch den Schacht abgebremst hast."

„Im Statuensaal hast du mich mehr oder weniger die Leiter hochschleppen müssen", ergänzte Talia. „Ich glaube nicht, dass ich es sonst nach oben geschafft hätte."

„Mi hätt's glatt zerrissen, als Talias Knochenwall explodiert is", sagte Godrick, „aber du hast mi gestützt, bis i weit genug weg war. Du hast mir's Leben gerettet, Hugh."

„Hör zu, wir haben uns im Labyrinth alle gegenseitig geholfen", sagte Sabae. „Hätte nur einer gefehlt – und damit meine ich auch dich –, wäre es keinem von uns gelungen zu überleben. Du musst aufhören, dir einzureden, dass du wertlos bist. Wirklich, du bist einer der einfallsreichsten Magier, die ich kenne, und ich bin sehr froh, dich an meiner Seite zu haben."

„Jo, aber echt", stimmte Godrick zu.

„Und das nächste Mal, wenn du mit einer deiner schwachsinnigen Reden anfängst, wie nutzlos du bist, boxe ich dich grün und blau", sagte Talia. „Ehrlich, die sind so nervtötend!"

Hugh lächelte schwach und wischte sich unauffällig über die Augen. Die anderen taten glücklicherweise so, als würden sie es nicht merken.

„Danke für alles", sagte Hugh. „Ich ..."

Doch genau in diesem Moment ertönte ein prasselndes Knacken von der anderen Seite der Knochenbarriere und dann hörten sie ein Knurren aus einer enorm großen Kehle.

KAPITEL 49

Sofort verstummten alle. Hugh verfluchte im Stillen seine Unvorsichtigkeit. Er hatte sich eingebildet, sie seien in Sicherheit, nur weil es ihm durch seinen Pakt mit dem Index gelungen war, Hilfe zu rufen. Als der dummköpfige Dummkopf, der er war, hatte er alle fröhlich plaudern lassen. Dabei hätte er wissen müssen, dass nur ein einziges der Ungeheuer hier unten sie hören musste, um ihnen allen den Garaus zu machen.

Das Geschöpf auf der anderen Seite drückte sich an der Barrikade entlang und mehrere Knochen fielen klappernd heraus. Hugh konnte den heiseren Atem des Untieres hören.

Die Mädchen hatten sich rechts und links von ihm aufgestellt, Talias Tätowierungen begannen zu glühen, und um Sabaes Fäuste wirbelte bereits der erste Sturmwind. Godricks Finger vergruben sich in dem Steinboden unter ihm.

Die Barrikade bebte, Talias Tätowierung flammte noch heller auf, und dann wuchsen die Knochen rasend schnell, bis sie den ganzen Tunneleingang füllten. Kurz darauf folgten die feurigen Risse, die einer Explosion vorausgingen. Falls das Geschöpf blieb, wo es war, würde es vielleicht …

Die Barriere zersplitterte, als etwas hindurchfegte. Hughs Schutzzauber ging mit einem Knall los, aber schien das Geschöpf nicht einmal zu stören. Talias Extraschicht aus Knochen explodierte und hüllte es in Flammen ein, doch es wälzte sich einfach auf dem Boden und löschte den Großteil des Feuers. Dann kam es wieder auf die Füße.

Das Ungeheuer erinnerte an einen Wolf, nur dass es zehn Fuß groß und mit Schlangenschuppen bedeckt war. Außerdem geiferten an beiden Flanken entlang Reihen von spitzzähnigen Mäulern. Die

Kreatur sah sich kurz in der Tropfsteinhöhle um, dann richtete es seinen Blick auf die Gruppe.

Und griff an.

Die Zeit schien sich zu verlangsamen. Hugh sah, wie Talia ihre Traumfeuerblitze abfeuerte und Sabae hinter ihrem neuen Schild in Kampfpose ging. Gleichzeitig schossen vor dem Ungeheuer eine Reihe von Steinspeeren aus dem Boden, die es jedoch nicht verlangsamten. Es brach einfach hindurch und seine Schuppenhaut blieb unverletzt.

Verzweifelt griff Hugh mit seinen Händen und seinem Geist nach … irgendetwas, und fand, wonach er suchte. Instinktiv erfasste er einen der neuen Kanäle, die seine Magiereserven durchliefen, und lenkte den Mana-Fluss nach außen um. Er versuchte nicht einmal, sich eine passende Spruchformel vorzustellen, sondern ließ das Mana einfach wie einen reißenden Strom durch sich hindurchfließen. Dabei konnte er spüren, wie der Äther um ihn herum wallend in Bewegung geriet.

Ein Strahl geschmolzenen Lichts schoss aus seinen Händen und prallte geradewegs in die Brust des angreifenden Untiers. Die Luft schien zu kreischen und Hitzewellen hämmerten auf Hugh ein.

Dann explodierte der Leib des Wesens und tränkte den ganzen Höhlenraum mit spritzenden Innereien und Körperflüssigkeiten.

Der Lichtstrahl erlosch. Hugh starrte einen Moment lang auf seine Hände, danach schockiert auf seine Freunde, und dann fiel er prompt in Ohnmacht.

KAPITEL 50

Als er diesmal aufwachte, stellte Hugh zuerst fest, dass der Höhlenboden sich seltsam weich anfühlte.

Als Zweites dachte er, dass es in der Höhle keine Daunendecken gegeben hatte.

Hugh öffnete die Augen, fuhr in die Höhe und schaute sich um. Er befand sich in einem unbekannten Bett in einem leeren Zimmer. Neben ihm stand eine ganze Reihe weiterer Betten, aber nur eines war besetzt. Darin lag Godrick, überall bandagiert, und schlief.

„Wird auch Zeit, dass du aufwachst", sagte eine Stimme.

Hugh drehte sich um und sah Alustin, der auf einem Stuhl saß und ein Buch in der Hand hielt. Tatsächlich hatte er beim Sprechen nicht davon aufgeschaut, sondern las immer noch.

„Sir, was ...", begann Hugh.

„Wie oft muss ich dir sagen, dass du mich Alustin nennen sollst?", fragte sein Meister.

„Sir, was ist passiert? Wie bin ich ... wir ... hierhergekommen? Und wo sind Sabae und Talia? Wieso ...", sprudelte er in einem Rutsch heraus.

Alustin hob die Hand, noch immer in sein Buch vertieft, und brachte Hugh zum Verstummen. „Sabae und Talia geht es gut, sie befinden sich im Mädchentrakt der Krankenstation. Was den Rest deiner Fragen angeht, werde ich sie – und viele weitere, wie ich vermute – sehr bald beantworten. Doch erst einmal solltest du dich anziehen und dann treffen wir uns draußen im Korridor. Wir haben einen Termin."

Alustin griff unter seinen Stuhl und warf eine Schuluniform aufs Bett, dann verließ er den Raum, noch immer lesend. Hugh stellte fest, dass sein Spruchbuch, die Gürteltasche und der Dolch vom Clan Castis sich zwischen der gefalteten Kleidung befanden.

Schnell zog Hugh sich an und folgte Alustin durch die Tür.

Als er Hugh kommen sah, steckte Alustin das Buch in den Lederranzen, den er stets mit sich herumtrug, und bedeutete ihm zu folgen.

„Bevor ich weitere Fragen beantworte, muss ich erst einmal hören, wie deine Version der Erlebnisse im Labyrinth lautet", sagte Alustin.

Also erzählte Hugh ihm alles. Von den Dämonenbiestern auf der ersten Ebene, dem Kampf mit Rhodes, der Begegnung mit Bakori, den Statuen, den Krebsen und dem schrecklichen Wolfwesen.

Alustin schwieg mehrere Minuten, dann seufzte er nur. In der Zwischenzeit hatte Hugh erkannt, wohin sie auf dem Weg waren: zur Bibliothek.

„Also dann, stell deine Fragen, Hugh."

„Was ist unten im Labyrinth passiert, nachdem ich das Bewusstsein verloren habe?", wollte Hugh wissen. „Als Letztes erinnere ich mich, dass ich das Wolfsungeheuer zerstückelt habe … mit einem Feuerstrahl? Bei einem Pakt mit dem Index hätte ich eher eine Papier-Affinität erwartet oder etwas ähnlich Harmloses."

Alustin schüttelte seufzend den Kopf. „Du hast eine ganz neue Affinität angezapft, mit der du noch überhaupt keine Bindung aufgebaut hattest, und damit einen formlosen Zauber gewirkt. Er hat nicht nur deine gesamten Mana-Reserven verbraucht, sondern auch noch das meiste Mana aus dem Äther um dich herum gezogen. Was bedeutet, die Mana-Quellen und -kanäle deines Körpers wurden gefährlich überfordert, und nebenbei hast du dir auch noch die Hände und Arme verbrannt."

Hugh warf einen Blick auf seine Hände. Sie sahen ganz in Ordnung aus.

„Wir – damit will ich sagen, Artur Mauerbrecher, Aedan Drachentöter, Sulissa Tidenruf und noch einige andere – fanden euch eine knappe Stunde nach deinem Kampf mit dem … nun, wir haben keine Ahnung, um was für ein Geschöpf es sich gehandelt hat, da du kaum etwas von ihm übrig gelassen hast. Auch die Beschreibungen deiner Freunde waren wenig erhellend. Jedenfalls haben wir dich aus dem Labyrinth gebracht und seitdem erholt sich dein Körper von den Strapazen. Du warst ungefähr zwei Tage lang bewusstlos, trotz der ganzen Heilungszauber, die unsere Krankenmagier in dich hineingepumpt haben."

Sie betraten die Bibliothek und begannen die Treppen zum Sperrbereich hinunterzugehen. Erst jetzt fiel Hugh auf, dass Alustin die Frage nach seiner neuen Affinität nicht beantwortet hatte.

„Es ist erstaunlich, dass ihr Vier so lange überlebt habt, Hugh. Eine Gruppe Erstklässler, die in eine derartig tiefe Ebene geraten, dem sicheren Tod entgehen und hinterher davon erzählen können … das hat es in Skyhold noch nie gegeben. Selbst Vollmagier wagen sich selten weiter ins Labyrinth als ihr es wart. Ihr hattet extremes Glück. Allerdings hattet ihr auch Hilfe."

„Hilfe? Von wem denn?", fragte Hugh, obwohl er schon ahnte, was Alustin meinte.

Sein Meister zog es vor zu schweigen. Er marschierte auf eine Tür zu und presste seine Hand gegen eine Spruchformel im Holz. Die Tür öffnete sich knarrend und auf der anderen Seite lag die immense Halle der Großen Bibliothek.

„Sir, sollte ich wirklich hier sein? Schließlich hat man uns die ganze Zeit gewarnt, wie gefährlich es ist …"

„Ich bin dabei, also wird dir nichts passieren. Im Übrigen ist auch dein Vertragspartner hier und ihr beide solltet euch persönlich begegnen."

Sie gingen auf die Balustrade, wo Alustin einen Indexport ansteuerte. Er schrieb etwas nieder, das Hugh nicht erkennen konnte. Die Seite riss sich selbst heraus und faltete sich in der Luft zu einem winzigen Pegasus. Hugh und Alustin folgten dem Origami-Golem, der auf der Balustrade entlang davonflatterte.

„Sir, wohin …"

„Ich habe dich jetzt schon eine Weile angelogen, Hugh." Alustin blickte bei diesem Geständnis ein bisschen verschämt drein.

„Sir?"

„Sag mir doch, wann hast du das letzte Mal den Berg verlassen und bist nach draußen gegangen?", fragte Alustin.

„… Sir?", entgegnete Hugh verwirrt.

„Wann warst du das letzte Mal draußen?", wiederholte Alustin.

„Äh … ich weiß nicht genau, aber es ist schon eine Weile her“, sagte Hugh. „Ich war ziemlich beschäftigt damit, mich auf die Labyrinthprüfung vorzubereiten.“

„Wann genau?“, hakte Alustin nach.

Hugh öffnete den Mund, dann schloss er ihn verwirrt wieder. Der Pegasus flog in die weite Leere hinaus, die inmitten des Saals herrschte. Dort sammelte sich nun eine Plattform aus schwebenden Trittsteinen, groß genug für ein Dutzend Menschen, sodass für Hugh und Alustin reichlich Platz war. Kaum hatten sie das Gebilde betreten, begann es sich abwärts zu senken.

„Ich … bin nicht sicher“, sagte Hugh.

Alustin blickte ihn ernst an. „Soweit ich herausfinden konnte, hast du in der gesamten Zeit, seit du nach Skyhold gekommen bist, keinen Fuß vor den Berg gesetzt. Du hast alle Schulausflüge ausfallen lassen und immer Gründe gefunden, um nicht mit deinen Freunden nach draußen zu müssen.“

Hugh zermarterte sich das Hirn und musste erschrocken feststellen, dass er sich tatsächlich nicht an eine einzige Gelegenheit erinnern konnte, bei der er die Höhlen von Skyhold verlassen hatte. Wie hatte das passieren können? Er liebte es, im Freien zu sein, und hatte den Großteil seiner Kindheit in den Wäldern von Emblin verbracht.

Alustin zog einige zusammengerollte Skizzen aus dem Lederranzen und reichte sie Hugh. Die Plattform sank an einer Etage vorbei, die ausschließlich Bücher aus Glas zu enthalten schien, während Hugh die Zeichnungen aufrollte.

„Sir, das sind ja die Schutzzauber von meiner Archivkammer … und auch von meinem alten Zimmer.“

„Welche Funktion haben die blau markierten Spruchformeln, Hugh?“

„Sie … äh … hmm.“

Hugh konnte sich nicht erinnern, was diese Zauber bewirkten, obwohl er noch im Detail vor sich sah, wie er sie zu der Abschirmung seiner Kammer hinzugefügt hatte.

„Sie schützten deine Träume vor Manipulationen, Hugh.“

Sprachlos starrte er Alustin an.

„Wieso sollte ich so etwas zeichnen? Und wieso erkenne ich die Spruchformeln nicht?"

Alustin schwieg einen Moment, dann sagte er: „Weißt du noch, wie ich dir ganz am Anfang erklärt habe, dass du ein Hexer bist?"

„Ja", sagte Hugh zögernd.

„Und weißt du auch, was ich als Nächstes gesagt habe? Nämlich, dass ich bei dem geringsten Verdacht, du könntest Kontakt mit einem Dämon haben, zu drastischen Maßnahmen greifen müsste?"

„Ja", sagte Hugh noch zögernder. „Aber ich hatte keinen Kontakt, also mussten Sie das nicht."

„Da habe ich dich angelogen", sagte Alustin. „In Wahrheit hast du vom ersten Tag an, als du Skyhold betreten hast, mit einem Dämon in Verbindung gestanden."

KAPITEL 51

Schockiert starrte Hugh seinen Meister an, während die Plattform weiter gemächlich in der riesenhaften Halle abwärts schwebte.

„Ich … nein, habe ich nicht, Sir!", protestierte er.

„Oh doch, allerdings war es dir nicht bewusst. Hexer ohne Vertragsbindung sind besonders anfällig für mentale Beeinflussung durch mögliche Paktpartner. Vor allem Dämonen nutzen das gern aus, um sich den Dienst eines Hexers zu sichern. Seit dem ersten Augenblick, als du Skyhold betreten hast, wurdest du unauffällig von dem Dämon manipuliert, den du im Labyrinth getroffen hast. Er hat große Anstrengungen unternommen, um mit einem Hexer paktieren zu können."

Hugh wandte den Kopf ab und starrte in die Leere, die den riesenhaften Saal füllte. Auf dieser Ebene überspannte eine breite Brücke den Abgrund zwischen zwei Ecken. Sie war vollständig mit Reihen um Reihen von Bücherregalen gefüllt.

„Der Dämon Bakori war dafür verantwortlich, dass du den Berg nie verlassen hast. Sonst wärest du für seine mentalen Manipulationen außer Reichweite gewesen, und er konnte nicht sicher sein, ob du wieder zurückkehren würdest", erklärte Alustin. „Er war auch der Grund, warum du dich ständig stärker von deinen Mitschülern abgekapselt hast."

„Ich war schon immer schüchtern und bin mit anderen Menschen schlecht zurechtgekommen", sagte Hugh. „Dafür musste kein Dämon sorgen."

„Vielleicht, aber Bakori hat das Problem entscheidend vergrößert", sagte Alustin. „Er hat deine negativen Gefühle verstärkt: deine Einsamkeit, deine Verzweiflung darüber, keine richtige Magie wirken zu können, einfach alles. Das Ziel war, dich verletzlicher und angreifbarer zu machen. Es war Bakori, der dich zur Bibliothekstür mit der veralteten Abschirmung geleitet hat. Und danach hat er dich auch zu dem Buch voller verbotener Magie geführt, nicht etwa der Indexport."

Hugh schaute zu, wie ein Origami-Golem in Gestalt einer Möwe verzweifelt flatternd versuchte, einem Rudel hungriger Zauberbücher zu entkommen, die ihn durch die Luft verfolgten. Ihm wurde ein bisschen schlecht, als er daran dachte, wie oft ihn letztes Jahr sein Bauchgefühl betrogen hatte.

„Sobald du im Labyrinth warst, konnte der Dämon dich noch viel direkter manipulieren. Wann immer du das Gefühl hattest, einen bestimmten Weg einschlagen zu müssen ...? Jedes Mal steckte Bakori dahinter", sagte Alustin.

„Sir, vielleicht sollten Sie seinen Namen nicht so oft in den Mund nehmen. Sonst könnten Sie ihn auf uns aufmerksam machen", sagte Hugh.

Alustin zeigte lächelnd die Zähne. „Keine Sorge, Hugh. Nur du konntest seinen Namen rufen, sodass er es hörte. Dafür hatte er dich mit spezifischen Zaubern belegt, die schlagartig gebrochen wurden, als du den Hexerpakt mit einer anderen Wesenheit geschlossen hast. Kaum eine Magie kann einen so starken Eingriff überstehen."

Das blauweiße Glühen aus der Tiefe kam näher und badete die unteren Ebenen der Halle in Licht. Es war schwer zu glauben, dass sie in ihrem Sinkflug schon so weit gekommen waren, aber inzwischen mussten sie sich Meilen tiefer befinden als an ihrem Startpunkt nahe der Saaldecke.

„Bakori war es auch, der dich zu dem Leitungsschacht für Mana-Energie gebracht hat, wo ihr ihm nach dem Absturz begegnet seid", fuhr Alustin fort. „Rhodes war ebenfalls dorthin gedrängt worden, allerdings durch einen Schwarm von Bakoris Dämonenbiestern. Eigentlich hätte man die Prüfung abbrechen müssen, sobald die ersten Schüler von Zusammenstößen mit Biestergruppen berichteten. Erstaunlich, dass dieses Jahr keine Todesopfer zu beklagen sind. Nun, jedenfalls hat Bakori deine Gefühle von Ausweglosigkeit und Verzweiflung verstärkt, während ihr euch durchs Labyrinth kämpfen musstet, und fast hätte er in der Tropfsteinhöhle damit Erfolg gehabt. Aber stattdessen ..."

Alustin verstummte für einen Moment.

„Stattdessen?", hakte Hugh nach.

„Hast du erfolgreich gegen ihn angekämpft", sagte Alustin. „Und zwar schon die ganze Zeit."

„Ich habe ...?"

„Gekämpft", wiederholte Alustin.

Im Glühen unter ihnen tauchten schemenhafte Formen auf. Sie wirkten geordnet, strukturiert, und waren konstant in Bewegung.

„Auch wenn dir nicht bewusst war, dass du manipuliert wurdest, hat dein Unterbewusstsein es wahrgenommen – und du hast dich so heftig dagegen gewehrt, dass du sogar instinktiv Schutzzauber auf deine Tür gezeichnet hast, um Bakori aus deinen Träumen herauszuhalten. Tatsächlich könnte es sein, dass deine ungewöhnliche Begabung für Schutzmagie direkt damit zusammenhängt – ich habe jedenfalls noch nie zuvor von einem Hexer gehört, der Abwehrzauber mit seinem Willen auflädt. Ein Talent für Willensübertragung ist bei Hexern nicht unüblich, aber die meisten nutzen sie für andere Zwecke, vor allem Kampfzauber, Fesselmagie oder die Verbannung dunkler Kräfte. Vermutlich hat dein Unterbewusstsein dich dazu gebracht, die volle Macht deiner Willensübertragung auf das Ziel zu richten, deine Schutzzauber zu verstärken und dich vor dem Dämon abzuschirmen."

Hugh dachte daran zurück, wie er mit Talia in Streit geraten war, als sie sein Geheimquartier im Archiv aufgespürt hatte, und welche Albträume ihn daraufhin verfolgt hatten, bis die Schutzzauber wieder hergestellt waren. Nachdenklich nickte er. Dann kam ihm ein Gedanke.

„Woher wissen Sie das alles, Sir?"

„Das meiste habe ich mir zusammengestückelt, aus Indizien und Augenzeugenberichten. Ich muss allerdings zugeben, dass ich dich schon eine Weile ... nun ja, ausspioniert habe. Eine meiner Vollbindungen ist Fernsicht."

Überrascht starrte Hugh seinen Meister an. Bisher hatte er nie durchblicken lassen, was seine Bindungen waren. Die Lehrlinge waren davon ausgegangen, dass er mehr als eine besitzen musste, aber Fernsicht war ein seltenes Talent für einen Gefechtsmagier. Es war eng verwandt mit Licht-Affinitäten, nur dass es dem Besitzer keine direkte Manipulation von Licht erlaubte, sondern stattdessen seine Sehschärfe unnatürlich verbesserte oder sogar einen Blick auf weit entfernte Orte ermöglichte. Fernsicht war ein sehr wertvolles Talent, doch gleichzeitig auch extrem schwer zu erlernen und anzuwenden.

„War Bakori der Grund, warum Sie uns nicht verraten wollten, was Ihre Bindungen sind? Welche haben Sie denn noch?"

Alustin lächelte nur und wies über den Rand der Plattform hinweg. „Jetzt sind wir im Index."

Sie versanken in einem blau schimmernden Nebel. Hugh war überzeugt, dass sie unmöglich so schnell hier angelangt sein konnten, aber die Luft um sie herum glühte und waberte bereits.

Eigentlich war es nicht der Nebel selbst, der das farbige Licht verströmte. Im Grunde sah er ganz normal aus, nur ungewöhnlich dick. Das blaue Schimmern stammte von den Formen, die sich darin bewegten. Als Hugh nah genug war, streckte er eine Hand aus und ließ sie durch den Dunst gleiten. Er spürte einen leichten Widerstand, der allerdings so gering war, dass er sich darauf konzentrieren musste, um ihn zu bemerken.

Als sie ganz und gar davon eingehüllt waren, begann Hugh die nebulösen Formen besser zu erkennen. Zahnräder, Achsen, Antriebsketten und Ähnliches erhoben sich aus dem Dunst. Überall um sie herum drehten, stampften, pendelten Maschinenteile, die alle aus strahlend blauem Licht zu bestehen schienen. Hugh konnte durch den Nebel keine Einzelheiten wahrnehmen, aber er sah winzige blaue Funken herumschwirren. Wann immer er versuchte, einen davon mit Blicken zu verfolgen, wirkte seine Flugbahn rein zufällig. Doch sobald er die ganzen Funken als einen Schwarm betrachtete, ließ sich ihr Verhalten nur als strukturiert und geordnet beschreiben, auch wenn Hugh dafür keine Erklärung hatte. Im Index war es sehr viel stiller als erwartet. Das Rumoren der Maschinerie klang schwach und weit entfernt, nur die Funken sorgten für ein Hintergrundgeräusch, ein ständiges sanftes Zischen.

„Hallo?", rief Hugh. „Index? Ich bin es, Hugh."

Niemand antwortete.

„Hallo?", versuchte Hugh es erneut. „Ich habe durch die Port-Seiten einen Pakt mit dir geschlossen?"

Auch diesmal kam keine Antwort.

Schließlich ergriff Alustin wieder das Wort. Er wirkte sichtlich nervös. „Ich habe dich noch über etwas anderes belogen."

Hugh warf ihm einen scharfen Blick zu.

„Der Index ist nicht lebendig. Er hat nicht den Hauch eines Bewusstseins, sondern ist nur eine Masse von Informationen. Tatsächlich wurde er absichtlich so entworfen, dass er kein Bewusstsein entwickeln kann. Seine Schöpfer sahen darin ein zu großes Risiko. Stattdessen gaben sie dem Index die Fähigkeit, sich jeweils mit einem einzelnen mächtigen Individuum zu verbinden, durch dessen Geist er gelenkt wird und ein eingeschränktes Maß an Intelligenz bekommt."

Hugh schaute ihn mit offenem Mund an. „Was … was wollen Sie damit sagen, Sir?"

Der Nebel lichtete sich, während sie noch tiefer sanken.

„Du hast keinen Vertrag mit dem Index geschlossen, Hugh. Sondern mit dem Individuum, das ihn kontrolliert. Dein Paktpartner ist die Erzbibliothekarin Kanderon Crux."

KAPITEL 52

Hugh starrte seinen Meister immer noch sprachlos an, als sich der Nebel plötzlich lichtete. Er schaute umher und sah Kanderon Crux warten. Sie ruhte auf einem enormen schwebenden Podest aus blauem Kristall. Darunter erblickte Hugh nichts als Dunkelheit und einen wabernden Dunst, ähnlich wie im Index selbst, doch ohne leuchtende Maschinenteile. Die Erzbibliothekarin blickte von dem Buch auf, das sie gerade las. Ihr Gesicht war das einer ernsten, strengen Frau mittleren Alters. Allerdings war schon allein dieses Gesicht größer als Hugh.

Kanderon Crux war eine Sphinx. Zu dem Frauengesicht gehörten ein Löwenkörper und die Flügel eines Adlers. Sie maß mindestens 75 Fuß, den Schwanz nicht mitgerechnet, und ihr Leib war im Verhältnis deutlich kräftiger als der einer gewöhnlichen Raubkatze. Das Fell war goldgelb, fast bernsteinfarben, und die Augen von tiefem Blau.

Doch was den Blick zuallererst auf sich zog, waren ihre Schwingen. Bei allen Sphinxen, die Hugh auf Bildern gesehen hatte, waren die Flügel mit Federn bedeckt gewesen. Im Gegensatz dazu bestanden diese nicht einmal aus Fleisch und Blut, sondern waren pures Kristall. Sie strahlten in einem Blau, das an die Maschinerie im Index erinnerte, nur deutlich tiefer und vielschichtiger. Die Kristalle waren mit großem Geschick … gefertigt … gezüchtet …? Wie auch immer sie entstanden waren, jedenfalls regten sie sich wie echte Flügel, wobei ein feines, glockenhelles Klingen ertönte, wann immer die Kristalle gegeneinander streiften.

Im Augenblick waren die Schwingen zusammengefaltet, aber Hugh hatte den Eindruck, dass ihre Spannweite sogar noch die Länge des Löwenkörpers übertraf. Bestimmt mussten sie mehr wiegen als der gesamte Rest von Kanderon Crux. Nein, mehr als sämtliche Häuser in seinem Heimatdorf.

Die Plattform, auf der sie sich befanden, schwenkte in langsamem Tempo neben Kanderons gewaltigem Kristallpodest ein und legte sich längsseits. Die Erzbibliothekarin ließ ihr Buch mit einer Klaue zuschnappen.

Alustin betrat das Kristallpodest, ging auf ein Knie nieder und neigte den Kopf. Hugh beeilte sich, es ihm gleichzutun. Der Origami-Pegasus, der sie hierhergeführt hatte, schwirrte nach oben und verschwand im Nebel des Index.

„Geehrte Erzbibliothekarin", sagte Alustin.

„Hugh aus Emblin."

Kanderons Stimme traf ihn wie eine Steinlawine und trotz seiner knienden Stellung warf sie ihn fast um. Sie hallte in seinem Geist wider und echote durch sein Mana.

„Verzeihung", sagte Kanderon. Diesmal klang ihre Stimme gedämpfter, allerdings immer noch so laut, wie man es eben von einem Wesen erwarten konnte, das größer war als die meisten Häuser. Hugh spürte sie weiterhin durch sein Bewusstsein vibrieren, aber jetzt war es erträglich. **„Ich habe noch nie einen Pakt mit einem Hexer geschlossen, deshalb ist daran vieles neu für mich."**

„Das ist … äh … kein Problem, Sir … also, Erzbibliothekarin."

„Du kannst mich Meisterin Kanderon nennen."

Hugh fand endlich den Mut, der Sphinx in die Augen zu schauen. Sie blickte auf ihn herab, ohne zu blinzeln.

„Ich bin Kanderon Crux, Erzbibliothekarin der Großen Bibliothek, die Sphinx aus lebendem Kristall und letzte verbliebene Gründerin der Akademie von Skyhold. Viele Hexer wollten mich als Paktpartner gewinnen und ich habe jeden einzelnen abgelehnt. Weißt du, warum ich bereit war, den Vertrag mit dir zu schließen, Hugh?"

Hugh wartete einen Moment darauf, dass die Sphinx weitersprach, dann erst wurde ihm klar, dass sie nicht nur eine rhetorische Frage gestellt hatte. Er stand immer noch ein wenig unter Schock, nachdem er erfahren hatte, dass sie zu Skyholds

Gründern gehörte. Das hieß, sie musste mindestens ein halbes Jahrtausend alt sein. Mindestens.

Er schüttelte den Kopf. „Nein, Meisterin Kanderon."

„Dann äußere eine Vermutung."

Hugh zermarterte sich fieberhaft das Hirn. „Weil Sie nicht wollten, dass ich den Pakt mit Bakori schließe?"

Kanderon schnaubte und ihr Atem traf Hugh wie eine Sturmböe.

„Die Pläne dieses dreisten Dämons zu vereiteln, war eine zusätzlicher Reiz, das muss ich zugeben. Ich war der Meinung, ich hätte ihn schon vor Jahrhunderten vernichtet, und war keineswegs erfreut zu hören, dass er überlebt hat. Aber nein, das war nicht der Grund, Hugh."

Sie blickte ihn weiter an, ohne zu blinzeln.

„Dann also … warum? Wieso gerade ich? Schließlich bin ich nichts Besonderes."

Ein schrecklich grollendes Geräusch klang tief aus Kanderons Kehle. Hugh war einen Moment starr vor Schreck, bis ihm klar wurde, dass sie lachte.

„Nichts Besonderes, Hugh? Du hast ein Jahr lang fast ohne Hilfe den Einfluss eines Dämons zurückgeschlagen. Du hast die Aufmerksamkeit eines Mannes erregt, der zu meinen begabtesten Schülern gehört … und von dem ich überzeugt war, er würde niemals die Rolle des Lehrmeisters übernehmen."

Diesmal gab Alustin ein Schnauben von sich.

„Du und deine Freunde erlernen Fähigkeiten, an die sich selbst die meisten Vollmagier nicht herantrauen würden. Hat Alustin euch je erklärt, wie selten eure Talente sind? Wer eine Bindung an Träume hat, lernt deshalb noch lange nicht, sie verlässlich zu manifestieren. Das schafft vielleicht einer von zehn, und davon meistert höchstens eine Handvoll jemals die Beschwörung von Traumfeuermagie. Eurer Barbarenfreundin ist es in wenigen Monaten gelungen, trotz der Einschränkungen durch ihre Tätowierungen. So etwas sollte im Grunde unmöglich sein. Ebenso unglaublich ist, dass eure junge Sturmmagierin gelernt hat, erfolgreich Formelloses Zaubern mit Mana-Schichtung zu kombinieren, während sie gleichzeitig gezwungen

ist, das Mana auf höchst unpraktische Art zu kanalisieren. Soweit ich weiß, beschwört sie ihre Magie auf eine Art herauf, die vollständig einzigartig ist."

Kanderon lehnte sich näher zu ihm vor.

„Und nun kommen wir zu dir, Hugh. Du wolltest dir so verzweifelt deinen Wert beweisen, dass du eine Aufgabe geschultert hast, die gewöhnlich als eine Domäne von Erzmagiern angesehen wird. Es gibt viele Zauberer, die ihre eigenen Spruchformeln entwickeln. Aber sie spontan zu improvisieren? Dieses Talent besitzt höchstens eine Handvoll auf dem ganzen Kontinent. Selbst Alustin ist nicht dazu fähig. Hätte ich gewusst, was er im Schilde führt, wäre ich gegen seine Lehrmethoden eingeschritten, um dich vor der Gefahr katastrophaler Misserfolge zu bewahren."

Vor Schock klappte Hugh die Kinnlade herunter. Er warf seinem Meister einen Blick zu, der es jedoch vermied, ihn anzusehen.

„Hughs fortgeschrittene Schutzzauber zeigten, dass mehr dahinter stecken musste als nur ein gewöhnliches Hexertalent für Willensübertragung", verteidigte sich Alustin. „Er besitzt in erstaunlichem Maß eine Begabung dafür, bekannte Spruchformeln neu zu kombinieren, sodass seine Schutzschilde immer wieder andere Eigenschaften aufweisen. Darauf habe ich aufgebaut. Das schien mir kein allzu großer Sprung zu sein."

„In einem Labor vielleicht. Dort hättest du ihm beibringen können, wie man neue Spruchformeln erschafft. Aber spontane Improvisation? Das war Ehrgeiz, der an Hochmut grenzt, Alustin."

Trotz ihrer harschen Kritik glaubte Hugh, Stolz in ihrer Stimme mitschwingen zu hören.

„Also ist das der Grund, warum Sie mich auserwählt haben?", fragte Hugh. „Weil ich ein ungewöhnliches Talent für Spruchformeln habe?"

Kanderon wandte ihre Aufmerksamkeit wieder Hugh zu. „Es gab andere Hexer mit ähnlich beeindruckenden Fähigkeiten, die mit mir einen Pakt eingehen wollten. Talent allein ist für mich kein Grund. Ich habe das nur erwähnt, um klarzustellen, dass ich mich nicht zum Paktpartner eines Unwürdigen machen würde. Du hast meine Ansprüche in dieser Hinsicht mehr als erfüllt."

Hugh schaute zu Boden, doch ein kleines Lächeln spielte um seine Mundwinkel.

„Nein, wenn du wissen willst, warum ich mit dir paktiert habe … Der Grund war, dass du keine Ahnung hattest, mit wem du redetest. Du wusstest weder, welche Macht ich dir verleihen konnte, noch ob der Vertrag überhaupt funktionieren würde. Trotzdem hast du alles riskiert – für eine winzige Chance und völlig selbstlos. Nicht, um Macht für dich selbst zu gewinnen, sondern um deinen Freunden zu helfen."

Hugh wurde rot. „Also ehrlich gesagt, ähm … ich habe mich schon gefragt ...“

„Nun?“

„Was für Affinitäten habe ich jetzt? Ich habe versucht, eine davon im Labyrinth zu benutzen, und das Ergebnis war … beängstigend.“

Kanderon stieß ein kehliges Kichern aus. „Von den Affinitäten, die ich dir verliehen habe, lässt sich diese tatsächlich am ehesten als Angriffswaffe verwenden. Allgemein wird sie als Sternenmagie bezeichnet, obwohl ich persönlich Stellare Magie vorziehe. Sie ist eng verwandt, wenn auch nicht deckungsgleich, mit Solarmagie.“

Hugh musste unwillkürlich lächeln, da er an den Sonnendrachen Heliothrax denken musste. Dieses Geschöpf war das erste gewesen, mit dem er sich einen Hexerpakt hatte vorstellen können.

„Sobald du eine Vollbindung erreicht hast, werden dir enorme zerstörerische Kräfte zur Verfügung stehen. Aber ich muss dich warnen. Verlasse dich nicht zu sehr darauf. Stellare Zaubersprüche verbrauchen eine enorme Menge an Mana. Es wird Jahre dauern, bis du mehr als eine kleine Anzahl am Tag benutzen kannst. Selbst ich muss damit haushalten.“

Hugh war ein bisschen enttäuscht, aber nicht allzu sehr. Vor seiner Begegnung mit Kanderon hatte er überhaupt noch nie von einem Stellarmagier gehört.

„Die zweite Affinität sollte dir hoffentlich von selbst ins Auge springen.“

Hugh sah Kanderson nur ratlos an und schüttelte den Kopf.

Sie seufzte laut. Sehr laut. **„Ich besitze eine Affinität für Kristall, was wohl offensichtlich ist, wenn man meine Flügel, mein Podest und den Aufbau des Index betrachtet."**

„Kristall?", fragte Hugh. „Ist das eine Form von Steinmagie, so wie Stahl zu den Eisen-Affinitäten gehört? Also nicht so allgemein verwendbar, aber dafür fokussierter und mächtiger?"

„Nun ja … dieser Vergleich ist im weitesten Sinne richtig", sagte Kanderon, **„allerdings weniger korrekt als man denken könnte. Wir werden das ein anderes Mal genauer besprechen. Im Moment reicht es für dich zu wissen, dass du von deinen drei Affinitäten am häufigsten auf die Kristallmagie zurückgreifen wirst. Sie bietet zahlreiche Angriffs- und einige Verteidigungsmöglichkeiten sowie eine immense Anzahl allgemein zu gebrauchender Zaubersprüche. Das Kristall wird dir sogar einige faszinierende neue Möglichkeiten für deine Schutzschilde bieten."**

Das war ein Gedanke, der Hugh wirklich sehr gefiel.

„Die dritte Affinität … ist kompliziert. Sie ist eng mit Raumstrukturzaubern verwandt, aber ebenfalls eine eigene, klar abgegrenzte Magieform."

Hugh hatte noch nie von Raumstrukturzaubern gehört. Gerade wollte er danach fragen, als Kanderon weitersprach.

„Manchmal wird sie fälschlicherweise als Labyrinth-Affinität bezeichnet. Das liegt daran, dass sie beim Bau von Labyrinthen fast immer zum Einsatz kommt. Ich habe sie aber auch benutzt, um diese Bibliothek zu errichten, und von manchen Erzmagiern ist bekannt, dass sie damit kleine Paralleluniversen geschaffen haben. Deshalb bezeichnet man diese Affinität teilweise auch als Dimensionsmagie. Ich persönlich spreche am liebsten von einer Magie der Planaren Ebenen. Ihr grundsätzlicher Verwendungszweck besteht darin, extradimensionale Räume zu erschaffen."

Kanderon lehnte sich so nah an ihn heran, dass ihr Gesicht nur noch einige Fußbreit von seinem entfernt war. Plötzlich wurde Hugh bewusst, dass ihr Mund zwar menschlich wirkte, die beiden

Eckzähne aber im Vergleich wesentlich länger und schärfer waren. Die Erzbibliothekarin konnte Hugh vermutlich mit einem einzigen Biss verschlingen, wenn sie wollte.

„Es handelt sich nicht um eine natürlich vorkommende Affinität, was bedeutet, dass niemand damit geboren wird. Man kann sie sich nur durch intensive Studien aneignen. Trotz deiner ungewöhnlichen Begabung verlange ich, dass du sie niemals, unter keinen Umständen, auch nur versuchsweise anrührst, solange ich dir nicht den ausdrücklichen Befehl dazu erteile. Neun von zehn Magiern, die eine Bindung an Planar-Magie anstreben, sterben bei dem Versuch. Ich habe nicht vor, mich mit deiner Ausbildung anzustrengen, nur damit du als einer von ihnen endest.“

Hughs Puls raste und er konnte nur stumm nicken.

„Wieso … was ist daran so gefährlich?“, fragte er.

„Geh an den Rand meines Podests und schau hinab“, befahl Kanderon.

Vorsichtig bewegte sich Hugh bis an den Rand und blickte hinunter in die Nebelschleier.

„Für wie tief hältst du diesen Abgrund, Hugh?“

„Ich habe keine Ahnung“, musste er zugeben.

„Nun, ich ebenso wenig. Ursprünglich hatte ich beabsichtigt, die etwas beengte Akademiebibliothek um einen mittelgroßen Raum zu erweitern. Doch durch eine unerwartete Reaktion mit der Magie des Labyrinths wächst der Saal immer weiter und nimmt jedes Jahr an Größe zu. Das geschieht nicht nur, wenn wir neue Bücher hinzufügen, sondern auch selbstgesteuert. Die Bibliothek erweitert ihren Buchbestand offenbar unabhängig von uns, und soweit wir sagen können, stammen viele ihrer Neuerwerbungen nicht einmal aus unserer Welt. Die Magie der Planaren Ebenen ist unglaublich schwierig zu meistern und führte selten zum erwarteten Ergebnis.“

Kanderon musterte ihn einen Moment eingehend, dann zog sie den Kopf wieder ein Stück zurück.

„Verleiht mir unser Pakt noch andere magische Fähigkeiten, unabhängig von den Affinitäten?“, fragte Hugh.

Kanderon hob eine Augenbraue. „Möglich, aber in diesem Fall dürfte es eine ganze Weile dauern, bis sie sich entwickeln. Die Details deiner Ausbildung und deiner Pflichten können wir später besprechen, nur über einen Punkt sollten wir jetzt schon reden. Alustin, würdest du bitte den Stein auspacken?"

Alustin holte etwas aus seiner Ledertasche. Sofort erkannte Hugh das Amulett, das er bei dem Skelett in der fünften Ebene gefunden hatte.

„Das hier, Hugh, ist ein so genannter Labyrinth-Stein", sagte Kanderon. „Er kommt natürlich vor, ist allerdings extrem selten. Die meisten solcher Steine werden zum gleichen Zweck verwendet: Wenn man sie genug Zeit in einem Labyrinth verbringen lässt, beginnen sie das spezifische Mana dieses Ortes aufzunehmen. Dadurch können sie ihren Besitzern schließlich helfen, besser durch die Irrwege zu finden. Teilweise verleihen sie auch noch andere, diffusere Kräfte. Und dieses Amulett lag eine sehr, sehr lange Zeit im Labyrinth. Schon allein dadurch ist es ein extrem wertvoller Fund und könnte dir in Zukunft hilfreich sein. Zusätzlich jedoch hast du es getragen, während wir unseren Vertrag schlossen, was dazu führte, dass der Stein … nun, er hat sich durch den Pakt an dich gebunden."

Alustin warf Hugh das Amulett zu. Er fing es auf und spürte ein seltsames Gefühl von Wärme und Nähe.

„Wie ich schon erwähnt habe, bist du aufgrund deiner ungewöhnlich großen Mana-Reserven offenbar in der Lage, mehrere Hexerpakte zu schließen", sagte Alustin. „Ich hatte allerdings erwartet, dass es erst weit in der Zukunft dazu kommen würde. Tatsächlich kann ich dir nicht sagen, was eine Bindung an einen Labyrinth-Stein bewirken wird. Möglich, dass er durch den doppelten Pakt eine Form von Intelligenz entwickelt, so wie andere Gegenstände, die von Runen- oder Hexermagie belebt werden."

„Ich weiß es genauso wenig", sagte Kanderon, „was ich nicht sehr erfreulich finde. Wir werden den Stein sorgfältig im Auge behalten, doch es wäre falsch, ihn dir wegzunehmen. Also wird Alustin dir die nötigen Zaubersprüche beibringen, die man für einen magisch gebundenen Gegenstand braucht. – Als erstes einen Suchspruch, mit dem du das Amulett an jedem beliebigen Ort lokalisieren kannst."

Hugh umklammerte seinen Stein ganz fest, dann steckte er ihn in die Gürteltasche neben die Geruchsmurmel und die letzten verbliebenen Abwehrkiesel.

„Noch zwei letzte Hinweise, bevor du gehst, Hugh. Erstens hast du zwar die Zauber gebrochen, mit denen Bakori dich belegt hatte, und auch unser Pakt hilft, aber du solltest trotzdem nicht davon ausgehen, dass du vor ihm völlig sicher bist. Er dürfte es dir übel nehmen, dass du ihn abgewiesen hast, und ist dafür bekannt, eine Kränkung auch nach Jahrhunderten nicht zu vergessen. Bakori ist ein überaus gefährlicher Gegner. Es dürfte für alle besser sein, dich möglichst weit von ihm fernzuhalten."

Hugh nickte. Seine Nervosität war plötzlich wieder zurückgekehrt. „Und der zweite Hinweis?", fragte er.

„Auf eurem Weg zurück nach oben wird Alustin dir sehr eingehend erklären, wie gefährlich es ist, Schutzschilde um Objekte zu legen, die für schnelle Beschleunigung vorgesehen sind. Zumindest ohne die korrekten Spruchformeln, um die Geschwindigkeit zu kompensieren. Du hattest enormes Glück, dass diese Kiesel noch nicht in deiner Gürteltasche explodiert sind. Sei so gut und wirf sie über die Podestkante."

Schockiert blickte Hugh auf die Kiesel, zog sie sehr sorgfältig aus der Gürteltasche und schleuderte sie in die nebelige Tiefe.

„Wir werden uns bald wiedersehen, Hugh. Und ich sollte dich jetzt schon warnen: Bald dürftest du Alustins Lehrmethoden als harmlos und angenehm betrachten."

Hugh schluckte.

KAPITEL 53

Hugh lehnte sich auf die Balkonbrüstung und atmete tief ein.

Der Balkon, auf dem er stand, überblickte den Sandschiffhafen und die Endlose Erg. Die Sonne und der Wind auf seiner Haut fühlten sich unglaublich gut an. Ihm war gar nicht bewusst gewesen, wie sehr er die ganze Zeit hindurch das Draußen vermisst hatte, als ihm nur ein einziges kleines Fenster geblieben war.

Gerade segelte ein Sandschiff aus dem Hafen von Skyhold davon. Hugh schaute ihm ein bisschen neidisch nach, während ein Schwarm Kleindrachen um seine Masten stiebte.

„Wir werden schon noch früh genug selbst an Bord gehen, wenn Alustin uns auf die Reise mitnimmt, von der er ständig spricht", sagte Sabae.

„Ich weiß", entgegnete Hugh, „aber noch kann ich den Gedanken kaum ertragen, mehr Zeit als nötig drinnen zu verbringen."

Talia schnaubte und stieß ihm den Ellbogen in die Rippen. „Und ich dachte, die Leute aus Emblin wären alle so blass und du würdest nie rausgehen, weil du Angst vor einem Sonnenbrand hast."

Hugh rieb sich die Seite, während die anderen lachten.

„Was is'n als nächstes geschehn?", fragte Godrick, denn Hugh hatte ihnen gerade von seinem Treffen mit der Erzbibliothekarin berichtet.

„Nicht viel. Alustin hat mir noch ein paar Vorträge gehalten und mich dann aus der Bibliothek gebracht."

Eine Weile sprach niemand, und Hugh stellte zu seiner Überraschung fest, dass sich die Stille nicht beklemmend anfühlte, sondern sogar angenehm. Hätte man ihm vor wenigen Monaten prophezeit, dass er nicht nur die Magieprüfung bestehen, sondern zum Lehrling eines Gefechtszauberers und einer uralten Sphinx werden würde, dann hätte er … nun ja, vermutlich nicht gelacht.

Dazu wäre er zu schüchtern gewesen. Aber zumindest hätte er den Sprecher innerlich für verrückt erklärt.

Und wenn man ihm erzählt hätte, dass er tatsächlich richtige Freunde finden würde? Die nicht nur erstaunliche Magier waren, sondern ihm den Rücken stärken und hinter ihm stehen würden? Die fest daran glaubten, dass Hugh etwas wert war? So eine Voraussage hätte er *garantiert* für verrückt gehalten.

Hugh atmete noch einmal tief ein und langsam wieder aus.

An dieses Leben konnte er sich gewöhnen.

Podium

DISCOVER MORE

STORIES
UNBOUND

PodiumEntertainment.com